경성 환상 극장

경성 환상 극장

최지원

전효원

장아미

김이삭

한켠

경성의
카르멘

최지원

나는 숨소리도 죽인 채 가만히 앉아 있다. 창문은 전부 닫고 선풍기도 틀지 않았다. 바깥 날씨가 32도에 육박하는 더운 여름날, 소매 없는 흰색 조젯 원피스를 입은 내 등줄기로 땀이 흐르는 게 느껴진다. 살이라곤 하나도 없이 뼈마디가 툭툭 튀어나온 팔뚝과 어깨 때문에 웬만해선 민소매 옷을 입지 않지만 이렇게 가만히 있어도 땀이 줄줄 흐를 때는 예외다. 나는 더위를 참지 못한다. 머리가 답답한 게 싫어서 멋내기용 모자도 쓰지 못한다. 그 외에도 내가 참지 못하는 것은 많다.

이를테면 집 안 어디에선가 기어 나와 돌아다니는 바퀴벌레 같은 것. 아무리 청소를 하고 살충제를 뿌려도 소용이 없다. 더 이상 안 보이는가 싶다가도 다시금 그 끔찍한 것이 출몰한다. 손바닥만 하게 큰 몸통과 끔찍한 더듬이를 꿈틀거리는 모습을 머릿속에 떠올리기만 해도 역겹다.

해충을 제거해 주는 일꾼을 불러도 봤지만 잠시뿐, 벌레는 다시 나타났다. 아무래도 바퀴벌레가 나오는 곳은 내가 책을 쌓아 둔 다다미 8장짜리 방인 것 같아서 몇 번이고 책을 들어내고 청소를 싹

한 다음 살충제를 뿌렸지만 소용없었다. 이건 좀, 아니 매우 곤란한 상황이다. 나는 계속해서 글을 써야 하고 책도 많이 읽어야 한다. 카페로 간다고 하지만 그래도 하루 종일 카페에 있을 수는 없다.

가만히 있으면 바퀴벌레가 팔뚝 위를 스멀스멀 기어 올라오는 느낌이 든다. 소리를 지르며 팔을 떨쳐 내도 그 느낌은 여전하다. 호진 씨는 내가 너무 과민한 탓이라며 당분간 과외 교사 일을 그만두고 집에서 푹 쉬라고 했지만 집에 혼자 있는 것만큼 괴로운 일이 또 없다.

아악.

또 들린다. 젊은 여자의 비명 소리. 바퀴벌레만 나를 괴롭히는 게 아니다. 젊은 여자의 비명 소리 또한 내 신경을 긁어 댄다. 우리 아팟-토에는 나와 호진 씨를 빼고는 이 시간에 집에 있는 사람이 없다. 더군다나 여자 세입자는 없다는 것이 집주인의 말이었다. 아무도 내 말을 믿어 주지 않는다. 사람 좋은 호진 씨마저 이렇게 말하는 판이다.

"상희 씨가 그동안 너무 긴장 상태로 살아서 그래요. 이제 내가 상희 씨 옆에 있으니 조금도 긴장하거나 걱정할 필요 없습니다. 집에서 혼자 있지 말고 재옥 씨를 불러 함께 시간을 보내든지 아니면 카페에 가서 기분 전환이라도 하세요."

이렇게 더운 여름에도 감색 마직 쟈켓에 흰색 긴소매 셔츠를 입고 연분홍색 실크 타이에 크림색 행커치프까지 꽂은 호진 씨는 유월회의 공연 준비로 바쁘다며 아침 일찍 나갔다. 덥지도 않은지, 이런 염천 지옥에 넥타이 같은 거 하지 않는다고 뭐라고 할 사람도 없건만, 호진 씨는 항상 옷차림에 신경을 쓴다. 마치 더운 나라에 파견된 영국 외교관처럼 하루에 셔츠를 두 번 갈아입을 때도 있다.

경성의 카르멘

하지만 빨래며 다림질이며 집에 있는 내가 아니라 세탁부에게 시키기 때문에 나는 그의 완벽한 옷매무새를 감상하기만 하면 되었다.

'상희 씨는 공연히 내 셔츠를 다린다거나 셔츠 깃을 빤다거나 하는 일에 시간을 쓰지 마세요. 상희 씨는 여염집 아낙이 아닌 예술가입니다. 책을 보고 글을 써야 할 손으로 남편의 셔츠나 빨게 하려고 제가 상희 씨와 결혼한 게 아닙니다.'

'저는 그게 걱정이 아니라 더운데 너무 땀을 많이 흘려 호진 씨 체력이 떨어질까 봐서 걱정이에요. 반소매 셔츠를 입는 건 어떠신가요?'

'그건 테니스를 칠 때나 입는 겁니다.'

호진 씨는 씩 웃으며 이렇게 대답했다. 서글한 눈매에 오뚝한 코, 보기 좋은 얼굴형, 총명해 보이는 이마. 호진 씨는 그 완벽한 옷차림이 아니더라도 매우 잘생긴 남자였다. 게다가 그 목소리는 어떤가. 맑고 청량한 목소리는 이탈리아의 성악가 베니아미노 질리[1] 같았다.

호진 씨, 그러니까 정호진은 경성제일고보 3학년 때 〈신아일보〉를 통해 등단한 천재 작가이자, 조선의 기쿠치 간[2]이라고 불리며 경성제대 법학과를 수석으로 졸업하고도 여전히 활발하게 집필 활동을 하고 있었다. 최근에는 극단 유월회와 함께 〈살로메〉를 공연에 올리기 위해 작업 중이었다. 그는 공연만 끝나면 일본 나라(奈良)로 신혼여행을 가자며 시모노세키행 표까지 사서 내게

---

1 이탈리아의 성악가(1890~1957).
2 일본의 작가(1888~1948).

주었다.

'나라의 사슴이 아주 명물이라고 합니다. 사람이 주는 과자를
먹으려고 길 한가운데에 아무렇지도 않게 누워 있다지 않습니까.
상희 씨도 새로운 문물을 보면 글 쓰는 데 도움이 될 겁니다.'

도일(渡日)! 얼마나 가슴 두근거리는 일인가. 통영에서 경성으로
올라와 전문학교 영문과를 졸업하고 시집을 가는 대신 경성에
남아 작가가 되겠다는 내 말에 부모님은 일체의 경제적 지원을
끊었다. 나도 연락을 하지 않았다. 가정교사로 여학생들에게
영어를 가르치는 일을 4년 동안 해 오며 생활비를 벌던 때였다. 하도
부모님한테 시집을 가라고 시달린 탓에 남자라면 지긋지긋했다.
그런데 우연히 피아노 연주회에서 만난, 그림같이 잘생긴 호진 씨가
마음을 받아 달라며 나에게 지극정성을 들인 것이다.

태어나서부터 22년의 세월 동안 꽉 막힌 부모를 상대하느라
에너지를 다 써 버리고 남은 빈껍데기로 겨우겨우 살아가고 있던
차에 호진 씨의 등장은 나에게 새로운 희망을 불러일으켰다. 작가가
된다! 나는 큰방에 놔둔 각종 책들을 살펴보았다. 전문학교에서
배운 영국과 아메리카의 작가들. 그중에서도 내가 좋아하는 서머싯
몸이며 버지니아 울프며 이디스 워튼, 에밀리 브론테, 오스카
와일드, 토머스 드 퀸시, 마크 트웨인 등. 좋아하는 구절마다 책장
끝을 강아지 귀 모양으로 작게 접어 놓은 그 책들은 몇 번이고
읽은 것으로, 책등만 만져도 어디에 무슨 구절이 있는지 다 외울 수
있었다.

아악. 아아악.

나의 상념을 방해라도 하듯 다시 여자의 비명 소리가 들렸다.
나는 왼손 무명지에 낀 다이아몬드 반지를 만지작거렸다. 도저히

경성의 카르멘

참을 수가 없었다. 대체 어느 집이야. 아팟-토 계단 1층에 제발
조용히 해 달라고 써 붙여 놔야겠다. 여자의 불규칙한 비명 소리는
누군가에게 맞아서 지르는 소리 같기도 했고, 신경증을 견디다
못해 폭발한 것 같기도 했다. 사정이야 어찌 되었든, 지금은 내가
신경쇠약 직전이다. 맹렬하게 자리에서 일어나 종이와 펜을 가지러
가려는데, 갑자기 누군가가 벨을 눌렀다.

딩동.

벨 소리는 경쾌했다. 때마침 여자의 비명 소리가 멈췄다. 누가
왔지. 재옥인가. 온다고 한 시간이 한 시간이나 남았는데 벌써
왔으려고?

나는 위험을 감지한 초식동물처럼 조심스럽게 현관문으로
향했다.

"얘, 안에 있니? 나 재옥이야. 문 좀 열어."

익숙한 목소리에 나는 크게 안도의 한숨을 쉬었다. 그리고 문을
열었다. 마젠타색 원피스를 입은 재옥이 옷과 어울리지 않게 수박 한
덩이와 검은색 브리프케이스를 들고 서 있었다.

"어머, 한 시간 뒤에 온다더니 웬일이니?"

나는 반갑게 재옥을 맞았다. 재옥이 애써서 고데기로 지져 놓은
머리카락은 흠뻑 젖어 있었고 몸에 꼭 맞게 재단된 원피스도 비에
젖어 날씬한 몸매가 그대로 드러났다.

"유월회 연습이 조금 일찍 끝났어. 그래두 친구가 신접살림을
차린 집인데 빈손으로 올 수가 있니? 포도를 살 걸 괜히 수박을
사 가지구, 들구 오느라 혼났어. 게다가 갑자기 비가 쏟아지잖아?
과일 가게에서 비가 그치길 기다렸는데 도저히 그칠 기미가 안
보이더라구. 그래서 오늘은 마가 낀 날인가 부다 하구 그냥 냅다

빗속으로 달렸지 무어. 그것두 나쁘진 않더라. 현대인들은 너무 문명에 젖어 있어. 땅 파구 움집 짓구 살 때는 이런 비 정도는 그냥 맞지 않았겠니?"

그렇게 말하며 재옥은 머리카락의 물기를 꼭 짰다. 저 마젠타색 원피스는 보헤미안 양장점에서 지은 것일 게다. 옷값이 만만치 않았을 텐데, 재옥은 그런 것 따위 상관없다는 말투였다. 하긴, 적선정에서 고래 등 같은 기와를 이고 있는 고택(古宅)이 바로 재옥의 집이었다. 재옥의 집은 단순히 돈만 많다고 지을 수 있는 게 아니었다. 몇 대를 걸쳐 사대문 안에 살면서 꾸준히 재산을 불려 온 거부가 아니고서야 그런 집을 지을 수 없다. 나 역시 통영에서는 못 사는 축이 아니었지만 재옥의 집을 보는 순간 주눅이 들지 않을 수가 없었다.

"비가 온다고?"

"그래. 몰랐어?"

재옥이 마치 제집에 온 양 아무렇지도 않게 창문을 열었다. 바깥에는 하얗게 비가 쏟아지고 있었다.

나는 맨 처음 재옥을 만난 날을 떠올렸다. 이화여전 입학식 날이었다. 이제 막 여고보를 졸업하고 대부분의 학생들처럼 트레머리[3]를 한 나에게 먼저 말을 건 사람은 그때 이미 단발로 머리를 자른 재옥이었다.

통영에서 어장을 크게 하는 내 집은 인근에 소문난 부잣집이었다. 하지만 경성으로 유학을 온 나는 기가 살짝 죽어

---

3 1920년대 신여성 사이에 유행한 머리 모양으로, 앞에 옆 가르마를 타서 갈라 빗은 다음 뒤통수 한가운데에 넓적하게 틀어 붙이는 머리다.

있었다. 아무리 통영의 부잣집 딸이라고 해도 경성과 통영은 하늘과 땅 차이였다. 말 그대로 도시에 처음 온 시골 쥐가 된 기분이었다. 그런데 누구보다도 예쁘고 세련된 여자애가 나에게 말을 걸었다.

'참 길다, 길어. 저놈의 환영사는 언제쯤 끝날지.'

한창 연설을 하고 있는 교장 대행 밴 플리트 선생의 푸른 눈과 갈색 머리가 신기하지도 않은 모양이었다. 재옥은 보석이 박힌 헤어핀을 단발머리에 꽂고 왼쪽 손목에 세이코 시계를 차고 있었다.

"너 무슨 생각 하니?"

재옥이 내 옆구리를 쿡 찔렀다.

"응?"

"무슨 생각을 그리하냐구. 너 결혼한 뒤로 좀 이상해졌다. 총기 넘치던 애가 왜 이렇게 됐니."

"그냥, 잠깐 딴생각 중이었어. 그나저나 애, 젖은 옷은 벗고 내 옷을 입으렴. 그러다 감기 걸릴라."

"네 옷이 나한테 맞는 게 있을까? 넌 나보다 한참 키가 크잖아."

"무릎까지 오는 스커트 정도면 너한테도 맞을 거야."

나는 안방으로 들어가 옷장을 열고 여름용 흰색 블라우스와 베이지색 스커트를 내놓았다. 평범한 옷이었는데도 재옥이 입으니 마치 영화배우 같았다. 하긴 재옥은 유월회의 여자 주인공이니 배우가 맞긴 하지만.

"애, 바깥보다 여기가 더 덥다. 비 들어올까 봐 창문 닫아 놨어?"

"아니. 비가 오는 줄도 몰랐어. 그것보다 계속 아팟−토에서 이상한 소리가 들려서."

"무슨 이상한 소리?"

"여자 비명 소리가 계속 들려서."

"난 전혀 모르겠는데?"

재옥이 허공에 시선을 고정한 채 귀를 쫑긋 세웠다. 그렇다. 아무 소리도 들리지 않았다. 이러니 내가 미치는 거다. 여자의 비명 소리는 나 혼자 있을 때만 들렸다. 내가 몇 번이고 호진 씨에게 호소를 해서 호진 씨가 바쁜 와중에도 하루 종일 집에 있어 준 적이 있었는데 그때는 아무런 소리도 들리지 않았다.

'신경이 예민해진 탓이겠지요.'

그러고는 내게 하얀 알약을 한 알 줬는데 대체 무슨 약인지 그것만 먹으면 졸음이 쏟아져서 낮에도 밤에도 잠만 자게 되었다. 호진 씨에게 더는 걱정을 끼치고 싶지 않았을뿐더러 밤낮으로 잠만 자는 것도 내키지 않아서 요즘에는 소리가 나도 일부러 호진 씨에게 별다른 얘기를 하지 않았다.

"자, 그럼 신혼살림을 차린 부부의 집은 어떤지 어디 한번 보여 주시지요."

재옥이 익살스럽게 두 손을 모아 절을 하는 모양새를 취했다. 나는 피식 웃으면서 재옥을 먼저 작업실로 안내했다. 재옥은 내가 장식용으로 갖다 놓은 브루투스의 석고상을 보더니 칼에 찔린 시늉을 하고는 이렇게 말하는 것이었다.

"에 투, 브루테?(Et tu, Brute?)"[4]

"네가 카이사르라도 된다 그 말이야?"

내가 웃음을 참으며 말했다.

"브루투스 하면 생각나는 게 이 말밖에 없거든. 그때 라틴어

---

4 카이사르가 암살을 당했을 때 했던 말로, 믿었던 브루투스가 암살에 가담하자 "브루투스, 너마저도?"라고 했다.

초급반 수업을 들을 때 어찌나 지겹던지 난 겨우 비뿔 받고
탈출했잖아. 넌 에이뿔이었지?"

"응."

"넌 참 잘두 중급반, 고급반까지 착실하게 수업 듣더라. 그게
재미있던?"

"재미있으니까 영문과를 졸업했지. 넌 재미없었니?"

"얘, 영문과랑 보육과랑 음악과 이 세 개 중에서 골라야 했는데
내가 악기에 흥미가 있니, 어린애들 가르치는 걸 좋아하니? 남은 건
영문과 하나라서 지원했지."

나는 전문학교에 가기 위해 한 달 넘게 단식투쟁을 해서 겨우
입학할 수 있었는데, 재옥은 마치 딸기 맛 사탕을 먹을지 레몬 맛
사탕을 고를지 고민했다는 투로 얘기했다. 위로 언니와 오빠, 그리고
남동생과 여동생 둘까지 있는 나와는 달리 재옥은 오빠만 다섯 있는
집의 늦둥이 고명딸이었다. 뭐든 원하는 것은 쉽게 얻어 내곤 했다.
전문학교 입학과 졸업, 그리고 유월회의 주연배우 자리까지도.

내가 그런 생각을 하는 동안 재옥은 내가 쓰던 원고지 뭉치를
보며 말했다.

"이번에두 라디오 극본 공모에 낼려구?"

"모르겠어. 지난번에도 〈카르멘〉 대본을 냈는데 보기 좋게
떨어졌잖아. 그냥 혼자서 써 본 거야. 난 아무래도 재능이 없는 것
같애."

"얘, 그런 말 하지 말라니까! 넌 그냥 아직 때가 안 온 것뿐이야."

"그런가?"

재옥은 미닫이문을 닫고 다음 방문을 거침없이 열었다.

"자, 이게 바로 신혼부부의 방인가? 봐두 되지?"

"응. 그럼."

"짜잔! 어디 보자."

문을 활짝 열어젖힌 재옥의 뒷모습이 보여서 어떤 표정을 짓고 있는지까지는 보이지 않았다. 아무튼 재옥은 계속 호들갑을 떨고 있었다. 핑크색 커튼과 하얀 비단에 금실로 자수가 새겨진 이불이 놓인 침대, 그리고 나무로 된 작은 옷장과 전신 거울이 전부였다. 화장대는 놓을 공간이 없어서 들여놓지 않았다.

"이야, 완전 아늑한데? 침대는 네가 들여놓자 했니?"

"아니, 호진 씨가. 아침저녁으로 이불 폈다 접는 게 귀찮을 거라고."

"흐음."

다다미 6장이 들어가는 방에 퀸 사이즈 침대를 놓자 방이 꽉 차 버렸다. 내 옷은 그리 많지 않아서 옷장 속에 전부 넣을 수 있었지만 호진 씨의 옷은 적지 않아서 일단 여름철 슈트만 넣어 놓았다. 나머지 옷들은 호진 씨를 길러 준 친척이 살고 계신 안국정의 저택에 있었다.

안방 구경이 다 끝났는지 재옥은 문을 닫고는 화장실로 향했다. 수세식 변기와 세면대, 샤워 시설이 설치된 화장실을 보며 재옥이 탄성을 질렀다.

"우와, 완전 신식이잖아. 너무 편하겠다. 요즘에도 더운물은 나오는 거지?"

"응. 거기 보일러 있잖아. 석탄으로 물을 데우는 거야."

"정말 좋다. 우리 집에도 내가 신식 화장실을 만들어야 한다구 우겨서 부엌이랑 욕실을 새로 싹 만들었잖아. 한동안 어찌나 시끄럽고 먼지가 나던지. 넌 처음부터 이런 데서 살아서 좋겠다."

화장실 구경을 마친 재옥이 응접실로 가서 소파에 앉아 스타킹을 신지 않은 곧은 다리를 쭉 뻗었다. 곱게 다듬은 머리카락이 엉망이 되었어도 재옥은 퍽이나 아름다웠다.

"너, 아직 작가님 친척 아주머니 못 만났니?"

"응, 아직."

나는 짧게 대답했다. 재옥이 말하는 '작가님'은 호진을 말하는 것이었다. 재옥이 유월회 배우고 호진이 유월회의 작가니 그렇게 부르는 듯했다.

"커피 마실래?"

내가 물었다.

"그래, 좋아."

나는 주방에 가서 물을 끓이고 프렌치프레스와 거칠게 간 커피를 꺼냈다. 주방이라고 해 봐야 요리라고는 아침에 일어나면 식빵을 굽고 커피를 끓이고 스크램블드에그를 만드는 게 전부였다. 그리고 그것조차 호진 씨가 직접 했다. 나는 낮 동안에 커피를 끓여 마시는 정도로만 이용했기 때문에 주방은 항상 깨끗했다.

"신식 주방이 역시 좋지?"

재옥이 말했다.

"우리 집두 주방은 신식으로 싹 고쳤거든. 일은 찬모들이 하니까 어머니가 처음에는 부엌까지 바꿀 필요가 있을까 하셨는데, 막상 고치구 나니 너무 좋아하시는 거야. 이참에 그릇까지 노리다케[5]에서 나온 양풍으로 싹 바꿔서 들여놨잖아."

---

5   1904년에 창립된 일본의 도자기 회사.

나는 처음 재옥의 집에 간 일을 떠올렸다. 고래 등 같은 기와를 이고 위풍당당하게 서 있던 재옥의 집. 하지만 안으로 들어가 보니 완전 서양식으로 꾸며져 있었다. 서양에서 좋아할 법한, 시누아즈리라고 불리는 청나라풍의 나비들이 수놓아진 자수 병풍에 접이식 탁자, 등나무 의자, 캐비닛, 꽃병, 티파니사에서 만든 섬세한 램프, 쿠션, 단스[6], 침대 등. 재옥을 따라다니며 나는 시골 때를 벗고 '경성 물'을 먹은 '하이카라'가 되었다.

　칼을 어디다 뒀더라. 요리를 안 하니 어디에 뭐가 있는지 알 수가 없었다. 물이 끓는 동안 찬장을 뒤져 칼과 접시를 꺼내 재옥이 사 온 수박을 썰었다. 수박이 어찌나 크고 단단한지 칼이 부러질 것 같았다.

　"내가 좀 도와줄까?"

　"아냐, 그냥 앉아 있어. 거의 다 됐어."

　쩍 하고 수박이 갈라졌다. 신선한 과즙이 뚝뚝 떨어졌다. 나는 수박을 먹기 좋게 잘라 접시에 담은 후 행주로 과즙을 닦아 냈다. 마침 물이 다 끓어서 프렌치프레스에 뜨거운 물을 붓고 천천히 커피가 우러나길 기다렸다. 어머니가 신접살림을 마련하실 동안 통영에 가지 않고 계속 혜령이의 집에 머물며 영어를 가르쳤기 때문에 어머니가 무슨 그릇을 사셨는지도 잘 몰랐다. 찬장을 뒤지자 옻칠을 한 일본산 나무 쟁반이 있어서 그 위에 수박 접시와 유리로 된 커피 잔을 올리고 응접실로 가져갔다.

　"그렇게 있어두 새색시티가 전혀 안 나는구나. 이건 칭찬이야."

6　서랍이 달린 일본식 장.

“새색시티가 나면 또 어때서? 혼인했으면 새색시지 무어.”

재옥은 철저한 독신주의자였다. 그렇기에 나는 전혀 기분이
상하지 않았다.

“나 혼인한 친구 집에 와 보는 건 처음이야. 죄다 시부모랑
같이 살아야 한대서 시집가고 나면 얼굴도 제대로 못 보잖니.
그러다가 아이 낳으면 아이 키우느라 바빠서 어렸을 적 친구 따위는
상관없다는 식으로 변해 버리고.”

그러고 보니 호진 씨와 결혼하기로 했다고 재옥에게 알렸을 때
재옥은 나를 덥석 껴안고 이렇게 말했다.

‘널 영원히 나와는 다른 세계로 보내 버리는 느낌이야.’

‘애는, 누가 보면 청나라에 공녀로 끌려가는 동무 보는 줄
알겠다.’

‘그 결혼, 꼭 해야겠니? 지금은 작가님이 마냥 멋지구 핸섬해
보이지? 글 쓰구 그림 그리구 음악 하는 남자는 만나지 말라구 했어.
그런 남자들이 얼마나 까다롭고 예민한데. 게다가 너두 좀 예민하니?
지금 당장 네 부모님한테서 돈도 못 받구 혼자 집세며 생활비며
벌려니까 힘들어서 도피하고 싶은 모양인데, 도망친 곳에 천국은
없다는 말이 있어.’

‘난 잘해 나갈 자신이 있어. 걱정 마.’

하지만 결혼식 이후로 재옥은 언제 그랬냐는 듯 호진에 대해
부정적인 말은 일절 늘어놓지 않았다.

“애, 앉아. 음, 이 수박 내가 사 온 거지만 맛있다. 시원하고 달아.”

창밖에는 여전히 비가 쏟아지고 있었다. 재옥이 집에 온 뒤로
바퀴벌레며 여자의 비명 소리며 까맣게 잊었다. 나는 안도의 한숨을
쉬었다. 재옥이 집에 있는 동안에는 안전할 것이다. 하지만 재옥이

집을 나가고 혼자 남게 된다면?

"이걸 여기다 걸어 놨구나."

재옥이 둘 데가 없어서 응접실 한편에 걸어 놓은 내 웨딩드레스를 보며 말했다. 호진 씨와 나는 신식 결혼식을 원했다. 결혼식 전, 호진 씨는 내게 이렇게 말했다.

'조지아백화점 양복부에 가서 상희 씨가 제일 마음에 드는 드레스로 맞추세요. 계산은 제가 하겠습니다. 제 이름 앞으로 달아 놓으세요.'

드레스는 완벽했다. 크림색의 섬세한 레이스로 뒤덮인 드레스는 나의 지나치게 마른 몸매를 보완해 주었을뿐더러 재옥의 말에 따르면 '보티첼리의 그림 속에 나오는 여자'처럼 보이게 해 주었다. 드레스값이 얼마인지는 알 수 없었다. 하급 공무원의 월급이 80원이었으니까, 그것보다 몇 배는 더 나갔을 거라고 짐작만 할 뿐이었다.

"응. 도저히 안방 옷장에 들어가질 않아서."

"결혼식 날, 너 참 예뻤는데."

"얘는 참, 쑥스럽게. 그나저나 너는 정말로 결혼 생각이 없는 거니? 너야말로 몸에 잘 맞는 웨딩드레스를 입으면 줄리엣처럼 로맨틱할 텐데."

"줄리엣은 무슨. 결혼은 속박이구 구속이야. 결혼을 하려면 어느 정도 상대방과 대화가 통해야 하는데, 그럼 대학물이라두 먹은 사람이어야 하지 않겠니? 그런데 그런 사람이 어디 아내가 없겠니? 부모가 시키는 대로 스무 살도 되기 전에 여학교라고는 가 본 적 없는 조신한 아내와 혼인했겠지. 그런 사람이 어디 순순히 이혼하고 나랑 결혼하겠니? 그럼 난 첩밖에 안 되는 거야."

경성의 카르멘

"아닌 사람도 있잖아. 호진 씨처럼."

"글쎄."

재옥은 더 이상 같은 주제로 대화하기 싫다는 듯 말없이 커피를 마셨다.

"비도 다 그친 것 같은데, 보헤미안에나 같이 가자. 나 옷 찾을 거 있어. 어차피 집에서 밥두 안 해 먹는다며. 좀 있으면 저녁이야."

재옥이 말했다. 나는 창밖을 내다보았다. 정말로 비가 거짓말처럼 그쳐 있었다. 그리고 보니 재옥은 앞코가 살짝 뚫린, T자 스트랩이 발등을 가로지르는 샌들을 신고 왔다.

"세상에, 너 이 신발 신고 온 거야?"

"응. 비두 오고 여름인데 뭐 어때서. 신문에서는 '하이카라' 여자들이 발 내놓고 다니는 게 무슨 몹쓸 피부병에라두 걸린 사람 취급하지만, 이 염천 지옥에 비두 퍼붓는데 스타킹 신고 앞이 막힌 구두를 신으라는 건 말이 안 돼. 내가 무슨 옷을 입든 다른 사람이 무슨 상관이니? 벌거벗고 돌아다니는 것두 아닌데."

조약돌같이 반들반들한 발톱에 빨간 매니큐어까지 칠한 재옥은 확실히 '하이카라'의 첨단을 달리고 있었다. 나는 재옥처럼 발을 내놓을 자신은 없었지만 스타킹은 신지 않고 앞이 막힌 구두를 신고 집을 나섰다. 전차를 타고 종로2정목에 있는 보헤미안으로 향했다. 전차 안에서 흘끔흘끔 쳐다보는 남자들이 몇 명 있었지만 재옥은 그 정도는 익숙하다는 듯 아무 일도 없다는 얼굴이었다.

보헤미안에 도착하자 사장인 지설하가 맞아 주었다.

"저번에 맡긴 옷 다 됐나요?"

"네, 입어 보시겠어요?"

"네."

지설하가 들고나온 건 화사한 개나리색의 투피스였다.

"고마워요."

재옥이 검은색 브리프케이스를 든 채로 옷을 받아 들고 탈의실 안으로 들어갔다. 나는 소파에 앉았다. 테이블 위에 드레스를 입은 서양 여자들의 사진이 실린 잡지가 놓여 있었다. 지난 4년 동안 나는 옷을 단 한 번도 맞춘 적이 없었다. 집세와 생활비를 동시에 벌어야 했기 때문이었다. 호진 씨와 결혼하고 부모님과 화해한 지금은 옷 한 벌 정도 맞추는 게 그리 힘든 일이 아니었다. 오랜만에 나도 한 벌 맞춰 볼까, 하고 스타일북을 펼치려는데 재옥이 탈의실 커튼을 열고 나왔다.

"어떠니?"

탈의실 문을 열고 개나리색 투피스를 입은 재옥이 포즈를 취했다. 푸른색 계열만 잘 받는 줄 알았는데 이제 보니 쨍한 노란색까지 잘 소화했다.

"예쁘네."

내가 말했다.

"어디 불편한 데는 없으시죠?"

지설하가 물었다.

"네, 딱 맞게 잘 나왔네요. 암홀도 편하구."

거울을 보고 재옥이 만족한 듯 말했다.

"이거, 입고 갈게요. 올 때 입었던 옷 좀 싸 주세요."

"네, 잠시만 기다리세요."

지설하가 흰 블라우스와 베이지색 스커트를 들고 안쪽으로 사라졌다. 재옥은 딸기 자수가 수놓아진 손수건을 꺼내 이마에 맺힌 땀을 닦았다. 알파벳 L, 그러니까 재옥의 이름 머리글자가 수놓아져

경성의 카르멘

있었다.

"여기 있습니다."

지설하가 보헤미안의 상표가 찍힌 쇼핑백을 내밀었다. 안에는
내 옷이 들어 있었다.

"감사합니다. 또 올게요."

"네, 조심히 가세요."

지설하가 인사를 했다.

"점심은 어디서 먹을까?"

"글쎄, 딱히 생각나는 데가 없는데."

"그럼 그냥 앵커루 가자."

"그래."

'앵커'는 보헤미안 근처에 있는 양식당이었다. 나와 재옥은
전문학교 시절부터 종종 거기서 밥을 먹곤 했다. 비가 그치면서
햇볕이 뜨겁게 내리쬐어서 습도가 확 높아졌다. 무척 더웠다.
등줄기로 땀이 줄줄 흘렀다. 매미가 어찌나 시끄럽게 우는지 귀가
찢어질 것 같았다.

"휴, 정말 덥다. 대체 언제쯤 시원해진다던?"

"처서는 지나야 시원해지지. 아직 한참 남았어."

음식이 나오고 한동안 재옥과 나는 먹는 데 집중하느라 아무
말도 하지 않았다. 어느 정도 배가 찬 뒤에야 입을 열고 말할 기운이
생겼다.

"그럼 이제 부모님이랑은 완전히 화해한 거야?"

"글쎄, 어느 정도는."

"그래도 다행이다. 진짜, 4년 동안 그분들 정말 너무하셨어. 여자
혼자 경성에서 사는 게 얼마나 힘들고 고되니? 하여튼, 가지고 있는

건 돈밖에 없어 가지구 그걸 무기 삼아 틀어쥐고 자식들을 자기 뜻대로 좌지우지해 보려는 부모들, 정말 싫어. 폭력이나 마찬가지야. 자기 말 안 듣는다고 돈 안 주구 자기 말 들으면 돈 주구, 그게 무슨 가족이니? 고용인과 피고용인의 관계지."

"사실 나도 요즘 썩 기분이 좋진 않아. 내가 경성에서 작가 하겠다고 하니까 돈은커녕 맹장 수술할 때도 안 와 본 분들이 결혼한다니까 혼수 장만하라고 돈을 턱턱 내주신 게. 나는 그동안 변한 게 없는데. 달라진 게 있다면 결혼할 남자가 있다는 것뿐인데 말이야."

"너 맹장 수술할 때두 안 오셨던가? 진짜, 너무했다."

혜령의 집에 살면서 영어를 가르치던 때였다. 안주인인 윤아녜스는 점잖은 사람이라 돈 주고 데려온 선생이 아파서 수업을 못 하겠다고 하면 싫은 티를 내지는 않을 테지만 '고용인' 입장에서 마냥 좋을 수는 없을 터였다. 다들 맹장염에 걸리면 배가 아파서 데굴데굴 구른다던데 나는 복통은 전혀 없었다. 그냥 어지럽고 먹은 대로 토하고 열이 펄펄 끓어서 장염인가 하고 해열제를 먹어 가며 수업을 계속했다. 그러다가 수업을 마치고 얼굴이 허옇게 질린 채 바닥에 주저앉았고, 병원에 실려 가 보니 맹장염이라며 빨리 수술하지 않으면 복막염이 된다는 것이었다. 윤아녜스에게 부탁해서 통영의 집에 전보를 쳤지만 수술 후 눈을 떴을 때 내 옆을 지키고 있던 건 호진 씨였다. 내 부모로부터는 '우리는 모르는 일이니 알아서 해라'라는 답장이 와 있을 뿐이었다. 나는 그때 비로소 호진 씨의 마음을 받아들였다. 그렇게 1년이 지나고 열흘 전 우리는 통영에 있는 한 교회에서 결혼식을 올렸던 것이다.

"호진 씨랑 부모님한테 인사드리러 갔을 때 얼마나 긴장했는지

경성의 카르멘

알아? 너도 알겠지만 그분들이 좀 꽉 막힌 분들이어야 말이지. 집안도 좋아야 하고 당자도 좋아야 하고. 호진 씨야 흠잡을 데 없는 사람이지만 글 쓰는 사람이라고 싫어할 수도 있고."

"그래서, 어떻게 됐어?"

"다행히 호진 씨가 눈치가 빨라서 그분들이 어떤 성향인지 빨리 알아채더라고. 경성제대 법대를 졸업했으니 고등문관시험[7] 사법과 시험을 볼 생각도 있다, 지금 살고 있는 안국정의 친척 어른들이 자식이 없어서 자신을 양자 삼아 재산을 물려주실 거다, 뭐 그런 얘길 했지."

"흐음."

재옥이 이미 다 마신 칼피스 컵을 빨대로 쭉쭉 빨았다. 얼음이 녹은 물이 빨대로 흘러 들어갔다.

"진짜로 볼 거래?"

"뭐가?"

"작가님 말이야. 고등문관시험."

"얘, 호진 씨가 왜 시험을 보니? 이미 작가로 성공한 분인데. 조선의 기쿠치 간이라는 소리는 아무나 듣니? 나중에 100년쯤 지나서 사람들이 기쿠치 간은 기억해도 동년배 판사였던 사람은 누가 기억이나 하니?"

"양자 얘기는 뭐야? 사실이야?"

"아마도 그렇게 되지 않겠어? 어쨌든 그분들이 호진 씨를 키워 줬고, 그분들한테 따로 자식이 있는 것도 아니니까 호진 씨를 양자로

들이면 더 나이 들어서 호진 씨가 그분들을 돌봐 드릴 수도 있고."

"넌 괜찮니?"

"뭐가?"

"네 시부모나 마찬가지가 될 사람들인데, 아직 얼굴도 못 봤다며? 어떤 사람인지 걱정되지 않아?"

"글쎄, 그 집 아주머니는 몸이 안 좋아서 못 뵀지만 아저씨는 봤어. 그때 우리 부모님이 경성으로 오셔서 철도 호텔에서 상견례도 했으니까."

"그래서? 인상이 어떻던?"

"글쎄, 참 소탈하시더라. 전혀 부잣집 사장님 티가 안 나는 분이던데. 그게 그분이 좋은 분이라는 얘기 아니겠어? 오만하지도 않고 사람 아래로 보지도 않고."

오른쪽 뺨에 커다란 반점이 있다는 얘기는 하지 않았다. 그러면 또 혹시 유전이 되는 피부병이 있는 게 아니냐고 물을 게 뻔하니까. 나는 슬슬 기분이 나빠졌다. 재옥은 호진 씨 얘기를 마치 경찰이 취조하듯 캐묻는 버릇이 있었다. 한동안 안 그러더니 오늘 또 시작이다. 마치 뭔가 들켜서는 안 되는 비밀을 가지고 있는 사람들이 아니냐는 얘기였다.

"아무리 작가님이 깬 남자라고 해두 조선 남자들은 결국은 아내한테 시부모 봉양을 맡기기 마련이야. 양자로 들어가게 되면 너두 그분들을 시부모로 모셔야 하는데, 어떤 분들인지 한 번만 보구선 알 수 있어? 아직 안국정 집에도 못 들어가 봤지? 부모나 마찬가지라면 진작에 너를 그 집에 들여놔야 하지 않겠어?"

"그건 그 집 아주머니가 많이 편찮으셔서 그런 거야. 그리고 네 말대로 한번 그 집에 발을 들여놓으면 아무리 친부모가 아니라고 해도 내가 며느리 노릇을 해야 하는데, 그러면 이렇게 너 만나서 얘기하고 집에서 글이나 쓸 수 있겠니? 그런 데 신경 쓰느라 글을 제대로 못 쓸까 봐 일부러 아팟-토로 들어간 거라고. 넌 왜 그렇게 의심이 많니?"

"의심이 아니라, 조심해서 나쁠 건 없다는 얘기야."

"조심하면 어쩔 건데? 이미 결혼까지 했는데."

"…."

어색한 침묵이 흘렀다. 재옥이 갑자기 손을 들더니 급사를 불러 백포도주 한 잔을 주문했다.

"너도 마실래?"

"난 됐어."

술맛을 볼 기분이 아니었다. 그때 입구 쪽에서 발소리가 저벅저벅 나더니 문이 열리고 흰색 파나마모자를 쓴 호진 씨가 들어섰다.

"역시, 둘 다 여기 계셨군요. 혹시나 해서 와 봤는데."

호진 씨는 한 손에 신문을 들고 내가 보지 못한 넥타이를 매고 있었다. 푸른색 바탕에 오렌지색 페이즐리 무늬였다. 안국정 집에 있는 걸 매고 온 걸까? 그러고 보니 타이 모양도 늘 매던 윈저 노트[8]가 아니라 클래식 노트로 매어져 있었다.

"무슨 얘기를 하고 계셨습니까?"

호진 씨가 물었다.

"이를테면 신문(訊問)이지요."

---

8 이 매듭을 즐겨 하던 윈저 공작의 이름에서 유래되었다. 매듭이 두툼하므로, 이탈리아식 칼라나 윈저 칼라처럼 양쪽 깃 사이가 넓은 칼라의 셔츠에 연출하기 적합하다.

재옥이 대답했다. 테이블 밑에 있는 재옥의 다리를 툭 찼지만 재옥은 전혀 아랑곳하지 않았다.

"네? 누구를요?"

"누구긴요. 바로 작가님이죠."

"저를요?"

나는 재옥이 더 쓸데없는 소릴 하기 전에 얼른 화제를 돌렸다.

"식사는 하셨어요?"

"아직이요."

"이렇게 늦은 시간까지 저녁도 안 드시면 어떡해요."

"그래서 여기 오지 않았습니까. 저녁은 거의 다 드신 모양이죠?"

"뭐라도 좀 시켜서 드세요."

내가 손을 흔들자 안에 있던 급사가 메뉴판을 가지고 왔다.

"저는 그럼 농어구이 크림파스타에 백포도주 한 잔으로 하지요."

호진 씨가 말했다.

"제 것도 주세요."

재옥이 빈 와인 잔을 흔들며 말했다.

"그럼 저도 주세요."

무슨 오기였는지, 난 재옥과 달리 평소에 술을 잘 마시지 않았지만 오늘만큼은 마셔야 할 것 같았다. 흰 셔츠에 검은색 조끼를 입은 급사가 주문 내용을 적더니 안으로 사라졌다.

"웬일입니까? 술을 다 드시고."

호진 씨가 물었다.

"재옥이랑 맞추려고요. 쟤 벌써 석 잔째예요."

"얘, 나는 이 정도 가지구는 취하질 않아. 알면서 그래?"

경성의 카르멘

"술 마시는 거 자랑하는 거 아니랬어. 공연 준비는 잘되고 있나요?"

내가 물었다.

"아니요."

호진 씨가 한숨을 푹 내쉬었다.

"재옥 씨랑 다른 단원들한테는 내일 말하려고 했는데, 작품을 바꿔야 합니다."

"네? 그게 무슨 말인가요?"

"오스카 와일드의 〈살로메〉를 하는 거 아니었나요?"

"그랬죠. 그런데 오늘 갑자기 극장주가 〈카르멘〉으로 바꾸라는 겁니다. 오페라 말고 소설을 바탕으로요. 〈살로메〉는 원작이 희곡이라 대사만 고치면 됐지만 소설을 희곡으로 바꾸려면 시간이 꽤나 걸릴 겁니다. 그리고 여주인공은 반드시 붉은색 옷을 입어야 한다고 하더군요."

"벌써 공연이 두어 달 안 남았는데요. 이제 와서 언제 대본을 바꾸고 연습은 언제 하나요?"

"그러게 말입니다."

그 순간 또각또각 구두 소리가 나더니 한 젊은 여자가 수첩을 품에 안은 채 우리가 앉은 테이블 쪽으로 걸어왔다.

"저… 혹시 정호진 작가님 되세요?"

"네, 맞습니다."

호진이 서글서글하게 웃으며 말했다. 나 말고 다른 여자 앞에서 저렇게 웃지 말았으면 하는데.

"어머, 진짜네. 어떡해! 어떡해!"

여자가 발을 동동 구르는 동안 호진이 익숙하다는 듯 만년필을 꺼내며 말했다.

"사인해 드리겠습니다. 그 수첩 이리 주시죠."

"네, 네!"

여자는 손을 덜덜 떨며 호진에게 수첩을 건넸다. 호진이 수첩을 넘겨 빈 페이지를 찾은 뒤 사인을 하면서 물었다.

"성함이 어떻게 되시죠?"

"김, 김옥선이요."

"김옥선 님. 여기 사인 있습니다."

여자의 수첩에는 아름다운 영어 필기체로 쓴 호진의 사인이 들어 있었다.

"정말 감사합니다, 감사해요."

"네, 저도 감사합니다."

여자는 발이 떨어지지 않는 듯 천천히 발걸음을 옮겼다.

"번거로우시겠어요, 매번."

여자가 완전히 사라지고 나자 재옥이 말했다.

"이럴 줄 알았으면 얼굴을 공개하지 않는 건데 말입니다. 하지만 그래도 아주 싫지는 않습니다. 저를 좋아해 주시는 분들이 있으니 제가 있는 거니까요."

"그래두 밖에서 사람들이 알아보면 프라이버시두 없구 힘들지 않으셔요?"

"사실, 이렇게 될 줄 알았으면 애초에 사진 같은 건 공개하지 않을 걸 그랬다는 생각은 합니다. 아시다시피 제가 고보 때 등단을 해서, 신문사에서 믿을 수가 없다고 사무실에 작업 노트 같은 걸 들고 와 달라고 해서 가지고 갔었죠. 그때 담당자가 사진을 찍어서 실으면 더욱 좋겠다고 해서 사진을 찍은 게, 결국 이렇게 되었네요."

경성의 카르멘

"그래두 상희 너는 안심이겠다. 사방에 작가님을 감시하는 눈이 있으니 작가님이 행여나 널 속이구 딴짓하실 일은 없을 거 아냐."

"얘는, 무슨 그런 말이 있니."

나는 살짝 핀잔을 주는 듯 말했지만 내심 그렇게 생각해 왔기에 뜨끔하지 않을 수 없었다. 포도주를 벌컥벌컥 들이켰다. 몸에 열이 오르는 것 같았다.

"딴짓이라뇨? 재옥 씨가 말하는 딴짓이 뭐죠?"

"작가님은 뻔히 아시면서, 제가 굳이 그걸 꼭 말루 해야만 하겠어요?"

"글쎄요. 저는 전혀 짐작이 가지 않습니다. 재옥 씨는 생각이 많은가 보네요."

"얘, 참, 너 아까 브리프케이스 들고 오지 않았니?"

갑자기 생각난 내가 재옥에게 물었다.

"브리프케이스? 아아, 그거?"

재옥이 술잔에 남은 포도주를 다 비우며 말했다.

"다음번에 찾으러 가지 뭐. 아마 잘 갖구 있을 거야."

식사가 끝난 후 호진은 삯을 미리 치르고 재옥을 인력거에 태워 집으로 보냈다.

"저렇게 혼자 보내도 될까요?"

"자신이 감당할 수 있을 만큼만 마셔야지요. 그리고 제가 보기에 재옥 씨는 별로 취한 것 같지도 않습니다."

그러고는 호진 씨가 내 손을 덥석 잡았다. 그의 크고 따뜻한 손. 내가 무엇보다 좋아하는 것이 바로 호진 씨의 길고 아름다운 손이었다. 글을 쓰느라 박인 오른손 새끼손가락의 굳은살까지. 나는 그의 손이 너무 좋았다.

해가 지니 날씨가 아주 조금 시원해졌다. 호진은 내 손에 깍지를 꼈다. 내가 가장 좋아하는 순간이었다. 해가 진 무더운 여름날, 가끔 시원한 바람이 불어오는 가운데 호진 씨와 깍지를 끼고 나란히 걷는 것. 하지만 이것도 그리 오래 하진 못했다. 호진 씨가 유월회 공연이 끝날 때까지는 '스캔들'이 나면 안 된다며 부탁을 했기 때문이다.

'지금도 귀찮은 일이 종종 생겨서요. 상희 씨는 이해하시지요? 제가 결혼했다는 게 알려지면 사람들은 연극보다 제 이야기에 더 관심을 가질 겁니다. 이번 공연만 끝나면 바로 결혼 사실을 알립시다. 상희 씨가 기고하는 잡지에 제 얘기를 써도 좋습니다. 공연이 끝날 때까지만 참아 주세요. 부탁드립니다."

다정한 말투로 그렇게 얘기하는데 어떻게 싫다고 할 수 있나. 어차피 결혼식도 했고 혼인신고도 했다고 하니 결혼 사실이 조금 늦게 밝혀진다 한들 별 상관은 없다. 나는 '내조를 잘하는 아내'가 되고 싶었다. 그것이 맛있는 음식을 차려 내고 집안일을 하고 옷 손질을 하는 것이 아니더라도. 호진 씨도 내게 그런 걸 바라지 않는다. 내조에도 여러 가지 방법이 있다. 호진 씨나 나나 무엇보다 중요한 건 서로의 예술 세계다. 우리는 서로 상대방의 세계를 방해하지 않기로 약속했다. 그리고 지금까지 둘 다 그걸 지키고 있었다.

"오늘은 집에서 주무실 건가요?"

"극단에 다시 가 봐야 합니다만, 왜요? 또 무슨 소리가 들립니까?"

"…네."

"그것참 큰일이네요. 오늘 그럼 잠시만 집에 들르겠습니다."

"저 때문에 연극 준비가 제대로 안 되는 것 아닌가요?"

경성의 카르멘

"하루 정도는 괜찮습니다. 집으로 가지요."

그리고 호진 씨는 택시를 잡았다. 우리의 아팟-토는 남산에 있었다. 택시가 아팟-토로 가는 동안 우리는 뒷좌석에서 손을 꼭 잡고 있었다. 호진 씨의 어깨에 머리를 살짝 기댔다. 나는 키가 커서 나보다 키가 작은 남자가 있을 정도였는데 호진 씨는 키가 커서 내가 머리를 편하게 기댈 수 있었다. 호진 씨에게서 낯선 비누 냄새가 났다. 대중목욕탕에라도 들러서 씻은 걸까? 그러고 보니 며칠 집에 안 들어온 사람치고는 옷매무새가 너무 깔끔했다.

잠깐 잠이 들었던 걸까. 호진 씨가 나를 흔들어 깨웠을 때는 이미 집에 도착해 있었다. 계단을 올라 2층에 있는 우리 집에 도착했다. 어느새 잠은 달아나고 심장이 쿵쿵 뛰었다. 또 바퀴벌레가 나오면 어떡하지. 또 여자 비명 소리가 들리면 어떡하지.

"왜요, 또 무슨 소리가 들립니까?"

호진 씨가 물었다.

분명히 소리가 들렸다.

"네."

"소리가 난다구요? 무슨 소리요? 저는 전혀 모르겠는데요."

호진 씨는 정말로 모르겠다는 표정을 짓고 있었다. 이 와중에도 여자의 비명 소리는 계속되고 있었다. 미칠 것 같은 기분을 꾹 참고 말했다.

"호진 씨."

"네."

"혹시 제가 일부러 그런다고 생각하는 거 아니죠?"

"뭘 일부러요?"

"소리요. 나지도 않는 소리를 일부러 난다고 거짓말한다고 생각하는 건 아니냐구요.”

“그럴 리가 있습니까?”

호진 씨가 팔뚝으로 내 어깨를 감싸며 말했다.

“정말로 상희 씨가 집에 있을 때만 소리가 나거나, 아니면 상희 씨가 신경쇠약이라 그렇겠지요. 상희 씨가 뭐 하러 거짓말을 하겠습니까?”

“…호진 씨의 관심을 끌려고요.”

“정말입니까?”

“아니요. 정말 아니에요. 분명히 혼자 있을 때는 소리가 들리는데 집에 다른 사람이 같이 있으면 소리가 안 나니까, 아무도 제 말을 믿어 주지 않는 건 아닐까 해서요. 오늘만 해도 재옥이가 오기 전까지는 소리가 들렸는데 재옥이가 집에 오니까 귀신같이 소리가 멈췄어요. 이러다 아무도 제 말을 믿어 주지 않을까 봐 겁이 나요.”

“제가 있는 한 그럴 일은 없으니 걱정하지 마세요. 제가 없는 동안 잠은 잘 잤나요?”

“소리 때문에 신경이 쓰여서 잘 못 잤어요.”

“그럴 땐 약을 먹으라고 했지 않습니까.”

호진 씨가 자리에서 일어나 약을 가지러 가는 걸 얼른 손목을 붙잡고 말렸다.

“오늘은 필요 없어요. 호진 씨가 옆에 있으니까 그냥 잘 수 있을 것 같아요.”

그렇게 우리는 불을 끄고 자리에 누웠다. 어느샌가 여자의 소리는 멈춰 있었다. 곧 호진 씨가 규칙적으로 숨을 쉬며 잠에 빠진 소리가 났지만 나는 잠이 오질 않았다. 몇 시쯤 되었을까. 호진

경성의 카르멘

씨를 깨울까 봐 시계를 볼 수도 없었다. 나는 다이아몬드 반지를 만지작거리면서 옆으로 돌아누웠다. 아무 소리도 들리지 않았다. 하지만 잠이 오지 않았다. 언제고 다시 소리가 들릴지 몰랐다. 나는 조용히 자리에서 일어나 슬리퍼에 발을 밀어 넣고 조심조심 안방을 나왔다. 밤이라도 더운 건 마찬가지였다. 응접실 소파에 앉았다. 어둠에 눈이 익자 벽에 걸린 시계가 눈에 들어왔다. 오전 4시가 조금 지나 있었다. 약을 먹지 않으면 늘 이 시간에 깨곤 했다. 더워서 탁상용 히타치 선풍기를 틀려는데, 갑자기 소리가 또 들려왔다.

아악.

등에 소름이 돋았다. 또 같은 여자의 목소리였다. 여자는 또다시 소리를 지르기 시작했다.

아악. 아악. 아아아아악.

소파에서 벌떡 일어나 안방으로 갔다. 곤히 잠들어 있는 호진 씨를 마구 흔들어 깨웠다.

"호진 씨! 호진 씨!"

"응? 으음…."

"좀 일어나 보세요! 빨리요!"

"대체 왜 그러는 거예요? 지금이 몇 신데."

"또 여자의 소리가 들려요. 지금요. 잘 들어 보세요."

"으음?"

호진 씨가 인상을 찌푸린 채 일어나 앉았다.

"잘 들어 보세요. 또 소리가 나요."

"아무 소리도 안 나는데요?"

정말 미칠 지경이었다.

"지금 소리가 들리고 있잖아요!"

내가 소리를 질렀다.

"여기선 잘 안 들리는 걸지도 몰라요. 거실에 있을 때 분명히 들었어요. 나와 보세요."

"알겠습니다. 우선 흥분을 가라앉히세요."

잠에서 덜 깬 호진 씨가 느릿느릿 말했다.

"제가 흥분 안 하게 생겼나요? 계속해서 여자 비명 소리가 들리는데!"

"알겠습니다. 자, 자, 거실로 가지요."

호진 씨가 허둥지둥 거실로 나왔다. 우리는 거실 한가운데에 서서 숨도 쉬지 않은 채 온 신경을 귀에 집중했다. 계속 여자의 비명 소리가 들렸다. 나는 한숨을 쉬며 소파에 주저앉았다.

나는 땀을 줄줄 흘리고 있었다. 호진 씨가 선풍기를 틀어 내게 바람이 오도록 방향을 조절했다.

"그동안 너무 긴장한 상태로 살아온 탓입니다. 이제 제가 있으니 아무 걱정 하지 마시라니까요."

"제가 일부러 이러는 게 아니에요. 여자 비명 소리가 너무 끔찍하게 들려서요."

호진 씨는 오랫동안 내 등을 토닥였다. 마침내 두근거리던 심장이 가라앉았고 우리는 같은 속도로 숨을 쉬기 시작했다.

"약을 좀 드시지요."

또 그 약이다. 나는 웬만하면 약을 먹고 싶지 않았다.

"아니에요. 안 먹고도 잘 수 있을 것 같아요."

"벌써 5시가 되었어요. 조금이라도 눈을 붙이려면 약을 먹는 게 좋을 거예요."

호진 씨가 약장에서 하얀 알약을 꺼내 물컵과 함께 내밀었다.

경성의 카르멘

나는 더 이상 신경쇠약으로 보이기 싫어 어쩔 수 없이 약을 먹고
침실로 갔다.

"자, 눈을 감고 잠을 자려고 해 봐요."

호진 씨는 선풍기를 틀어 시원한 바람이 내게 오도록 했다. 나는
잠들고 싶지 않았다. 이번에야말로 여자의 비명 소리를 찾아내고야
말겠다는 작정이었는데, 또 이렇게 되어 버렸다. 매일 밤 이런
소동을 벌이면 호진 씨가 나를 싫어하게 되진 않을까? 나는 언제까지
이런 소리를 듣게 될까? 안국정의 친척 집으로 들어가야 하는
걸까? 자고 싶지 않다. 정신 차려, 김상희. 맹장이 터지기 직전까지
수업을 하던 독기로 이 약을 이겨 내는 거다. 자, 다시 몸을 일으키고
슬리퍼를 신고….

그리고 눈을 떴을 때는 오전 11시가 한참 지나 있었다. 너무
졸려서 좀 더 잘까 싶었지만 오늘은《모던 여성》편집부에 가기로 한
날이다. 억지로 몸을 일으켜 커피를 내리기 위해 물을 끓였다. 식탁
위엔 프렌치토스트와 함께 호진 씨의 쪽지가 놓여 있었다.

곤히 잠든 것 같아서 그냥 갑니다. 아침은 꼭 챙겨 드세요. 앞으로
당분간은 계속 극장에서 먹고 자야 할 듯합니다. 너무 서운해 마세요.
미안합니다.

어쩌면 이렇게나 자상한지. 나는 졸음을 참으며 천천히 커피를
만들었다. 향이 달콤하면서 쌉싸름한 게 마치 초콜릿 같았다.
커피를 머그잔에 따른 후 설탕과 계피가 적당히 뿌려져 있는 달콤한
프렌치토스트 한 조각을 입에 넣었다. 그리고 아팟-토 문을 열고
새벽에 배달된 신문을 가지고 와서 펼치고 앉았다. 토스트와 커피를

우물거리면서 신문을 읽었다.

별다른 내용은 없었다. 점조직으로 된 독립운동 단체의 조직원 하나를 잡았다며 '철저한' 신문으로 불령선인들을 소탕하겠다는 기사가 있었다. 늘 보던 내용이었다. 나는 대충대충 기사를 넘기면서 토스트를 먹다가 어느 한 부분에 시선이 멈췄다. 호진 씨가 일주일마다 쓰는 칼럼이었다.

'(중략) 이로써 우리 조선도 내지[9]와 못지않게 어엿한 신궁(神宮)을 가지게 된 것이다. 일찍이 도쿄에 취재를 갔을 때 메이지 천황 폐하를 모신 메이지 신궁을 보면서 우리 조선에는 언제쯤 이런 성스러운 곳이 생기려나 내심 부러운 면이 적지 않았는데, 이제는 남산에 있는 조선 신궁에서 참배를 할 수 있게 된 것이다. 마침 아마테라스 오미카미와 메이지 천황 폐하를 모신 관폐대사[10]이니, 참배를 하고 싶은 분들은 남산 자락에 위치한 이 황송하고도 감격스러운 장소에 가 보면 되겠다.'

어째서 이런 칼럼을 썼을까. 그러고 보니 예전에는 만주국[11]의 신정부를 예찬하는 글도 쓴 적이 있었다.

'꼭 그런 글을 쓰셨어야만 했나요?'

내가 조심스럽게 묻자 호진 씨는 인상을 살짝 찌푸린 채 곤란하다는 표정으로 이렇게 말했다.

'그게, 저처럼 이름이 난 작가들은 가끔씩 그런 칼럼을 써 줘야 합니다. 그렇지 않으면 언제 이런저런 핑계로 경찰서를

---

9   외국이나 식민지에서 본국을 이르는 말.

10   신사 중에서도 가장 등급이 높은 곳.

11   1932년에 일본 제국이 만주 지방에 세운 괴뢰국.

들락날락해야 할지 모릅니다. 저도 마음이 썩 편한 건 아니에요.'

타이를 매지 않고 오픈카라 셔츠에 페이즐리 무늬의 스카프를 두른 호진 씨가 보기 좋은 길쭉한 손가락으로 책상을 톡톡 두드리면서 말하던 것이 생생히 떠올랐다. 이 기사에 대해서는 굳이 캐묻지 않기로 했다. 호진 씨가 말한 것처럼 유명 인사들을 가만히 두지 않는 것이 일본이었다. 심지어 통영에 있는 아버지마저 재산을 빼앗기지 않으려면 일본 경찰에 주기적으로 돈을 쥐어 줘야 한다고 말한 적이 있었다. '조선의 기쿠치 간'이라 불리는 호진 씨는 오죽할까.

어서 씻고 나갈 준비를 해야 했다. 재빨리 머리를 감고 파운데이션을 얼굴에 발랐다. 눈썹을 그리고 입술에 립스틱을 바른 후 푸른색 조젯 원피스를 입고 검정 양산을 들었다. 오늘도 무더운 하루가 될 모양이었다. 현관문을 나서자마자 매미 울음소리 때문에 귀가 찢어질 것 같았다.

버스를 타고 장곡천정으로 갔다. 장곡천정 2정목 114번지, 2층짜리 건물의 2층에《모던 여성》의 사무실이 있었다. 가정교사 일을 하면서 '혈혈단신으로 경성에서 살아가는 젊은 여성'이라는 주제로 한 달에 한 번씩 칼럼을 연재하던 곳이다. 내 글을 좋다고 하는 사람도 제법 되었다. 나도 계속 공모에서 떨어지기만 하는데 이렇게라도 내 글을 읽어 주는 사람이 있어서 좋았다.

사무실 안은 후텁지근했다. 자리마다 조그마한 탁상 선풍기가 돌아가고 있었다. 내 담당 편집자의 이름은 권영자로, 늘 흰색 저고리에 검정 통치마를 입고 총기 있어 보이는 얼굴에 안경을 낀 모습이었다. 권영자의 자리 가까이로 가자 내 발소리를 들었는지 그가 하던 일을 정리하더니 자리에서 일어났다.

"오랜만이에요."

내가 먼저 인사를 건넸다.

"그동안 잘 지내셨죠?"

"네, 그럭저럭요."

호진 씨가 유월회 공연이 끝나기 전까지는 최대한 우리 관계를 비밀로 하자고 해서 편집자에게도 결혼했다는 사실을 밝히지 않았다. 우리의 관계를 아는 사람은 재옥밖에 없었다.

"나가죠. 여긴 너무 더우니까. 차라도 마시면서 얘기해요."

우리는 사무실 근처에 있는 카페로 가서 자리를 잡았다. 아이스커피를 두 잔 시켜 놓고 커다란 선풍기 앞에 앉으니 더위가 조금 가시는 듯했다.

"지난번에 저희 잡지에 〈카르멘〉 대본을 실었잖아요."

"네."

"요즘에도 대본을 쓰시나요? 무슨 대본을 쓰시죠?"

"히구치 이치요[12]의 〈키 재기〉[13]를 극본화하고 있어요."

"저희는 아직 등단을 못 한 여러 문인들에게 기회를 주기로 했어요. 상희 씨가 에세이를 잘 쓰긴 하지만 정식으로 작가가 되신 건 아니잖아요?"

"네."

"문단에서 뽑히는 전형적인 글 말고, 저희는 '세상에 이런 글도 있다'는 걸 알리고 싶어서요. 첫 타자로 상희 씨가 쓴 대본을 실을까 해요."

---

12   일본의 작가(1872~1896).

13   소년 · 소녀의 사춘기 시절의 미묘한 심정을 다루고 있는 히구치 이치요의 단편소설
이다.

경성의 카르멘

"정말이요?"

"네. 가능하시겠어요?"

"물론이죠! 얼마든지요!"

"그런데 이번에는 평론가 한 분을 모시고 어느 부분이 잘되었고 어느 부분이 아쉽다는 평이 들어갈 거예요. 괜찮으시겠어요?"

왜 자꾸 공모에서 떨어지는지 알 수가 없었던 내게는 좋은 기회였다.

"네, 저한테는 오히려 좋은 일이죠."

"그럼 원고 정리하셔서 다다음 연재 일까지 대본을 주세요. 이번 달 에세이는 그대로 써서 주시고요."

"네, 감사합니다."

그리고 나는 집으로 돌아와서 글을 썼다. 몇 시간을 썼을까. 어깨가 아파서 스트레칭을 하고 있자니 또다시 여자의 비명 소리가 들렸다.

아악. 아아악.

나는 벌떡 일어섰다. 오늘이야말로 저 소리를 누가 내는지 꼭 찾고야 말겠다. 떨리는 심장을 부여잡고 현관문을 나섰다. 조심스럽게 복도 계단을 올라가 3층으로 갔다. 그리고 302호 앞으로 갔다. 우리 집이 202호이니 302호면 바로 윗집이다. 조용하던 복도에 다시 여자 비명 소리가 들렸다. 늘 잠겨 있더니 오늘은 이상하게 문이 잠겨 있지 않았다. 나는 302호 문을 벌컥 열고 들어갔다. 비쩍 마르고 긴 머리칼이 쑥대머리가 된 여자 하나가 이 더운 여름날에 다 낡은 모직 스웨터와 긴바지를 입고 엎드려서 소리를 지르고 있었다.

"당신 뭐야!"

순간 여자가 날렵한 삵처럼 일어나 뒤를 돌더니 날카로운
손톱으로 내 얼굴을 할퀴었다.

　　"아야!"

　　당황한 내가 잠시 주춤하는 사이 여자는 나를 떠밀고 밖으로
나가려 했다. 나는 얼른 여자의 발을 걸어 넘어뜨렸다.

　　"앗!"

　　여자가 짧게 비명을 질렀다. 바로 이 목소리였다. 여자는
내 어깨를 밀치고 도망가려 했다. 나는 여자의 긴 머리카락을
잡아당겼다.

　　"아얏!"

　　"이대로는 못 가!"

　　내가 소리를 지르며 여자의 팔을 잡아당겼다. 마른 몸 어디에서
그런 힘이 나오는지 도저히 당해 낼 수가 없었다. 할 수 없이 여자의
머리카락을 다시 한번 휘어잡고 잡아당겼다. 이건 좀 비겁하다는
생각이 들었지만 어쩔 수 없었다. 나는 또 내 얼굴을 할퀴려 드는
여자의 손을 발로 찼다.

　　"악!"

　　한참을 실랑이한 끝에 여자를 제압할 수 있었다. 여자는 내게
차인 곳이 아픈지 손목을 계속 주물렀다. 여자는 마치 겁을 잔뜩
먹은 초식동물처럼 나를 쳐다보고 있었다. 그제야 집 안 꼴이 눈에
들어왔다. 세간이라고는 다 낡은 좌식 책상 하나와 대체 언제 세탁한
건지 본래의 색깔을 알기 어려운 낡아 빠진 이불 하나가 전부였다.
그리고 바닥에는 온통 앞 건물에 있는 냉면집인 명고옥에서 배달을
시켜 먹고 남은 쓰레기들로 가득했다. 순간 바퀴벌레 한 마리가
여자의 손을 타고 올라갔다. 내가 인상을 찌푸리는 동안 여자는 아무

일도 아니라는 듯 바퀴벌레를 손으로 집어서 옆으로 던졌다.

"대체 누구예요. 왜 그렇게 소릴 질러요?"

내가 물었지만 여자는 대답할 생각이 없는 것 같았다. 아니, 아예 생각이라는 게 없는 사람 같았다. 공허한 시선으로 허공을 쳐다보며 여자는 히죽히죽 웃어 댔다.

"당신 누구예요? 여기가 당신 집이에요?"

"…."

나는 방식을 바꾸기로 했다. 명고옥에서 준 음식물 봉지를 발로 옮겨서 여자 앞에 갖다 놨다.

"여기 가서 당신이 누군지 물으면 가르쳐 줄 텐데."

"…냉면! 냉면!"

"그래, 냉면! 누군지 말하면 냉면을 먹게 해 줄게요. 당신 누구예요? 여기서 왜 소릴 지르고 있었어요?"

"아악!"

여자가 갑자기 소리를 질렀다. 등줄기에 소름이 돋았다. 내가 당황한 사이 여자는 옆에 지나가는 바퀴벌레를 집어 내게 던졌다.

"앗!"

내가 비명을 지르며 몸을 피했지만 바퀴벌레는 내 팔뚝 위에 떨어졌다. 검지만 한 길이의 매우 커다란 바퀴벌레였다.

"악!"

나는 소리를 지르며 바퀴벌레를 떼어 내기 위해 온몸을 파닥거렸다. 그동안 여자는 날렵하게 몸을 날리더니 밖으로 사라졌다. 얼마나 시간이 흘렀을까. 바퀴벌레는 떨어졌고 나는 땀을 비 오듯 흘리고 있었다. 그리고 여자는 이미 집을 떠난 지 오래였다. 대체 어디로 갔을까. 3층에 있는 아팟-토 문을 전부 두드려 봤지만

아무도 대답하지 않았다. 이 시간에는 아무도 없다는 집주인의
설명이 맞는 것 같았다. 2층과 1층 역시 전부 찾아봤지만 여자는
온데간데없었다.

　나는 집 앞에 있는 명고옥으로 갔다. 사장으로 보이는 한 남자가
"어서 옵쇼"하고 나를 맞았다.

　"한 분이신가요?"

　"아뇨, 뭐 좀 여쭤보려고요."

　"네?"

　"여기 아팟-토 3층에 사는 여자한테 매일 냉면 배달하셨죠?"

　"여자요?"

　"네."

　"잠시만요."

　사장은 배달 준비를 하고 있는 한 점원을 불렀다.

　"얘, 원석아!"

　"네, 사장님."

　"네가 매일 저기 아팟-토 3층에 냉면 배달했지?"

　"네."

　"여자였냐?"

　"아뇨, 그건 모르겠구요. 그냥 문 앞에 놔두고 가라고 해서
그렇게 해 왔어요. 나중에 빈 그릇 찾으러 가 보면 싹 비워진 그릇이
놓여 있었구요."

　"하루에 몇 번 냉면을 배달하셨나요?"

　내가 물었다.

　"한 번이요. 저 근데 지금 배달 가야 하는데."

　"맞다, 맞다, 어서 가 봐."

사장이 점원을 내보냈다.

"그럼 돈도 안 받고 냉면을 매일 배달하셨나요?"

"돈을 안 받긴요. 어떤 나이 든 남자분이 오셔서 한 달 치씩 냉면값을 미리 내 주셨는걸요."

"혹시 그분이 누구인지 아시나요?"

"글쎄요. 이름은 모르겠습니다. 저희야 돈을 미리 주시니까 그런가 보다 하고 냉면을 배달했지요. 그런데, 왜 그러십니까?"

행여 가게에 문제가 되는 일이 생기기라도 했을까 봐 남자는 초조한 모양이었다.

"…누구였나요? 얼굴 생김새라든가?"

"60대 정도로 보이는 남자였습니다. 오른쪽 얼굴에 커다란 반점이 있고."

순간 머리카락이 쭈뼛 서는 것 같았다.

"반점이 있다고요?"

"네, 광대뼈에서 코끝까지 크게 난 반점이라 한번 보면 잊을 수가 없는 분이었죠."

머릿속이 하얘지는 것 같았다. 광대뼈에서 코끝까지 난 반점이라니. 그건 호진 씨의 친척 아저씨의 모습이 아니던가. 하지만 신중해야 했다. 그런 특이한 사람이 경성에 한 명 더 있지 말라는 법도 없다. 가게 문을 나와 아팟-토 입구에 섰을 때, 예전에 호진 씨가 했던 말이 떠올랐다.

'…하여간 언론사들은 무책임하다니까요. 특종밖에 생각을 안 하는 사람들이에요. 언젠가는 〈중앙공론〉에서 제가 안국정의 친척 집에서 나오는 걸 보고 '부잣집에서 자랐으면서 고학을 했다고 거짓말을 했다'는 기사를 쓴 적이 있습니다. 그것 때문에 한동안

골치가 좀 아팠죠.'

왜 하필 지금 그 말이 생각났을까. 〈중앙공론〉. 기사를
찾아봐야겠다. 나는 버스를 타고 정동에 있는 이화여전의
도서관으로 갔다. 이곳에는 지난 신문이나 잡지를 보관해 두는
서가가 있었다. 졸업생 신분증을 제출한 뒤 〈중앙공론〉을 찾아 호진
씨가 데뷔한 이래로 지금까지 발행된 것을 몽땅 가지고 책상에 가
앉았다. 한참을 뒤진 끝에 문제의 기사를 찾아냈다. 파나마모자를
손에 든 채 슈트를 입은 호진 씨가 안국정의 고택에서 나오는 사진이
실려 있었다.

'(중략) 이렇게 정 군은 아흔아홉 칸짜리 고래 등 같은 기와집에
살면서 만나는 사람마다 어려운 집안에서 자라 고학(苦學)을 했다고
말해 왔다. 그렇게 말하는 저의가 무엇인지 아는 사람은 다 알
것이다. 정 군의 대표작인 두 자매 이야기를 다룬 《설탕의 무게》는
설탕과 비단을 가까이해 본 사람만이 쓸 수 있다는 평이 있었는데
실제로 정 군의 생활이 그러했던 것이다. 정 군이 쓰는 글은
독창적인 발상이라고는 없이 그저 주위에서 보고 들은 것을 글로
옮긴 것에 불과한 것이다.'

자세히 보이진 않았지만 사진 속 호진 씨의 모습 뒤로 고택의
번지수와 문패가 붙어 있었다. 번지수는 제대로 보이지 않았지만
문패에 적힌 이름은 보였다. 정현수. 호진 씨가 소개한 안국정의
친척 아저씨 이름이 바로 정현수였던 것이다.

심란했다. 당장 안국정의 집에 가 보고 싶었지만 정확한
주소도 모르는데 무작정 안국정을 뒤지고 다닐 수도 없었다. 나는
호진 씨의 갈아입을 옷을 챙겨서 환상극장으로 갔다. 환상극장은
화신백화점 뒤쪽에 있었는데, 화신백화점처럼 화려한 곳 뒤에

이런 곳이 있었던가 싶을 정도로 어두운 골목이 갑자기 나타난다. 어두운 골목을 재빨리 통과해서 나오면 불이 환하게 빛나고 있는 환상극장이 있었다.

호진 씨는 내가 극장에 오는 걸 싫어했지만 호진 씨의 얼굴을 보지 않고서는 도저히 견딜 수 없을 것 같았다. 재빠른 걸음으로 어두운 골목을 지나 환상극장이 보이는 곳으로 가자 재옥이 대본을 들고 동료 배우로 보이는 사람과 이야기를 하고 있었다. 내가 가까이 가자 재옥은 손을 흔들며 웃어 보였다.

"너 여기 웬일이니?"

"아, 그게…."

재옥은 내가 옆에 있는 배우의 눈치를 살핀다는 것을 알아채고 그에게 말했다.

"잠깐만 있다가 안으루 들어갈게요. 친구가 와서요."

"네, 그렇게 하세요."

큰 키에 그럭저럭 보기 좋은 외모의 남자였다.

"남자 주연배우니?"

"응, 근데 여긴 어쩐 일이야?"

"아, 호진 씨 옷을 좀 챙겨 왔는데 내가 막 들어가기가 좀 그래서…."

"그럼 내가 전해 줄게."

재옥이 옷가지가 든 가방을 들었다.

"고마워. 이게 새로 나온 대본이야?"

"응, 극장주가 엄청 까다롭게 구느라 네 번 만에 겨우 통과됐어. 아직 전체 대본은 아니고, 일부분만 나온 거야."

"좀 봐도 돼?"

"응."

나는 별생각 없이 대본을 훑어보았다. 그리고 등줄기가 오싹해지는 기분이 들었다. 종이엔 어디서 본 듯한 문장들이 나열되어 있었다. 작년에 내가 《모던 여성》에다 기고한 극본 〈카르멘〉과 똑같은 문장이 대사로 들어가 있었다. 이게 어찌 된 일일까. 내가 지금 꿈을 꾸고 있는 건 아니겠지. 하지만 이건 전부 내 글이었다. 분명했다.

"그런데, 작가님이 아직도 너랑 결혼한 거 비밀로 하재니?"

내 상태를 아는지 모르는지 재옥이 말했다.

"응."

나는 대본을 넘겨 보며 코대답을 했다.

"그거 좀 이상하지 않아? 작가님이 배우도 아니고, 결혼 여부가 작가 생명에 영향을 끼치는 것두 아닐 텐데 왜 비밀루 하자는 거야?"

나는 대본에서 눈을 떼고 재옥을 바라보았다. 재옥이 커다란 눈망울을 빛내며 나를 쳐다보고 있었다.

"글쎄, 애독자 중에 여자들이 많아서 그런가? 그냥 호진 씨가 그렇게 해 달래서 그런 것뿐이야."

나는 침착하게 대답했다.

"너, 혼인신고는 확실히 했지?"

"호진 씨가 했다고 했어."

"언제?"

"우리가 결혼식 올리고 온 그다음 날. 왜, 내가 가서 민적이라도 떼 봐야겠니?"

"그것두 나쁘진 않지."

"얘!"

경성의 카르멘

나는 순간 화가 났다.

"너 전부터 작가님에 대해서 안 좋은 얘기만 하는데 대체 왜 그러니? 내가 이런 말까진 안 하려고 했는데, 너 나 시기하니?"

"시기라니 얘, 무슨 그런 말이 다 있니. 사람을 뭘루 보구."

재옥이 퍽 기분이 상한 얼굴로 말했다.

"너에겐 미안한 말이지만, 널 처음 봤을 때부터 지금까지 난 단한 번두 네가 부러웠던 적이 없어. 넌 작가님에 대해 몰라. 지금은 그저 무조건 멋있어 보이지? 하지만 그게 작가님의 본모습일까! 네 말대루라면 작가님은 유니콘처럼 완벽한 존재라는 건데, 조선에, 아니 이 세상에 그런 남자가 어디 있니?"

기가 막혀서 말이 제대로 나오지 않았다. 이렇게 크게 재옥과 부딪친 것도 처음이었지만 재옥이 저렇게 신랄하게 말하는 것도 처음 보았다. 여태껏 저런 생각을 하고 있으면서 나와 동무로 지냈단 말인가? 나는 숨을 가라앉히기 위해 일부러 대본으로 눈길을 돌렸다. 그곳에는 내가 써낸 '카르멘의 독백'이 인쇄되어 있었다. 재옥이 연습을 하느라 중간중간 메모를 해 놓은 것이 보였다. 나는 현기증이 나려는 걸 꾹 참고 재옥에게 물었다.

"이거 언제 나온 대본이니?"

재옥은 갑자기 엉뚱한 것을 물어본다는 표정으로 바뀌었다.

"이번 주 월요일에 작가님이 나눠 줬어. 대사 외워야 하니 어서 돌려줘."

"미안, 이거 잠시 좀 빌릴게."

나는 뒤돌아서 왔던 길을 되돌아가기 시작했다.

"얘! 대본은 주구 가! 대체 왜 그러니?"

재옥이 소리를 질렀지만 나는 대본을 움켜쥐고 있는 힘껏 달렸다. 머릿속이 빙빙 돌고 심장이 마구 뛰었다. 한참을 달린 끝에 정신을 차려 보니 화신백화점을 지나 버스 정류장까지 와 있었다. 집으로 가려면 버스를 한 번 갈아타야 했지만 그럴 체력이 없어서 마침 눈앞에 선 인력거를 잡아탔다. 인력거꾼에게 행선지를 말한 뒤 눈을 감았다.

집에 도착해서 외출복을 입은 채로 응접실 소파에 앉아 대본을 처음부터 끝까지 살폈다. 이것은 《모던 여성》에 연재한 내 글이었다. 예전에 호진 씨에게 혹시 내 글을 읽고 있냐고 물었을 때가 생각났다.

'당연하죠. 다음 달에는 무슨 옷 무늬가 유행할지 궁금하니까요.'

'네?'

'농담입니다. 상희 씨 글이 참 재미있어요. 상희 씨는 분명 재능이 있어요.'

그때는 물색없이 '조선의 기쿠치 간'에게 칭찬을 들었다는 뿌듯함과 내 글을 읽고 있었다는 데 대한 부끄러움으로 배시시 웃었었다.

그때 손바닥만 한 바퀴벌레 한 마리가 더듬이를 꿈틀대면서 다다미를 깐 마루를 기어 오는 것이 보였다. 나는 어찌할 바를 모르다가 옆에 있던 서머싯 몸의 단편집을 집어 들어 바퀴벌레가 있는 곳으로 던졌다. 쿵 소리가 나며 책이 바닥에 떨어졌다. 나는 짧게 한숨을 쉬었다. 하지만 그것도 잠시, 알을 품은 바퀴벌레를 터뜨리면 알이 사방으로 퍼진다는 속설이 떠올랐다. 나는 목장갑을 끼고 조심스럽게 책을 들어 올렸다. 순간 손바닥만 한 바퀴벌레의 배 속에서 새끼손톱만 한 바퀴벌레들이 사방으로 퍼져

나왔다. 바퀴벌레는 빠른 속도로 움직여 내가 앉은 소파로 기어 올라왔다. 나는 옆에 있던 대본을 집어 들고 소리를 지르면서 마구 바퀴벌레들을 내리쳤다.

"상희 씨!"

갑자기 바퀴벌레들이 순식간에 사라졌다. 호진 씨가 내 손목을 붙잡고 눈앞에 서 있었다. 이마의 땀이 눈썹을 타고 눈으로 흘러 들어왔다. 등줄기가 땀으로 완전히 젖어 있었다. 오른손 검지는 부어 있었다. 대본으로 바닥을 내리치면서 오른손 검지까지 땅에 내리쳐 댄 탓이었다.

"지금 뭐 하는 건가요?"

"네?"

"세상에, 이 땀 좀 봐. 대체 대본으로 뭘 하고 있었단 말입니까?"

"저기, 바퀴벌레들이."

"네?"

"새끼손톱만 한 바퀴벌레들이 기어 나오고 있었어요. 분명히 소파 위에까지 기어 올라와서, 전 어쩔 줄 몰라서⋯."

"대체 바퀴벌레가 어디 있다는 겁니까?"

"저기, 책을 뒤집어 보세요. 손바닥만 한 바퀴벌레가⋯."

"이것 말입니까?"

호진 씨가 책을 들어 올렸다. 바퀴벌레 한 마리가 죽어 있었다.

"아악!"

나는 짧게 비명을 질렀다. 심장이 터질 것처럼 두근거렸다.

"한 마리밖에 없지 않습니까."

"아니에요. 분명히 셀 수 없이 많은 바퀴벌레가 이쪽으로 올라왔다구요."

나는 부어오른 검지를 꼭 쥔 채 중얼거렸다.

"이건 제가 치우겠습니다. 상희 씨는 잠깐 진정 좀 하세요."

호진 씨가 죽은 바퀴벌레를 지리가미[14]로 집어 변기에 넣고 물을 내렸다. 그리고 물을 한 컵 가지고 와서 내밀었다.

"자, 드세요."

나는 시키는 대로 물을 마셨다. 호진 씨는 손수건을 꺼내 내 이마에 흐르는 땀을 닦아 주었다.

"좀 괜찮나요? 아직도 바퀴벌레가 보여요?"

"…아니요."

미칠 노릇이었다. 조금 전까지 내게 기어 올라오던 바퀴벌레 떼가 언제 그랬냐는 듯 사라지고 없었다.

"오늘 웬일이세요? 한동안 못 오신다고 했잖아요."

"아까 재옥 씨한테 들었습니다. 극장에 오셨다구요. 무슨 일이 있나 해서 와 봤는데, 오길 잘했군요."

호진 씨가 약장에서 하얀 알약 하나를 꺼내 가지고 왔다.

"얼굴에 난 상처는 뭔가요? 오늘 대체 무슨 일이 있었던 겁니까?"

아, 잊고 있었다. 302호에서 끊임없이 소리를 지르던 여자. 머릿속이 너무 복잡해서 무슨 말부터 해야 좋을지 몰랐다. 내가 우물쭈물하는 동안 호진 씨가 약을 내밀었다.

"자, 이걸 먹고 좀 주무세요. 신경이 날카로워져 있어서 그런 겁니다."

"그 전에 잠깐만요."

---

14 낱장으로 쓸 수 있게 만들어진 누런 종이.

나는 약을 든 호진 씨의 손을 밀어냈다.

"이 대본, 어떻게 된 건가요?"

"아, 그거요?"

호진 씨는 곤혹스럽다는 표정으로 나를 바라보았다.

"극장주가 제가 쓰는 원고마다 퇴짜를 놔서, 어쩔 수 없었습니다. 당장 한 달 뒤가 공연인데 대본이 준비가 안 되다니 큰일이었지요. 예전에 상희 씨가 《모던 여성》에 카르멘에 대해 기고한 글이 생각나서 인용을 좀 했습니다. 상희 씨한테는 미처 얘기를 못 했네요. 하지만 딱 그 부분만 인용한 겁니다. 다른 부분은 전혀 다른 내용이에요. 기분 상하셨습니까?"

뭐라고 대답해야 하나. 기분이 나쁜 건 사실이었다. 하지만 이렇게 다정한 호진 씨에게 화가 났다고 말하기가 어려웠다. 나는 왼손에 낀 다이아몬드 반지만 만지작거렸다. 호진 씨는 소독약을 가져와 내 얼굴 상처에 바른 다음 상처 치료에 쓰는 연고를 발라 주었다.

"저한테 미리 말씀하셨으면 제가 설마 반대했으려구요."

나는 조심스럽게 말문을 열었다.

"아, 그건 미안합니다. 상희 씨 말대로 미리 얘기를 해야 했는데, 너무 바빠서 깜빡했어요."

나는 옆에 있던 석간을 펼쳐 보였다. 전면 광고로 유월회의 공연이 실려 있었다. '천재 작가 정호진 극본! 〈살로메〉가 아닌 〈카르멘〉으로!' 흑백사진이라서 색을 구분할 수는 없었지만 재옥은 분명 오늘 봤던 붉은색 드레스를 입고 있었고 페이즐리 무늬의 넥타이와 행커치프를 꽂은 호진 씨가 나란히 인쇄되어 있었다.

"두 분 잘 어울리시네요. 작가와 배우가 아니라 연인 사이 같아요."

"네? 무슨 말씀을 그렇게 합니까."

호진 씨가 내 손을 잡으며 말했다. 길고 아름다운, 내가 무척 좋아하는 손. 그 손을 뿌리치긴 힘들었다.

"제 이름이 들어갈 수는 없나요?"

"…이미 팸플릿이며 신문광고 제작이 끝나서 어쩔 수가 없습니다. 상희 씨, 이번 한 번만 저를 도와줬다고 생각하시면 어떻겠습니까? 저는 상희 씨를 돕겠습니다. 상희 씨가 친정 부모님한테서 돈을 받거나 스스로 돈을 벌어 가며 글을 쓰지 않아도 되게끔 할 테니 이번에는 저를 좀 도와주시지요."

호진 씨의 말에 찜찜했던 마음이 스르륵 녹았다. 그래, 어차피 우리는 이제 한 가족이다. 서로가 잘되도록 돕는 게 무엇보다 중요하다. 나에게 다들 재능이 있다고 했으니 분명 다른 기회가 찾아올 것이다.

"앞으로는 이런 일이 있을 땐 미리 저에게 얘기해 주세요."

"다음에는 이런 일 없을 겁니다. 걱정하지 마세요."

그리고 호진 씨는 내게 다시 약을 내밀었다. 나는 순순히 약을 먹었다. 그리고 안방으로 들어가 침대에 눕자마자 잠이 들었다.

일어나 보니 오후 12시가 지나 있었다. 호진 씨는 이번에도 토스트를 만들어 놓고 갔다. 그리고 쪽지를 남겼다.

집에만 있지 말고 카페라도 가서 기분 전환 좀 하세요. 백화점에 가서 쇼핑을 하시든지요.

커피를 끓여 토스트를 먹고 샤워를 했다. 졸렸지만 계속해서 잘

수는 없었다. 나는 약장을 열어 호진 씨가 준 약을 꺼냈다. C 로고가 새겨진 흰색 타원형의 알약. 나는 입술에 립스틱을 살짝 바른 뒤 붉은색 시어서커[15] 원피스를 입고 검정 핸드백을 끼고 알약을 챙겨 밖으로 나갔다. 집 근처에 약국이 있었지만 일부러 버스를 타고 안국정까지 갔다. 그리고 한 약국으로 들어갔다.

"어서 오세요."

나이가 지긋한 남자가 안경을 코끝에 쓴 채로 앉아 있었다.

"혹시 이게 어떤 약인지 알 수 있을까요?"

나는 가지고 온 알약을 약사에게 내밀었다. 약사는 돋보기로 약을 들여다보았다.

"이거 어디서 난 겁니까?"

"네?"

"이걸 장복합니까? 병원에서 주던가요?"

"아니요. 가끔씩 잠이 안 올 때 먹는 거예요."

"이게 뭔지나 알고 드시는 겁니까? 이건 카브로말이라는 약이에요. 먹으면 계속 졸리지요?"

"네."

"계속해서 먹으면 중추신경계에 이상이 생기는 약입니다. 대체 어디서 이런 걸 받았습니까?"

"…그냥 누가 줬어요. 알려 주셔서 감사합니다."

나는 재빨리 약국을 빠져나왔다. 심장이 다시 두근거리기 시작했다. 중추신경계에 이상이 생기는 약이라고?

---

15 물결무늬가 있는 인도산 직물. 여성용이나 아동용의 여름옷을 만드는 데에 쓴다.

머릿속이 복잡했다. 나는 정처 없이 걸었다. 그러다 문득 정신을 차리자 안국정의 고급 주택들이 들어선 곳이었다. 오후 2시였다. 한낮의 태양은 너무나 뜨거웠지만 나는 양산을 쓰는 것도 잊고 있었다. 나는 얼른 양산을 펴고 안국정의 집들을 헤매고 다녔다.

〈중앙공론〉에 나온 고래 등 같은 기와집들은 안국정 1정목에 몰려 있었다. 골목길을 얼마나 돌았을까. 다리도 아프고 땀도 나고 너무 더워서 그냥 포기할까 하던 찰나에 '정현수'라는 문패를 단 집이 보였다. 〈중앙공론〉에서 본 집 모양과 똑같았다. 나는 집 근처에서 한참을 망설였다. 문을 열어 볼까, 문을 두드려야 하나, 초인종은 달려 있나?

그런 생각을 하고 있는데 갑자기 문이 열리며 안에서 누군가가 나왔다. 흰머리에 나이가 지긋한 남자가 감색 슈트를 입고 있었다. 그의 뒤로 낯익은 얼굴이 나왔다. 얼굴에 반점이 있는 남자였다. 바로 호진 씨의 아저씨였다. 그는 슈트는커녕 땀에 젖은 잠방이와 저고리를 입고 있었다.

감색 슈트를 입은 남자와 호진 씨의 아저씨는 높은 계단을 내려왔다. 호진 씨의 아저씨는 감색 슈트를 입은 남자를 향해 인사를 했다. 미리 대기하고 있던 검은색 뷰익에서 검정 슈트를 입은 운전수가 튀어나와 남자에게 오른쪽 뒷문을 열어 주었다.

"그럼 다녀오십시오."

남자가 차에 타고 출발할 때까지 호진 씨의 아저씨는 고개를 숙이고 있었다. 마침 계단 위에 있는 대문에서 어린 남자아이가 튀어나왔다. 남자아이는 꽤나 개구진 듯 눈 깜짝할 사이에 계단을 뛰어 내려왔다. 순간 내 눈을 의심했다. 아이는 호진 씨랑 너무나도 닮아 있었다. 누가 말릴 새도 없이 아이는 내 쪽으로 달려왔고 나는 아이가 넘어질까 봐 아이를 받아 안았다.

"아이고, 도련님, 그러다 다치십니다."

호진 씨의 아저씨가 남자아이를 잡기 위해 쫓아왔다. 도련님?

"안녕. 너 이름이 뭐니?"

내가 물었다. 아이는 잠시 망설이더니 씩 웃으며 대답했다.

"정승우."

"몇 살이니?"

"승우야!"

그때 위아래 조선옷을 입고 머리에 쪽을 찐 젊은 여자 하나가
뒤따라 나왔다. 그 뒤로 호진 씨의 아저씨가 얼굴이 사색이 되어서
나를 쳐다보고 있었다. 조선옷을 입은 여자가 이쪽으로 다가왔다.
분홍색 항라 저고리에 물빛 치마를 입고 이마를 네모반듯하게
다듬은 모습이었다. 쪽 찐 머리에는 선홍색 산호 비녀를 꽂았다.
눈이 작고 콧날이 오뚝했으며 갸름한 얼굴이 아름다웠다.

"승우야, 이리 온!"

남자아이가 내 품을 벗어나 여자에게로 달려갔다. 나는
일어나서 치맛자락을 당겨 주름을 펴고 양산을 접었다.

"저기 혹시⋯."

"네?"

"여기가 정호진 씨 댁이죠?"

"네, 그런데요. 실례지만 누구시죠?"

"저는 정호진 씨 배우자입니다."

여자는 순간 표정이 굳어졌다. 그러더니 대충 어떻게 된 일인지
알겠다는 듯 호진 씨의 아저씨에게 아이를 넘겼다.

"김 서방, 승우를 유모에게 데려다주게."

김 서방?

"네, 마님."

마님?

"잠깐 들어오시죠."

여자가 나를 안으로 안내했다. 위압적으로 지어진 솟을대문을 지나 안채로 가는 동안 나는 떨리는 심장을 부여잡느라 죽을 것 같았다. 여자는 안채로 들어갔다. 커다란 연못이 있었고 내 허벅지만 한 붉은 비단잉어들이 유유히 물속을 헤엄치고 있었다. 남향으로 된 안채는 창문을 전부 열어 놓았고 선풍기를 틀어 놔서 시원했다. 재옥의 집과는 달리 이곳은 철저히 조선식을 고수하고 있었다.

"앉으세요."

여자가 보료 위에 앉으며 맞은편에 있던 방석을 가리켰다. 나는 조심스럽게 방석에 앉았다. 매미 울음소리가 웅장하게 들렸다. 안채 주변에 심은 버드나무의 울창한 잎이 안채 마당에 그림자를 드리우고 있었다. 여자는 한쪽 무릎을 세우고 앉아 책상 위에 왼손을 올려놓았다. 푸른색 비취반지 한 쌍이 하얀 손가락에 끼워져 있었다. 여자는 내가 왼손에 낀 다이아몬드 반지에 눈길을 주더니 천천히 입을 열었다.

"저는 최정례라고 합니다."

"…김상희입니다."

"아까 정호진 씨의 배우자라고 말씀하셨죠?"

"네."

"그 말씀은 틀렸습니다. 정호진 씨는 제 서방님이니까요."

"그럴 리가요. 저는 1년 동안 호진 씨랑 교제를 했고 얼마 전에 통영에서 결혼식을 했습니다. 호진 씨가 혼인신고까지 마쳤다고 했구요."

"서방님은 고보를 졸업하자마자 저랑 혼인하셨습니다. 조금 전에 보셨던 아이가 바로 서방님과 저의 아들이구요. 아이가 서방님을 빼닮지 않았나요?"

"…믿을 수 없습니다. 호진 씨에게 직접 듣기 전까지는 아무것도 믿지 않을 겁니다."

"저한테는 이런 일이 처음도 아닙니다. 서방님은 승우가 태어나자마자 신여성과 연애를 시작하셨지요. 시부모님께 이혼을 하겠다고 했지만 시부모님께서 이혼을 하면 재산을 한 푼도 물려줄 수 없다고 하시자 이혼 애기는 꺼내지 않았습니다. 하지만 제게 이런 약을 먹게 하셨죠."

여자는 옆에 있던 서랍장을 열어 하얀 알약을 꺼냈다. 호진 씨가 내게 준 것과 똑같은 것이었다.

"먹으면 어찌나 졸린지 저는 또 아이가 들어섰나 생각했지요. 하지만 그건 아니었습니다. 아마도 오래 먹으면 무서운 결과를 초래하는 약이 아니겠어요? 상희 씨도 이 약을 먹은 적이 있나요?"

"…네."

"그럼 두 분이 살림을 차렸다는 소문이 사실이었군요."

여자는 별로 놀라운 일도 아니라는 듯 담담히 말했다. 내 머릿속에서는 불꽃이 튀고 있었다. 아내가 있었다니? 게다가 아들까지 있었다니? 그리고 아내에게 나한테 그랬던 것처럼 독약을 먹였다니?

"표정을 보니 이 모든 걸 몰랐던 얼굴인데 어쩌다 서방님과 엮이셨나요? 혹시 서방님이 돈을 요구하진 않던가요?"

지나간 일들이 무성영화 사진처럼 지나갔다. 아버지가

신접살림을 마련하라고 주신 돈을 금광에 투자하겠다며 가져가서
돌려주지 않은 것, 극단의 자금 사정이 어렵다고 해서 내가
가정교사를 하며 모아 온 돈 200원을 가져간 것 등, 그 외에도
자잘하게 호진 씨는 내게서 돈을 받아 갔다. 하지만 돈이 필요하다는
그의 말에 일리가 있다고 생각한 나는 선뜻 그 돈을 내주었다.

"이재옥 씨라고 아시죠?"

여자는 다시금 내게 말을 걸었다.

"네."

"제가 승우를 낳자마자 서방님이 연애에 빠진 상대가 바로
이재옥 씨였습니다. 이재옥 씨 집에서도 조강지처를 버린 남자와는
혼인시킬 수 없다고 완강히 반대하셔서 두 사람은 혼인하지
못했지요. 하지만 상희 씨에게서 서방님이 돈을 받았다면 아마도
돈만 상희 씨에게 받고 알약을 먹여서 상희 씨를 해친 뒤 이재옥
씨와 혼인하려고 했을 겁니다."

머리가 어지러웠다. 앞이 제대로 보이지 않았다. 나는 허리를
구부리고 팔꿈치로 바닥을 짚고 엎드렸다. 숨이 잘 쉬어지지 않았다.

"어떻게 그런 일이… 어떻게…."

여자는 자리에서 일어나더니 방 밖으로 나갔다. 잠시 후
들어온 여자는 백자 사발에 차가운 물을 담아서 왔다. 그러고 보니
여자에게서 낯익은 비누 냄새가 났다. 어젯밤 호진 씨에게서 나던
냄새였다.

"물을 좀 드세요. 진정하시구요."

나는 겨우 물을 마셨다.

"못 믿으시겠다면 이걸 보여 드리죠."

여자는 서랍장을 열어 사진 앨범을 꺼냈다. 전통 혼례복을

입고 혼례청에 선 최정례와 정호진, 첫돌 기념이라고 적힌 어린
남자아이와 최정례와 정호진, 그리고 올해 1월 1일이라고 적혀 있는,
아까 본 적이 있는 어린 남자아이와 최정례가 정호진과 함께 찍은
사진까지.

"그리고 이게 있습니다."

최정례가 두툼한 서류봉투를 열더니 민적을 보여 주었다.
정호진의 아내 최정례와 그의 아들인 정승우의 이름이 적혀 있었다.

"그럼 여기 주인 되시는 분이 호진 씨 아버진가요?"

"네, 조금 전에 외출하셨던 분이죠."

"어머니도 계신가요?"

"네, 지금은 절에 가서서 집에 계시진 않아요."

"그럼 오른쪽 얼굴에 반점이 있던 남자는 누군가요?"

"저희 집 살림을 맡아서 하는 김 서방입니다."

다시 숨을 쉬기가 힘들어졌다. 여자는 그런 내 모습을 싸늘하게
노려보더니 어제 내가 호진 씨에게 챙겨 준 속옷과 셔츠를 가지고
왔다. 그 외에도 처음 보는 여름 양복과 넥타이를 가지고 왔다.

"가실 때 이걸 챙겨 가세요. 여름이니 서방님이 옷을 자주
갈아입으실 겁니다."

"혹시, 호진 씨의 넥타이를 직접 매 주셨나요?"

"네."

"윈저 노트로요?"

"아뇨. 서양 옷은 잘 모릅니다. 겨우 기본으로 매는 법을
배웠지요."

그래서 넥타이 노트 모양이 달랐었구나.

"이것, 잠시 좀 빌려주시지요."

나는 호진 씨가 최정례와 찍은 사진을 챙겨 최정례가 준 옷 가방을 들고 지나가던 인력거를 불러 집으로 갔다. 여자의 비명 소리는 더 이상 들리지 않았다. 나는 손도 씻지 않고 우이스키를 한 잔 따라서 식탁 앞에 앉았다. 그리고 우이스키를 벌컥벌컥 삼켰다. 사진 속 훤칠한 정호진과 최정례, 그리고 그를 쏙 빼닮은 남자아이. 그제 아침만 해도 나는 얼마나 행복한 사람이었나. 모든 것이 변해 버렸다. 나는 선택을 해야 했다. 그냥 모르는 척 넘어갈 것인가, 아니면 온갖 추한 것들이 덕지덕지 붙어 있는 진실을 파헤칠 것인가.

문득 드레스를 봤다. 할리우드 영화 속 주인공들처럼 작은 교회에서 조촐하게 치러진 결혼식. 우리 두 사람이 서로에게 끼워 준 반지. 섬세하고 고운 레이스. 그리고 그 위를 지나가는 바퀴벌레 한 마리.

갑자기 분노가 치솟았다. 화가 나서 견딜 수가 없었다. 나는 부엌에서 가위를 찾아 드레스를 마구 자르기 시작했다. 얼마나 잘랐을까. 가윗날이 손을 스치면서 피가 났다.

"아!"

나는 짧게 비명을 질렀다. 드레스 조각으로 피가 난 부분을 동여맸다. 바퀴벌레들은 질서 정연하게 드레스 속으로 들어갔다가 다시 나왔다. 이것도 환각인가? 나는 스토브에 불을 붙인 다음 드레스를 불 속에 쑤셔 넣었다. 바퀴벌레들이 언제 있었냐는 듯 마법처럼 사라졌다.

이제 무엇을 해야 할까. 우선 호진 씨에게 이야기를 들어 봐야겠다. 호진 씨는 극단에 있을 것이다. 나는 한달음에 환상극장으로 가서 호진 씨를 찾았다. 사무실에서 누군가와 이야기를 나누고 있던 호진 씨는 누가 볼세라 나를 데리고 밖으로 나갔다.

"여긴 어쩐 일입니까? 집에서 쉬지 않구요."

여전히 부드럽게 말하는 호진 씨였다. 하지만 저 얼굴에 속아서는 안 되었다. 나는 주머니에서 사진을 꺼내 호진 씨에게 내밀었다. 호진 씨의 표정이 확 변했다.

"이게 뭡니까?"

"호진 씨의 아내라고 하는 사람이 줬습니다. 호진 씨의 아들이라는 아이도 봤구요. 아, 그리고 그때 저한테 소개했던 친척 아저씨는 잠방이를 입고 일을 하고 계시더군요. 이게 어떻게 된 일이죠?"

호진 씨는 침을 꿀꺽 삼켰다. 뭐라고 말해야 좋을지 머릿속에서 열심히 단어를 찾는 것 같았다.

"아무 말도 못 하는 걸 보니 이게 다 사실인 모양이군요."

"…."

"왜 아무 말도 못 하죠? 최정례 씨가 민적까지 보여 주더군요. 아들이 태어났을 때 재옥이랑 연애를 시작했다면서요. 어쩌면 저를 이렇게 감쪽같이 속일 수가 있죠?"

"기왕에 다 드러난 거, 더 이상 연극은 안 하겠습니다."

쿵. 심장이 저 밑으로 떨어지는 것 같았다.

"상희 씨한테는 미안하지만, 저는 상희 씨를 한 번도 사랑한 적이 없습니다. 제 연인은 상희 씨가 말씀하신 대로 재옥이에요. 우리는 통하는 게 아주 많죠. 아무리 부모님이 우리 사이를 갈라놓으려고 해도 소용없습니다. 저는 재옥이를 절대 놓지 않을 테니까요."

"어떻게 이럴 수가 있죠? 저한테 했던 행동과 말은 다 뭔가요?

꿀처럼 달콤한 그 말과 행동, 전부 저를 속이기 위해서였다는 건가요?"

내가 흥분하자 호진 씨는 주위를 살피더니 내게 목소리를 낮추라고 했다.

"제가 재옥이와 함께하기 위해서는 돈이 필요했습니다. 그리고 그걸 줄 수 있는 사람이 바로 상희 씨였구요. 상희 씨는 오히려 저에게 고마워해야 하는 것 아닙니까? 제 덕에 부모님과 화해하고 결혼까지 했으니까요. 상희 씨 한 명만 입을 다물면 모두 아무런 문제 없이 지금처럼 지낼 수 있습니다. 어제까지만 해도 상희 씨는 행복한 삶을 살고 있지 않았나요? 달라진 건 아무것도 없어요."

"지금 그걸 말이라고 하는 거예요? 그따위 궤변이 어디 있어요?"

"나중에 따로 이야기하죠. 지금은 연극 준비 때문에 더 이상 시간을 낼 수 없습니다."

그리고 그는 뒤돌아서서 환상극장 안으로 들어가 버렸다. 눈물이 줄줄 흘렀다. 울고 싶지 않았는데 저절로 눈물이 막 흘렀다. 어떻게 나한테 이런 일이 일어났을까. 도대체 왜. 내가 뭘 잘못했길래?

나는 재옥을 만나기로 했다. 적선정으로 향했다. 재옥의 집에 도착하자마자 나는 재빨리 초인종을 눌렀다. 잠시 뒤 재옥의 집에서 일하는 고용인이 나와서 얼굴을 내밀었다.

"안녕하세요. 저 아시죠? 김상희예요."

"아이고, 알고 있죠. 아가씨 만나러 오셨어요? 지금 안에 계세요."

나는 사랑채를 지나 재옥의 방이 있는 안채로 갔다. 지붕만 기와지 내부는 완전 서양식으로 꾸며 놓았고 심지어 문도 조선식 미닫이문이 아니라 두꺼운 나무로 된 여닫이문이었다. 고용인은 나보다 조금 앞서가서 재옥의 방문을 노크했다.

"아가씨, 친구분 오셨어요."

"친구 누구? 상희요?"

방 안에서 재옥의 목소리가 들리더니 문이 열렸다. 재옥은 살구색 가운 차림에 머리에 구르프를 말고 대본을 손에 들고 있었다. 새로 나온 대본인지 이번에는 꽤 두툼했다. 축음기에서 쇼팽의 〈녹턴〉이 흘러나오고 있었다.

"연락도 없이 무슨 일이니?"

재옥은 내 심상치 않은 표정을 보고 고용인에게 말했다.

"우리 잠시 얘기할 테니까 아무도 이 방에 들이지 말아 줘요."

"네, 알겠습니다."

고용인이 복도를 지나 사라졌다. 나는 아무 말 없이 불쑥 문을 열고 안으로 들어갔다. 각종 비싼 향수와 화장품들이 잔뜩 놓인 화장대와 호박색 비단으로 커버를 씌운 화장대 의자, 프렌치 스타일의 책상, 그리고 천장에 커튼이 달린 침대가 있는 재옥의 방. 나는 아직 침대 정리를 하지 않아 이불이 구겨져 있는 침대 위에 허락도 없이 앉았다.

"그 대본, 새로 나온 거니?"

"응, 이번에 전체 대본이 나와서 다들 이걸로 연습하고 있어. 근데 왜?"

"앉아. 할 얘기가 있어."

"얘, 아침부터 대체 무슨 일이니? 겁나게시리."

"다 알고 왔어."

"다 알구 오다니, 대체 뭘?"

재옥은 여전히 아무것도 모르겠다는 얼굴이었다. 배우 한다고 얘기만 들었지 연기를 잘하는지는 본 적이 없었는데, 지금 보니 매우 연기를 잘하고 있었다.

"너랑 호진 씨가 연인 사이라는 거. 그리고 나한테서 돈을 얻어 낸 다음 나를 해칠 생각이었다는 거."

"얘, 그게 무슨 말두 안 되는 소리니? 나랑 작가님이 뭘 어째?"

"이미 최정례 씨랑 호진 씨한테서 다 듣고 오는 길이야. 모든 게 딱딱 들어맞아. 네가 갑자기 사귀던 남자들을 정리했을 때 나는 마침 호진 씨랑 연애를 시작했지. 음악회 때 만난 것도 우연이 아니었지? 두 사람이 짜고 우연을 가장해서 나랑 만난 것처럼 꾸민 거잖아. 거짓말할 생각은 하지 마. 오늘 호진 씨의 부인이랑 아들까지 보고 오는 길이야. 거기서 다 들었어. 아팟-토에서 계속 소리가 들리게 한 것도, 나한테 먹으면 안 되는 약을 먹여서 자꾸 재운 것도 다 생각이 있어서 그런 거잖아."

재옥은 잠시 미간을 찌푸리더니 입꼬리를 살짝 당겨 웃었다.

"다 알구 왔으니 더 이상 조심할 필요도 없겠네. 맞아. 나랑 작가님이랑, 아니, 호진 씨랑 연인 사이였던 거. 하지만 지금은 아니야. 나는 그 사람한테 그만 만나자구 했는데 그 사람이 아직 미련을 못 버린 거야. 자기가 어떻게든 돈을 구해 올 테니 꼭 결혼을 하자면서. 하지만 나는 이미 다른 사람을 만나구 있어."

"어떻게 네가 나한테 이럴 수 있어? 너 내가 알고 있던 재옥이 맞니?"

"난 너한테 거짓말한 적 없어. 호진 씨에게 헤어지자구 얘기했고 지금은 다른 사람 만나고 있으니 너한테 거짓말한 거 아니야. 호진 씨가 나한테 미련을 못 버린 것까진 말을 안 했을 뿐이지. 그리고 내가 여러 번 힌트를 주지 않았니? 호진 씨가 네가 생각하는 것처럼 그렇게 완벽한 사람이 아니다, 그런 사람은 유니콘 같은 존재다, 결혼 후에도 너를 친척에게 소개하지 않는 게 이상하다, 그런 얘기는 충분히 한 것 같은데."

기가 막혀서 할 말이 생각나지 않았다.

"난 너에게 여러 번 경고했어. 넌 진작에 호진 씨 같은 남자는 차버렸어야 했어."

"나한테 먹으면 안 되는 약까지 먹여 놓고 지금 아무 잘못이 없다고 얘기하는 거야?"

"그 약은 나는 모르는 일이야. 나는 돈을 보고 호진 씨에게 접근했구 생각보다 돈이 별로 없는 걸 알고는 바로 헤어지자구 통보했으니까. 호진 씨가 널 어떻게 해서 돈을 마련하려구 한 모양인데 그건 호진 씨 계획이지 나랑은 상관없어."

"대체 이런 부잣집에서 태어난 네가 뭐가 모자라서 돈 돈 타령이야? 너 뭐 도박이라도 하는 거니?"

"더 길게 말할 순 없어. 아무튼 나한테는 돈이 필요했구, 호진 씨는 그런 걸 채워 줄 수 없는 사람이었으니까. 아까도 얘기했지만 난 널 속인 적 없어."

"더 명확하게 얘기해 줬어야지! 겨우 그걸로 지금 나한테 솔직하게 다 말했다고 얘기하는 거야?"

내가 흥분해서 소리를 높였다.

"목소리 낮춰. 아무리 서양식 문이라도 그렇게 소리를 지르면 다 들리게 마련이야."

재옥은 나비의 날개같이 아름답게 다듬은 눈썹을 만지작거리며 말했다.

"자, 이 새로 나온 대본. 이거 네가 쓴 거야. 거기서 토씨 하나 안 바꾸구 고대로 베낀 거야. 정호진은 그런 사람이야. 네가 기고하는 잡지가 발행 부수도 적은 이름 없는 잡지라고 마음껏 베꼈겠지. 내가 몇 번이나 힌트를 줬는데 사랑에 눈이 멀어 가지구 넌 아무것도 듣지 않으려구 하더라.”

나는 대본을 받아 들고 빠르게 훑어보았다. 그랬다. 지난번에 잠깐 봤던 부분만이 아니라 글 전부가 내가 썼던 그대로 인쇄되어 있었다. 재옥이 하는 말이 몹시 아프게 다가왔다. 나는 입술을 꽉 깨물었다.

“난 너한테 충분히 힌트를 줬어. 그걸 못 알아먹은 네 지능을 탓해야지 나한테 이럴 일이 아닌 것 같은데?”

“뭐라고!”

7년의 우정이 이렇게 끝나는 것인가. 나는 더 이상 얘기해 봐야 소용이 없다는 걸 깨달았다.

“그래, 네 말 잘 들었어. 네 말대로 내 지능을 탓해야지 누굴 탓하겠니? 앞으로 서로 보지 말자.”

나는 얼른 재옥의 집을 빠져나왔다. 이 집에 한시도 더는 있고 싶지 않았다. 그리고《모던 여성》의 사무실로 갔다.

《모던 여성》9월 호는 정호진의 표절을 특종으로 내보냈다. 담당 편집자가 〈신아일보〉에 아는 기자가 있어서 〈신아일보〉에서도 같은 내용이 보도되었다. 내가 1년 전《모던 여성》에 게재했던 〈카르멘〉 극본과 정호진의 〈카르멘〉 극본을 조목조목 비교해 놓았다. 그리고 정호진의 표절은 온 잡지와 신문, 라디오에서 다루는 주요 뉴스가 되었다. 그의 이전 작품도 재평가해야 한다는 목소리가 높았다. 그의 대표작이라고 불리던《설탕의 무게》는 김영아라는 어느 무명작가의 글을 베낀 것으로 드러났다. 정호진은 아무런 대응 없이 연재하던 칼럼을 '일신상의 이유'로 중단했다.

　무명작가의 글을 조선의 기쿠치 간이 표절했다는 것보다는 문단의 스타인 정호진이 정식으로 혼인한 아내와 아들이 있음에도 불구하고 신여성과 연애를 하다가 살림을 따로 차렸고, 내연녀의 돈을 노리고 독약을 먹였다는 것을 알리면 더욱 파장이 커졌겠지만 난 그런 식으로 정호진에게 복수하고 싶진 않았다. 내가 결코 관대해서 그런 것이 아니었다. 사기 결혼 사실을 알리면 오히려 피해자인 나를 비난하는 사람들의 목소리가 나올 것이다. 남녀 문제에 있어서 아직도 조선은 여자가 '그럴 만한 여지를 줘서' 당했다고 생각하는 사람들이 많았다. 사람들이 내게 시선을 돌리게 해선 안 된다. 그가 빼앗아 간 내 글, 그것만 되찾으면 되었다. 나는 카미유 클로델[16]이 될 생각이 전혀 없었다.

　《모던 여성》에 정호진의 표절을 제보한 날 나는 짐을 다 챙겨 아팟-토를 나와서 남산 근처에 있는 여관에서 생활하고 있었다. 정호진과 마주치기 싫었다. 혹시 보복을 할까 봐 무섭기도 했다. 나는 여관에 콕 처박혀서 밖으로 나가지 않고 계속해서 글을 썼다. 바퀴벌레는 더 이상 나오지 않았다. 여자의 비명 소리도 마찬가지였다.

　문득 전문학교에 입학해 처음으로 경성역에 왔을 때가 떠올랐다. 꿈에 부풀었던 그때는 몇 년 뒤 이런 일을 겪게 될 거라고는 상상도 하지 못했다. 나는 마지막으로 정호진과 대화를 해야겠다고 결심했다. 어두워진 밤, 공연을 일주일 앞둔 환상극장은

16　프랑스의 조각가(1864~1943). 같은 조각가인 오귀스트 로댕과 연인 사이였다. 그러나 카미유 클로델의 작품을 로댕이 표절한 사실이 묻혀 버렸다.

불이 환하게 켜져 있었다.

나는 환상극장으로 들어갔다. 무대 위에서 붉은색 의상을 입은 재옥이 상대 배우와 연습을 하고 있었다. 나는 사람들 속에서 정호진을 찾았다. 다른 사람들보다 머리 하나는 더 컸기 때문에 찾기는 쉬웠다. 나를 발견한 호진이 사람들에게 잠깐 나갔다 올 테니 연습을 하라고 한 뒤 나를 밖으로 데리고 나갔다. 가로등도 없는 어두운 곳, 저 멀리 환하게 빛나는 화신백화점 뒤에 이런 곳이 있었나 싶은 곳이었다. 초가을이었지만 아직도 숨 막히게 더웠고 습도가 매우 높았다. 하지만 지금 피부로 느껴지는 이 불쾌함은 단순히 습도 때문만은 아니었다. 주변의 부랑자들이 나와 정호진을 쳐다보는 것이 느껴졌다.

호진은 진남색 슈트에 민트색 페이즐리 무늬의 넥타이를 매고 붉은색 행커치프를 꽂고 있었는데 마치 슈트 광고에서 튀어나온 듯한 모습이었다.

"이런 와중에도 옷은 참 잘 입고 다니네요."

내가 비아냥거리자 정호진이 인상을 찌푸렸다. 그동안 한 번도 본 적이 없는 표정이었다.

"그동안 계속 찾았는데, 대체 어디 있었던 겁니까?"

"왜요? 저를 찾아서 뭘 어쩌게요? 카브로말을 계속 먹여서 죽일 생각이었나요? 제 돈을 물려받으면 이재옥이랑 같이 살림을 차리려구요?"

"흥분하지 말아요. 나는 목소리 큰 여자는 딱 질색입니다."

"하! 정말 가지가지 하네요. 그동안 내가 얼마나 우스웠을까요? 날 죽이려고 약까지 먹였는데 죽질 않으니 내가 얼마나 귀찮고 짜증 났을까요. 연기하느라 고생했어요. 작가가 아니라 배우를 하지 그랬어요. 아, 당신은 작가도 아니지? 등사기라면 모를까."

그 순간 정호진이 내 목을 졸랐다. 분노로 잔뜩 일그러진
얼굴이었다. 그리고 콰르릉 천둥이 치면서 비가 내리기 시작했다.
어찌나 세게 퍼붓던지 순식간에 온몸이 젖었다. 정호진이 내게
뭐라고 말을 했지만 천둥소리 때문에 들리지 않았다.

숨을 쉴 수가 없었다. 다리에 힘이 풀려 주저앉았지만
그는 여전히 내 목을 조르고 있었다. 그의 팔을 떼어 내기 위해
버둥거리다가 나는 팔을 더듬어 손에 잡히는 돌을 집어 정호진의
이마를 내리쳤다. 순간 정호진의 손에 힘이 풀렸고 나는 기침을 해
댔다. 번쩍하고 번개가 쳤을 때 나는 호진의 이마에서 상당히 많은
피가 흐르고 있다는 것을 발견했다. 내가 무슨 짓을 한 거지? 덜컥
겁이 났다. 설마 죽은 건 아니겠지? 그의 목에 손가락을 대 보았다.
맥박은 매우 느렸지만 분명히 뛰고 있었다.

나는 도망치듯 그곳을 빠져나왔다. 불이 켜진 환상극장. 이곳도
안전하지는 못하다. 서둘러 자리를 떠야 했다. 멀리서 흰색 슈트를
입은 사람이 우산을 쓰고 천천히 걸어왔다. 비가 세차게 내리고
있었지만 신기하게도 이 사람의 옷은 전혀 젖지 않았다. 흰색 장갑을
끼고 한 손에 펼치지 않은 흰색 우산을 든 그 사람은 내게 다가와
우산을 내밀었다. 비는 아까처럼 퍼붓지는 않았지만 여전히 우산을
쓰지 않으면 안 될 정도로 내리고 있었다.

"쓰세요."

대체 누굴까. 남자인지 여자인지 모를 사람이었다. 키는 나와
비슷했지만 뼈대가 가늘었고 목소리도 중성적이었다. 신기한
사람이었다. 나는 얼떨결에 우산을 받아 썼다.

"〈카르멘〉 극본을 쓰신 분인가요?"

"네?"

"《모던 여성》에 난 기사를 읽었습니다. 정호진 씨가 당신의 글을 훔쳤다고요."

조금 전 정호진과 몸싸움을 벌이던 장면을 보기라도 한 것일까? 덜컥 겁이 났지만 사실대로 말해야 했다.

"네, 맞아요. 제 글은《모던 여성》과월 호를 찾아보면 나올 테니 찾아보실 수 있을 겁니다."

"김상희 씨 되시죠?"

"…네."

우산을 든 사람은 고개를 끄덕이고는 내게 흰색 손수건을 내밀었다.

"얼굴이라도 좀 닦으세요."

"감사합니다."

마치 여우에 홀린 것 같았다. 우산을 든 사람은 뒤를 돌아 환상극장 뒤쪽으로 사라졌다. 손수건으로 얼굴을 닦았다. 손수건에서 매화 향기가 났다.

이틀 뒤 새벽, 나는 신문에 대서특필된 기사를 보았다. '작가 정호진, 화신백화점 뒤쪽 골목에서 죽은 채로 발견'이라는 제목이었다. 심장이 두근거렸다.

'(중략) 정 씨는 연극 연습을 하다가 잠시 외출을 하겠다며 나간 뒤로 돌아오지 않아 극단 단원들이 그를 찾아 나섰고 화신백화점 뒤쪽 골목에서 칼에 찔린 채 발견되었다. 칼로 찌른 상처는 모두 10개 이상이고 그중 2개를 제외한 나머지가 모두 치명상이다. 정 씨의 몸에서 심하게 반항한 흔적이 있다. 이마에도 깨진 상처가 발견되었지만 사망과는 관련 없는 것으로 밝혀졌다.

비가 많이 오던 밤에 일어난 사건이라 증거를 수집하기가 거의 불가능하다. 정 씨의 오메가 손목시계와 지갑, 은제 담뱃갑 등이 사라진 걸로 봐서는 부랑자의 소행일 것으로 짐작된다. 경시청은 우범 지역에서 일어난 사건인 데다 비가 와서 증거를 수집할 수 없다며 수사를 종결했다.'

일본인이 죽었어도 이 정도로 수사를 끝내고 말았을까. 눈물이 날 것 같았지만 꾹 참았다. 그리고 다음 장을 펼쳤을 때 전면 가득 〈카르멘〉 광고가 실려 있었다.

'김상희 극본, 주연배우 이재옥과 김병석. 환상극장에서 공연.'

김상희 극본이라니. 나는 몇 번이고 '김상희 극본'이라고 적힌 글자를 어루만졌다. 눈물이 툭 흘렀다.

좋아하는
척

전효원

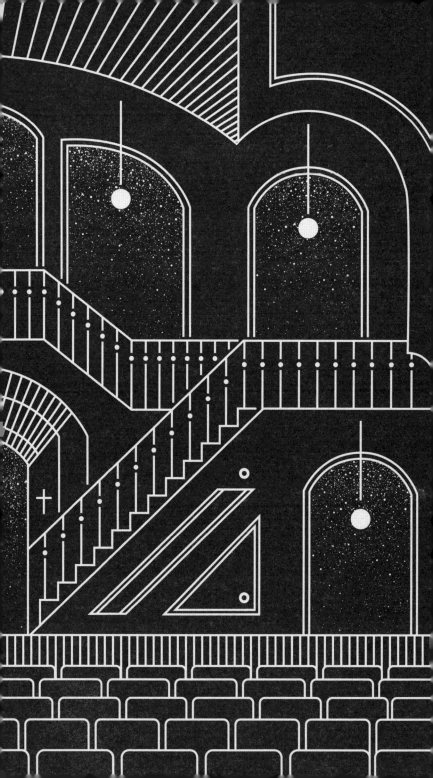

어깨가 무거웠다. 희수가 가방을 추키며 건물을 나섰다.
군데군데 허연 먼지가 붙은 양장을 입고 한 손에는 물 풀을 가득
담은 양철 페인트 통까지 들고 있었지만, 입술에는 새빨간 루주를
발랐다. 이래 봬도 희수는 어엿한 유월회 소속의 배우다. 비록 배우
앞에 단역이라는 수식어를 붙이지 않으면 듣는 이를 기만하는
기분이 들긴 해도 말이다. 발을 멈춘 희수가 고개를 들어 간판을
올려다봤다.

환상극장.

희수의 굵고 진한 눈썹 끝이 이마를 벗어날 기세로 솟구쳤다.
환상은 개뿔! 연극은 어깨를 짓누르고 손가락이 끈적하게 들러붙는
현실이었다. 희수도 처음 경성에 올라올 땐 알록달록한 환상에 한껏
취해 있었다. 눈부신 조명 아래 화려한 의상을 입고 무대에서 열렬한
박수갈채를 받는 주인공. 하지만 현실에서 희수는 지금 둘러멘 가방
안 포스터에 이름도 올리지 못하는 단역배우였다.

알아. 지면은 한정되어 있으니 내 이름보다는 〈카르멘〉이
해외에서 얼마나 대단한 인기를 누리는 작품인지 강조하는 편이

낮겠지. 만인의 연인 이재옥이 주연이라는 사실을 큼지막하게 넣고
말이야. 그래도 단장님, 이 연극이 실패하면 너는 고향에 내려가야
한다느니 그런 말씀은 너무하신 거 아닙니까? 내가 유월회 가족이 된
지 어언 2년이 넘었는데! 나만 가족이라고 생각했지, 나만. 단장님은
나를 언제든 해고할 수 있는 직원으로 여기시는 줄도 모르고.

극장주에게 무대며 의상이며 자기 성에 안 차면 연극 자체를
무대에 올리지 못하게 하겠다는 협박을 받았다지만, 그게
사실인지도 의문이었다. 희수는 지금껏 환상극장의 극장주를
말로만 들었지 직접 만난 적이 없었다. 과연 언젠가 만날 수 있긴
하려나! 극장에 올릴 연극을 고르는 기준이 독특하다거나 집도
없이 극장 안 어딘가에서 혼자 산다는 소리엔 조금 특이한 사람인가
보다 했다. 하지만 조선인도 일본인도 아니라느니, 남자도 여자도
아니라느니, 어쩌면 사람이 아닐 수도 있다느니 하는 소문까지 듣고
나면 그런 인물이 실제로 있는지 의심하는 게 당연하지 않나.

"빵, 빵, 겐마이빵!"

멀리서 소년 행상이 외치는 소리가 들렸다. 희수는 뒤에
이어지는 대사를 자기도 모르게 입 안에서 중얼거렸다.

"따끈따끈한 겐마이빵."

〈카르멘〉을 성공적으로 무대에 올리지 못하는 날엔 나도 저
소년과 함께 빵을 팔아야 하나. 싫어! 겐마이빵은 별로 맛이 없어.
나는 안빵이 좋아! 아니, 그게 문제가 아니라…. 엄마가 알면 당장
고향으로 내려오라고 하겠지. 안 돼! 그럴 순 없어! 빨리 포스터를
붙이자!

희수는 가방을 열어 빨간 잉크로 인쇄한 종이를 꺼내 펼쳤다.
벽면에는 온갖 광고 전단들이 가득 붙어 있었다. 주연 남녀가

가깝지도 멀지도 않게 서서 같은 방향도 반대 방향도 아닌
곳을 바라보는 장면을 담은 영화 〈청춘의 십자로〉의 포스터,
'신속배달'이라는 문구가 정말로 빠르게 달려가는 것처럼 기울어진
평양냉면옥의 전단지, 짧은 곱슬머리를 한 백옥 같은 피부의 여인이
유리잔 가득 맥주를 따른 그림이 그려진 삿뽀로 삐루 광고 등등.

　희수는 빈자리를 찾아 두리번거리다 까치발을 하고 낑낑대며
높은 곳에 포스터를 붙였다. 나 살겠다고 남의 앞을 가로막을 순
없지. 풀칠한 붓을 통에 넣고 한숨 돌리는데 남자의 음성이 들렸다.

　"내가 당신을 사랑한다면 그때 당신은 나를 조심하세요."

　희수가 목소리가 난 방향을 돌아보니 모던보이 하나가 왼손을
바지 주머니에 넣고 서 있다가 모자를 살짝 들어 올리며 인사를
건넸다. 요즘엔 고물상에서 유행 지난 양복을 사다 어설프게 꾸미곤
으스대는 사내들도 많았지만, 날이면 날마다 미쓰코시백화점을
구경하러 다니는 재옥과 종종 동행하며 자연스레 얻게 된 안목으로
희수는 한눈에 알 수 있었다. 그가 입은 양복은 마치 데파트먼트를
찾는 손님들에게 최신 유행 스타일을 직접 선보이는 마네킹
보이처럼 완벽했다. 아니다. 그건 그저 많은 사람이 따라 하는
착장이 아니었다. 대담한 체크무늬 쟈켓 카라의 너비가 약간
넓다거나, 넥타이 없이 셔츠 안에 스카프를 매는 등 실험적인
시도들이 매력을 더 했다. 그는 보헤미안 같은 소규모 수제 양복점의
고객임이 분명하다. 한마디로 말하자면, 진짜 멋쟁이라는 뜻이다.

　게다가 희수는 자신의 배역이 아니더라도 모든 인물의 대사를
전부 외우고 있었기에 바로 알 수 있었다. 그가 방금 말한 문장은
카르멘이 호세를 유혹하는 장면에서 나오는 대사였다. 희수는
얼굴에 밝은 미소를 지었다. 잠재 고객님이시다!

"〈카르멘〉 좋아하세요?"

남자가 어깨를 으쓱했다.

"좋아한다기보다는 그냥 잘 아는 편이지요. 동경 유학 시절에 불란서판 소설을 읽기도 했고, 교수님의 초대로 오페라도 관람한 적이 있으니까요. 뭣보다 개인적으로 특별한 사연이 있는 작품이기도 하고요."

재수 없는 작자다. 간단한 질문이었는데, 그 답에 잘난 척을 몇 번 하는 거야. 희수는 콧등을 찌푸렸다. 이런 사람을 지겹도록 겪었다. 숨 쉬듯이 자랑거리를 늘어놓는 자들. 까탈 부리고 남을 무시하는 게 본인의 위상을 더 높여 준다고 믿는 자들이다. 불란서에, 오페라에, 수준이 너무 높으셔서 우리 연극은 사소한 꼬투리를 잡아 깎아내리기나 할 테지.

"유월회 분이시지요?"

남자가 물었다. 그러곤 답을 바란 질문은 아니라는 듯이 말을 이었다.

"배우분께서 직접 광고 전단을 붙이러 다니시다니, 일손이 많이 부족한 모양입니다."

그는 질문이 아닌 걸 묻고, 막상 묻는 말은 의문문이 아닌 문장으로 던졌다.

"그렇죠, 뭐. 그런데 저를 아십니까?"

"보헤미안에서 두어 번 뵌 적이 있습니다. 이재옥 씨와 함께 계셨죠."

"아, 그렇군요."

역시 보헤미안의 고객이었어. 희수는 고개를 끄덕였다. 용케도 재옥의 옆에 있는 내 얼굴까지 기억하네. 재옥은 언제 어디서든

좋아하는 척

반짝반짝 빛나는 사람이다. 재옥과 함께 다니면 희수도 그 빛 속에서 함께 살 수 있을 것만 같은 기분이 든다. 가끔은 그 광원이 희수 자신이라는 착각이 들기도 한다.

보헤미안에서 유월회의 무대의상을 제작해 주는 게 아니었더라면, 혹은 '잇'으로 충만한 삶을 즐기는 재옥과 함께가 아니라면, 내가 수제 양복점을 방문할 일이 있겠냐만. 착각이라는 자각이 있으니 가끔은 착각을 즐겨도 되는 것 아닌가. 그럼에도 눈앞의 이 남자가 나에게 관심이 있다는 착각이 들 정도로 증상이 심각하진 않다. 십중팔구는 재옥과 친해지기 위한 징검다리로 나를 이용하려는 거겠지.

"그럼 살펴 가세요. 시간 되시면 나중에 연극 보러 오시든지요."

희수는 아직 할 말이 남은 듯해 보이는 남자의 벙긋거리는 입에 소리가 실리기 전에 작별을 고하고 휙 돌아섰다. 손에 든 페인트 통의 물 풀이 출렁 넘쳐 한 방울이 희수의 구두 뒷굽에 튀었다. 처음엔 아무렇지 않았는데 몇 걸음을 옮기니 점점 끈적거려 신경이 쓰였다. 괜찮아. 무시하고 앞으로 나아가다 보면 사소한 불편함은 이내 사라져.

적당한 장소를 찾아다니며 포스터를 부착하던 희수가 종로2정목에 접어들었다. 바로 보헤미안 양복점이 위치한 곳이다. 그리고….

"희수 씨!"

희수를 반갑게 부르는 목소리의 주인공인 최진무가 운영하는 창해양복점이 보헤미안과 정면으로 마주 보고 있는 장소이기도 했다.

"희수 씨, 어디 가세요?"

"이것 좀 붙이러 다니고 있어요. 이제 극장으로 돌아가려고요."

희수가 가방 안에 든 포스터를 보였다.

"아, 〈카르멘〉. 이번 의상은 저도 정말 자신 있었는데⋯."

진무가 쩝, 하고 입맛을 다시며 맞은편의 보헤미안을 흘긋했다. 그는 현재 유월회의 총무를 맡고 있는 김동우에게 틈만 나면 무대의상 제작을 맡겨 달라고 부탁하곤 했다. 김동우는 유월회가 활동을 쉬는 동안 여러 극단을 옮겨 다니며 일을 해 왔다. 술을 워낙 좋아하는 김동우는 진무에게 잦은 술 접대를 받고 마지못해 창해양복점에 의상을 맡긴 적이 있었다. 그런데 딱 한 번 세탁하고 나자 원단이 터무니없이 줄어들고 재봉 부분이 뜯어져 난리가 났었다. 진무는 자기도 원단업자에게 속아서 싸구려 원단을 비싸게 샀다며 다시 한번 기회를 달라고 졸랐다. 하지만 납기도 넉넉했는데 바느질이 엉터리였던 부분은 변명의 여지가 없었다.

"맞다! 희수 씨, 잠깐만 계세요."

진무가 가게에서 무언가를 꺼내 왔다. 자잘한 바둑판무늬의 진한 밤색 스커트였는데, 재옥이 얼마 전에 데파트먼트에서 산 것과 비슷했다.

"연습 삼아 만들어 봤어요. 잘 맞으시려나 모르겠네요."

말은 그렇게 해도 수시로 희수에게 이것저것 선물하느라 종종 치수를 쟀으므로 옷은 꼭 맞을 것이었다.

"지난번에 스카프도 주시고 뭘 또 이런 걸⋯."

"제가 좋아서 하는 일이니 부담 갖지 마세요."

재옥은 진무가 유월회에 줄을 대려는 속셈으로 희수에게 선물 공세를 한다고 의심했다. 재옥은 만사를 돈과 연관 지어 생각하는 버릇이 있었다. 돈이야말로 자기를 움직이는 가장 큰 동력이라고

좋아하는 척

고백하기도 했지. 하지만 그건 오해다. 결정권도 없는 단역배우한테 접근하는 게 의상 제작 의뢰로 이어질 가능성은 내가 카르멘 역할을 맡게 될 가능성보다도 작으니까.

단장님 말마따나 진무가 나에게 마음이 있는 걸까. 희수도 그가 싫진 않아서 몇 번인가 식사를 함께한 적도 있다. 그런데 희수는 과연 이게 연애 감정인가 싶어 머뭇거리는 중이었고, 진무도 과하게 들러붙지 않고 한 발짝 떨어져서 걷곤 했다. 그런 배려와 이해심이 또 고마웠다. 하지만 생각해 보면 진무도 본인의 마음을 확실하게 고백하진 않았다. 옷이며 갖가지 소품들을 선물해서 희수의 외양을 꾸미고, 예뻐 보이는 자세 등에 대해 적극적인 조언을 하는 것에 비하면 감정적으로는 다소 미적지근한 느낌이어서 희수도 헷갈렸다.

"그럼 전 일이 있어서…. 조심히 가세요, 희수 씨."

이렇게 선물만 주곤 쌩하니 가게로 들어가기 일쑤였다. 접객하는 모습을 보면 숫기가 없는 사람도 아닌데…. 혼란하다. 혼란해. 정말로 남는 원단으로 연습 삼아 만든 옷들을 형편이 어려워 보이는 내게 적선하는 건데, 나 혼자 김칫국 마시는 걸 수도 있잖아.

생각에 잠겨 환상극장에 돌아가니 분위기가 어수선했다. 무대 위에서 진행 중이던 작업을 중단하고 자재들을 한쪽으로 치우고 있었다. 희수를 발견한 총무 김동우가 손짓했다.

"희수야! 누가 단장님을 찾아왔다는데, 봤어?"

"누가요?"

"무대를 빨리 정리하라는 걸 보면 혹시 투자자 아닐까?"

단장님을 찾아온 손님이 투자자인 것 같다며, 서둘러 리허설을 준비하는 중이었다.

"근데 재옥이랑 병석 씨 없이 무슨 장면을 해요?"

"그 둘은 어디 갔어?"

총무의 물음에 중년 단역배우 이 씨가 나섰다.

"아이고, 우리 주연배우님들이 이런 먼지 구덩이 공사판에 계실 리가 있나요? 재옥 씨는 오늘도 에스카레이터를 오르락내리락하며 데파트 순시 중일 테고, 병석이야 보나 마나 어느 카페에서 여급을 끼고 우이스키를 홀짝대고 있겠죠."

"그치가 요즘엔 싸론 아리랑만 가는데, 노부코라는 웨트레쓰한테 아주 푹 빠진 것 같더라고요. 첨단적 사비쓰를 경험했다나 뭐라나."

박 씨도 거들었다.

"가만있자. 주연 둘이 빠졌으니, 이걸 어쩐다."

총무가 무대와 주변 배우들을 둘러보며 횡설수설하다가 희수와 눈이 마주쳤다.

"희수, 혹시 카르멘 돼? 대사는 다 알지?"

희수는 언제 어느 역할이든 대신 투입될 수 있도록 남녀 배역의 모든 대사를 외우곤 했으며, 총무도 그 사실을 익히 알고 있었다. 하지만 아무리 리허설이라도 내가 카르멘을 연기한 걸 알면 재옥이 짜증을 부릴 텐데.

"그래도 괜찮을까요…?"

"별수 없잖아. 김 씨가 호세를 맡도록 해. 얼른 대본 봐. 나는 가서 단장님을 모셔 올 테니까."

대체 얼마나 거물급 투자자가 왔길래 이 난리람. 희수는 기대와 짜증이 반반 섞인 심정으로 대본을 확인했다. 그러다 단장과 함께 객석에 들어서는 남자를 보고는 눈이 휘둥그레졌다. 손가락은 물

좋아하는 척

풀이라도 묻은 듯이 대본에 들러붙었다. 체크무늬 쟈켓에 스카프를 묶은 모던보이. 아까 광고 전단을 붙이다가 마주쳤던 사람이었다.

"〈제국일보〉 아들내미 아니야?"

"왜 아니겠어. 맞네, 맞아. 실로 대단한 투자자일세."

"저이가 〈제국일보〉 아들이에요?"

희수는 연속되는 놀라움에 딸꾹질이 나올 것만 같았다.

"제국⋯."

조선에서 가장 많은 발행 부수를 자랑하는 신문임에도 불구하고 유월회 내에서 〈제국일보〉는 금기시되는 존재였다. 연습하러 모이는 장소에 무심코 그 신문을 들고 나타났다가는 정신머리를 얻다 팔아먹었냐는 욕을 들어야 했다. 얼마나 지독한 악연이길래 그러는지 사실 희수는 구체적인 내용까지는 알지 못했지만, 10여 년 전에 〈제국일보〉의 전(前) 사장인 정 사장이 총을 맞고 죽은 사건에 유월회가 엮여 있었다고 한다.

그런데 뜬금없이 그의 아들이 투자자로 나섰다고? 사람들이 단박에 얼굴을 보자마자 알아보는 걸 보면 단장님도 그의 정체를 모르진 않았을 텐데 그럼에도 이곳에 데려왔다는 말인가?

"자, 리허설을 시작할까요? 여기 미스타 정이 보고 싶다고 합니다."

단장은 어수선한 분위기를 파악하지 못한 채 밝은 목소리로 손뼉을 쳤고, 배우들은 별수 없이 연기를 시작했다. 미스타 정은 가슴 앞에 팔을 꼬고 배우들이 우왕좌왕하는 것을 보다가 희수가 카르멘을 연기하자 몸을 앞으로 기울였다.

"당신, 이 밧줄을 너무 꼭 묶었어요. 손목이 아파요."

미스타 정은 행커치프를 꺼내어 이마를 닦았다. 그런 와중에도 한순간이라도 놓칠세라 무대에서 눈을 떼지 못했다. 누가 보면 세기의 명공연을 관람하는 중인 줄 알겠네. 희수는 입으로는 대사를 내보내면서 자꾸만 남자가 신경 쓰였다. 물으나 마나 왜 재옥이 카르멘 역할을 하지 않는 걸까 의아해하고 있겠지. 재옥의 연기가 보고 싶어서 리허설을 부탁했을 텐데 안타깝게 됐네. 투자는 이렇게 물 건너간 건가.

"당신은 내가 바라는 대로 해 줄 거예요. 당신은 나를 사랑하니까 그렇게 해 주겠지요."

카르멘의 매혹적인 대사에 미스타 정은 점점 앞으로 나아가다가 끝내 의자 아래로 미끄러져 떨어지고 말았다.

"아이고, 미스타 정! 괜찮으세요?"

단장이 호들갑을 떨었다.

"하하, 걱정하지 마십시오. 공연에 필요한 자금이 어느 정도입니까?"

"그 말인즉슨?"

"네, 이 공연에 투자하겠습니다. 역시 유월회! 배우분들의 연기가 탁월하군요."

"아이고, 감사합니다! 사실 주연배우들이 오늘 바빠서 못 왔는데, 그 둘이 무대에 있으면 분위기가 또 완전히 다르답니다. 보헤미안에서 제작해 주는 화려한 무대의상까지 더하면 정말 환상적일 겁니다."

단장 딴에는 이게 연습일 뿐이며 본편은 수준이 다르다는 것을 강조하려 했으나, 미스타 정은 입을 삐죽이더니 대꾸했다.

"저는 저 배우가 아주 마음에 드는군요. 훌륭해요."

"아, 희수요?"

좋아하는 척

"이름이 희수입니까?"

"예예, 서희수."

"서희수…."

미스타 정은 달콤한 드로프스라도 되는 양, 희수의 이름을 입 안에서 굴리며 슬며시 미소를 지었다. 카르멘은 호세를 유혹해서 자기를 풀어 주게 하려고 춤을 추며 노래했다.

며칠 후, 희수는 반질반질한 고동색 소가죽 브리프케이스를 들고 다방 '파두'를 방문했다. 단장이 급한 일이 생겨서 약속 장소에 갈 수 없게 되었다며 희수에게 건넨 가방이었다. 총무가 그럼 자기가 가겠다고 나섰는데도 못 들은 척하고는 희수를 콕 집어서 떠밀듯이 내보냈다. 한쪽에는 영문으로 Fado 그리고 다른 한쪽에는 한자로 波頭라고 적힌 출입문을 지난 희수가 약속 상대를 발견하고 그에게 다가가며 인사를 건넸다.

"안녕하세요. 오래 기다리셨나요?"

"어서 오세요."

미스타 정이 자리에서 일어나 탁자를 빙 돌아 걸으며 인사를 받았다. 그러더니 희수를 위해 의자를 빼 주고 앉으라는 뜻으로 고개를 살짝 끄덕였다. 그는 희수가 자리에 앉기를 기다렸다가 다시 반대편으로 돌아가며 대뜸 이름을 말했다.

"정엽입니다."

"네?"

"미스타 정이라고 부르시기 전에 말씀드린 겁니다."

"아, 네. 서희수예요."

"알고 있습니다, 희수 씨."

희수는 브리프케이스를 무릎에 올리고 버클을 열었다.

"단장님께 급한 일이 생겼대서 제가 대신 왔어요. 사과의 말씀을 전해 드리라고…."

"우선," 엽이 말을 끊었다. "커피를 주문하는 게 어떻습니까?"

이 남자는 여전히 대답을 기다리지 않는 질문을 하는군. 손을 들어 웨이터를 부르는 엽을 보며 희수는 헛웃음이 났다. 엽은 희수 몫의 커피를 한 잔 주문하고는 묻지도 않은 대답을 늘어놓았다.

"미스타 정이라는 호칭은 왠지 목덜미가 가려워서 말이죠. 동경에서 지내는 동안에도 그놈의 정 상, 정 상 소리에 두드러기가 가실 날이 없었답니다."

또, 또, 친일파 아니랄까 봐 일본 유학 생활 자랑이신가. 이렇게 티를 낼 거면 일본인이 운영하는 다방에서 만날 일이지, 왜 하필 파두란 말인가. 이 다방이 항일운동가들의 접선 장소로 종종 활용된다는 사실은 공공연한 비밀인데. 벌써 몇몇 손님들이 자기를 주시하는 눈초리가 느껴지지도 않나. 희수는 탁자에 놓인 설탕 그릇의 뚜껑을 열었다 닫았다 하며 어떤 호칭이든 자기가 이 남자를 부를 일은 거의 없지 않을까 하고 생각했다. 당시의 희수가 나중의 일을 어떻게 알 수 있었겠는가.

웨이터가 커피가 담긴 본차이나 잔을 내려놓고 가기가 무섭게 희수가 가방에서 서류를 꺼내 탁자에 올렸다. 투자 계약서였다. 엽 쪽에서 바로 보이게끔 방향을 돌려서 살짝 밀었는데, 엽은 본체만체하며 커피 한 모금을 입에 머금고 혀를 굴렸다. 그러다 꿀꺽 삼키더니 입 안에 남은 잔향을 크게 들이쉬고, 내뱉으며 말했다.

"맛이 꽤 좋습니다. 드세요."

희수는 검은 커피에 하얀 설탕을 두 숟갈 연거푸 첨가했다.

좋아하는 척

재옥을 따라 가끔 다방에 다니긴 하지만, 이 커피 맛은 도통 친숙해지지 않았다. 설탕도 넣지 않고 그냥 마시는 사람들은 사실 선진 문화를 즐기는 척하느라 이 쓰디쓴 맛을 참아 넘기는 게 아닐까. 근데 저 남자는 굳이 입에 머금고 음미하는 시늉까지 하네. 아주 배우를 하셔도 되겠어. 하긴 재옥도 매번 저런 행동을 하지. 은색 숟가락이 커피 잔 안에서 딸그락거렸다.

"저는 설탕을 넣어야 마실 만하던데요."

"그것도 좋지요. 어떻게든 자신에게 맞는 방식을 찾아 즐기면 충분하지 않겠습니까? 고상한 척 괜한 원리 원칙을 따지는 것만큼 쓸데없는 짓도 없어요. 다방에서 테이블마다 설탕 그릇을 둔 이유가 뭐겠습니까? 넣고 싶으면 넣으라는 거잖아요."

재옥은 커피 맛을 모르는 사람이나 설탕을 넣는 거라며 늘 핀잔을 주었다. 자기랑 계속 함께 어울려 다니려면 빨리 촌티를 벗으라고. 하긴 나야 지방 출신인 데다 넉넉한 형편도 아니니 재옥에 비하면 모든 면에서 턱없이 부족하지. 이런 생각에 더욱 움츠러들 수밖에 없었다. 그런데 사소한 일이지만 이렇게 편을 들다니, 조금은 의외였고 고마운 기분이 들었다.

마냥 밥맛없는 사내는 아닌가 싶어 엽에 대한 평가가 바뀌려는 순간, 그가 찬물을 끼얹었다.

"계약서 내용은 조금 수정해야 할 것 같습니다."

"네? 왜요? 단장님하고 얘기 끝난 거 아니었나요? 저는 그냥 배달부예요."

"여기 투자 대상이 막연하게 '연극 〈카르멘〉'이라고만 되어 있는데요. 무대장치인지, 의상인지, 홍보 비용인지, 세부적으로 나눠서 그때그때 결재하는 게 맞는 것 같습니다. 자금이 제대로 집행되었는지도 직접 확인할 수 있으면 좋겠습니다."

"아니, 어떻게 매번 확인하시려고요? 바쁘실 텐데…."

"천만에요. 제가 돈보다 많은 게 있다면 바로 시간입니다."

같은 내용이라도 유독 재수 없게 말하는 비법을 터득한 사내로다. 희수가 콧등을 찌푸렸다. 그 표정을 엽에게 들킨 것을 깨닫고는 얼른 손에 든 커피 잔을 노려봤다. 마치 커피에 설탕 대신 소금이라도 넣었다는 듯이.

"그리고 확인 현장엔 희수 씨가 동행해 주실 수 있지요?"

"네? 아…."

희수는 뭐라 대답해야 할지 막막해서 입만 벙긋거렸다. 하지만 상관없겠지. 어차피 저 남자는 대답을 바라고 물은 게 아닐 테니까. 찻잔을 테이블에 내려놓았다.

결국 도장을 찍지 못한 계약서를 도로 가방에 넣은 채로 다방을 나선 희수는 발걸음이 무거웠다. 내가 뭔가 실수해서 갑작스레 까탈을 부린 것은 아니겠지. 역시 단장님이 직접 오셨어야 했는데. 아니면 재옥이나. 그러다가 한편으론 헤어질 때 자신이 지나치게 깊이 허리를 숙여 인사를 한 것 같아 부아가 치밀었다. 가방 손잡이의 재봉선이 거슬려 엄지로 자꾸만 문질렀다.

희수가 극장으로 돌아가는 길에 보헤미안 앞에서 단장의 모습을 발견하고는 못 본 척 골목으로 방향을 틀까 고민했던 것도 무리는 아니다. 하지만 결정을 내리기 전에 단장이 희수를 먼저 알아보고 손을 번쩍 들며 크게 이름을 불렀다.

"희수야!"

"단장님, 바쁘시다더니…."

"아니, 내 옷 사러 온 게 아니라 무대의상 잔금 때문에 온 거야.

좋아하는 척

계약은 잘 마무리되었지?"

"죄송합니다."

"무슨 문제가 있었나? 잘될 줄 알았는데."

단장은 반쯤 열었던 문을 다시 닫았다.

"깐깐한 투자자님께서 계약서가 맘에 안 드신다네요. 비용 항목을 구체적으로 명시하고, 자금이 사용되는 현장에도 본인이 꼭 참석하셔야 한다네요. 귀찮게 왜 저까지 데려가겠다는 건지 모르겠지만요."

"아… 그래?"

단장은 눈을 동그랗게 뜨고 희수의 말을 듣다가 빙그레 웃음을 지었다. 사태의 심각성을 모르는 것 같았다. 조바심이 난 쪽은 오히려 희수였다.

"계약서를 서둘러 수정하는 게 좋을 것 같아요. 그 남자가 또 딴소리하기 전에요."

"글쎄다. 과연 미스타 정이 다음엔 바로 도장을 찍을까?"

"네?"

"보아하니 새 계약서를 가져가도 또 트집을 잡을 것 같다는 뜻이야."

"그게 무슨…? 그 남자가 계약 의사가 없다는 말씀이세요?"

단장은 화들짝 놀라는 희수를 한심하다는 눈으로 보며 대답했다.

"그 남자가 희수 너를 자주 만날 핑계를 만들어 대고 있다는 말씀이다."

"예에?"

단장이 껄껄 웃으며 말을 이었다.

"오늘 약속 장소에 왜 너를 대신 보냈는지 정말로 몰랐구나? 전에 보니 미스타 정이 너한테 호감이 있는 것 같길래 네가 가면 계약이 원만하게 이루어지지 않을까 싶어서 그랬던 거야. 그런데 그 사람, 내가 생각한 것 이상으로 너를 좋아하는 모양이네. 자금이 쓰이는 곳에 일일이 좇아다니겠다는 뜻이잖아. 너와 함께!"

"엽 씨가 저를요?"

"그렇다니까. 그때 리허설하는 거 보는데 얼굴에 다 드러나더라."

"에이, 단장님 괜히 또 헛다리 짚으신 거 아니에요? 맨날 누가 눈만 마주쳐도 재랑 재랑 사귄다고 하시잖아요."

"확실해. 내 말 믿어. 그치가 평소 연극에 관심 있던 척하는데, 그날 대화하다 보니까 아예 문외한에 가깝더라. 일본 유학 하면서 책깨나 읽었는지 몰라도 말이야. 미스타 정이 우리한테 투자를 결정한 이유는 오직 하나야."

단장이 단언했다.

"그러니까 네가 잘해야 해. 계속 우리 극단에 투자하게끔 관계를 잘 유지하라고."

"저는 그 사람을 잘 알지도 못하는데요."

"좋아하는 척 연기를 좀 하면 되잖아. 너 배우 아냐?"

"하지만….."

"전에도 얘기했지? 이번 연극 잘못되면 고향에 내려갈 각오를 해야 한다."

희수가 반박하려 했지만, 단장은 협박성 발언을 남기고 보헤미안으로 들어가 버렸다. 어쩐지 계약서가 담긴 브리프케이스가 더 무겁게 느껴졌다. 어깨를 주무르며 돌아서는데

좋아하는 척

앞에 진무가 서 있었다.

"아? 진무 씨."

"그럴 리 없어요."

진무가 퉁명스럽게 뱉었다. 흠칫 놀라는 희수를 아랑곳하지 않고 진무가 말을 이었다. 대화를 엿들은 모양이었다.

"정엽이라는 남자, 저도 알아요. 제 가게를 방문한 적은 없지만, 우리 업계에서 유명합니다. 최고급 원단이 아니면 거들떠보지도 않는 취향의 소유자예요. 그 거만한 자가 희수 씨 같은 사람에게 빠졌을 리가 없단 말입니다. 대상이 이재옥 씨라면 몰라도요. 그치가 커다란 깃털 장식 따위의 실험적인 시도를 좋아한다고는 합니다만, 거금을 투자하는 데는 다른 의도가 있을 겁니다."

"다른 의도요?"

"저는 희수 씨가 괜히 상처받진 않을까 걱정이 됩니다. 십중팔구 희수 씨가 평소 이재옥 씨와 친하게 지내는 걸 알고 접근했을 거예요. 부잣집 도련님이 여배우한테 곧바로 들이대는 건 면이 안 서는 일이니까요. 그래서 희수 씨한테도 딱히 이렇다 할 언질 없이 주변을 어슬렁거리는 것 아닙니까."

희수도 엽이 자신을 징검다리로 삼는 게 아닐까 하는 의심이 들었기에 고개를 끄덕였다. 진무는 자못 심각한 표정을 지으며 말을 계속했다.

"더 나쁜 대본은 그치가 유월회에 악감정을 품고 흉계를 꾸몄을 경우지요. 어찌 된 사연이든 자기 부친의 죽음과 관련된 단체 아닙니까. 투자를 약속해 놓고 결정적인 순간에 뒤통수를 칠 수도 있다는 말입니다. 유월회와 열혈단 사이의 연결고리를 억지로 만들어 내 고발할 수도 있을 겁니다. 대표적인 친일파 〈제국일보〉의

핏줄이잖아요. 그러니 엽 씨니 뭐니 하며 친하게 지내지 마십시오."

희수는 문득 진무가 이렇게 열을 올리는 이유가 질투일까 궁금했다. 이 사람이 나를 좋아한다는 단장님의 짐작이 맞는 걸까. 하지만 단장님은 모든 인간관계를 연애사로 엮으려 하신단 말이지. 그래서 나도 진무 씨의 말과 행동을 자꾸만 그쪽으로 해석하게 되잖아.

"사실 그 사람 좀 재수 없어요."

희수가 보헤미안 쪽을 살피며 소곤거리자 진무의 얼굴이 눈에 띄게 밝아졌다.

"여하튼 좋아하는 척 연기하는 건 희수 씨가 아니라 그 정가 놈이니 조심하세요."

헤어질 때 진무가 다시 한번 은밀히 당부했다. 희수는 입을 다문 미소로 대답했다.

여러 차례의 밀당 끝에 계약서 도장을 찍은 후, 엽은 하루가 멀다 하고 극장을 방문해서 희수를 찾았다. 희수가 시험 삼아 몇 마디 낚시성 대화를 시도해 봤는데, 과연 단장의 말대로 연극에 대해 아는 게 거의 없었다. 그는 레도후도 로숀의 향이 풍기는 말끔하게 면도한 얼굴을 가까이 밀착하며 종종 터무니없는 질문을 던졌다. 이를테면 이런 것들.

"저 남자는 아까는 군인이었는데 지금은 집시 행세를 하네요. 잠입 수사 중일까요?"

"네? 무슨 말씀이세요?"

"희수 씨, 생각보다 눈썰미가 별로네. 저기 오른쪽에서 세 번째 남자요. 주니가 중위의 부하잖아요."

"엥? 그야 이 씨가 아끼는 부하 역할을 연기했고, 지금은 집시 역할이니까… 그렇죠?"

"아…?"

"연극에서 한 배우가 여러 인물을 연기하는 건 기본인데요. 설마…."

"아하하, 알죠, 알죠, 그거야 기본인데. 그냥 해 본 소립니다. 그나저나 입이 좀 심심하지 않으십니까? 제가 잘 아는 양과자점이 있는데…."

엽은 연기에 소질이 없었다. 누가 봐도 몰랐음이 분명했다. 현대극을 잘 모른다 쳐도 한 명의 소리꾼이 모든 역할을 다 연기하는 판소리도 본 적이 없다. 이 정도면 그냥 아무것도 모르는 사람 아니야? 역시 단장님 말씀대로 문외한?

엽은 책은 누구 못지않게 많이 읽은 것이 분명했으나, 글로 읽고 머릿속으로 그린 세계가 눈앞에 실제로 재현되는 장면을 받아들이는 데에는 어려움을 겪었다. 그러니 연극에 애정을 갖고 투자를 결정했다는 말은 확인이 민망할 정도로 확실한 거짓이었다. 그래도 희수는 내색하지 않고, 그의 넘치는 관심에 감명받은 얼굴로 최선을 다해 답했다. 자신의 진심이 의심받는다는 사실을 엽이 알아채서 좋을 건 없으니까. 이 사람이 단장님 말대로 나한테 호감이 있어서든, 아니면 진무 씨의 의심대로 다른 어두운 계획이 있어서든, 지금으로선 모르는 척하고 있는 편이 낫겠지.

그런데 엽이 뜬금없이 연극 외적인 사안에 대해 언급할 때는 어떻게 반응할지 난감하긴 했다.

"이 작품은 일반 대중들을 관객으로 많이 끌어들이려는 기획이니까 아무래도 〈제국일보〉의 투자를 받았다는 사실은 홍보에 도움이 안 되겠지요? 어차피 제가 개인적으로 투자한 것이니 굳이 친일 어용 신문사의 이름을 광고 전단에 넣을 필요는 없을 것 같습니다."

고인이 된 자기 부친이 설립한 신문사에 '친일 어용'이라는 수식어를 붙인다고? 나의 사상을 떠보는 건가? 희수는 무의식중에라도 고개를 끄덕이지 않기 위해 목에 힘을 잔뜩 주고 시선을 약간 위쪽으로 고정했다. 그가 동경 유학 기간에도 일본 이름을 짓지 않고 일본인들로선 발음도 어려운 엽이라는 이름을 고수했다는 사실이 그의 조선에 대한 사랑이나 항일 의지를 증명하지는 않으니까. 지금으로선 그의 핏줄 외에 확실한 게 없으니까.

희수의 곤란한 마음을 놀리기라도 하듯이 엽은 한발 더 나아가 부친의 죽음을 직접 언급하기도 했다.

"내 아버지를 죽인 사람은 열혈단 소속 여배우였다지요? 그런데 그 후에 남배우 중에서도 종로경찰서 폭파 계획에 가담한 열혈단 단원이 또 나왔다고 들었습니다. 혹시 아직도 더 있을까요, 이곳 유월회에?"

"저, 저는 극단에 들어온 지 2년밖에 안 되어서 당시의 일은 잘 모릅니다. 그… 10년 전에 있었던 일이지요? 그땐 제가 경성에 올라오기 전이기도 하고, 열여섯 살이어서 세상일에 관심도 없었던 터라…."

"아 참, 그렇죠? 저도 동경대에 입학한 지 얼마 안 된 때였답니다. 제가 조선에 있었던들 딱히 달라질 건 없었겠지만요. 애초에 부자지간이 돈독하긴커녕 대화조차 거의 없는 편이었거든요."

"동경에 계셨으면 장례식은…."

좋아하는 척

"회사 차원에서 치렀습니다. 〈제국일보〉요. 저는 일본에 있었던 덕에 아버지 장례식에서 눈물도 흘리지 않는 불효자식 소리를 안 들을 수 있어서 다행이었달까요."

"아, 죄송해요."

"아닙니다."

희수는 대화가 이어질수록 이상한 기분이 들었다. 이 사람은 나한테 왜 이런 얘기들을 하는 걸까? 내 반응을 살피는 건가? 함정? 친일파가 아닌 척 나를 방심하게 해서 뭔가를 캐내려고? 이봐요, 헛수고하지 마세요. 저는 열혈단에 대해 아무것도 모르고, 제가 알기로 지금 유월회에는 열혈단 단원이 없답니다.

하지만 한편으론 타고난 천성 탓에 엽이 안돼 보이기도 했다. 저렇게 덤덤하게 웃음까지 지으며 돌아가신 아버지에 대해 이야기하는 심정이 어떨까 싶어서였다. 자신은 돌아가신 할머니를 떠올리기만 해도 울컥하는데. 그럼에도 아버지의 죽음에 깊이 관련된 우리 극단에 투자를 하겠다고 나서는 이유는 대체 뭘까? 설마 정말로 나한테 반해서…? 그게 말이 되나? 그럴 리가 없잖아. 진무 씨도 말했듯이 내가 재옥처럼 미인도 아니고, 키만 멀대처럼 커서는 남자 역할까지 하는 단역배우일 뿐인데.

설령 저이가 지금 당장은 내게 호감을 느끼고 있다 해도, 그건 일시적인 호기심일 뿐이야. 애초에 나와는 발을 디딘 땅 자체가 다른 사람이잖아. 괜히 들뜨지 말자.

"얘가 무슨 소릴 하구 있어!"

재옥이 펄쩍 뛰었다. 손톱 다듬는 걸 도와주다 엽의 얘기가 나와서 입만 열면 자기가 얼마나 잘난 사람인지 늘어놓는 재수탱이라 거리를 유지하고 싶다고 했더니 그랬다.

"네 인생 최고의 기회가 제 발로 찾아왔는데 그걸 그렇게 멀뚱멀뚱 날려 버리겠다구? 연회에 가면 그 남자와 눈이라두 한번 마주치려구 앞에서 알짱거리는 여자들이 얼마나 많은지 알아? 잘난 척을 좀 하면 어떠니? 실제로 잘난 사람인걸. 있는 사람이 있는 사람처럼 행동하는 건 허영이 아니야. 쥐뿔도 없으면서 알량한 자존심만 내세우는 게 오히려 죄악이지. 아니, 희수 네가 그렇다는 얘기는 아니구."

알아. 나는 딱히 내세울 만한 자존심조차 없는걸. 그래도 얘는 어떻게 이렇게 상처 주는 말을 거리낌 없이 쏟아 내나 몰라. 하긴 솔직함은 자신감의 다른 이름이지.

"아무튼 우리는 엽 씨의 자금이 꼭 필요한 상황이구, 그 사람은 네게 꽂혀 있잖아. 돈을 위해서라면 뭘 못 하겠니? 혹시 알아? 정말로 잘되어서 두 사람이 혼인이라도 올릴지. 그러면 진짜 서희수 인생 활짝 피는 거야. 난 지금 네가 부러울 지경이다. 그러니까 거리를 유지할 생각 따윈 버리구 최대한 달라붙어! 이렇게!"

재옥이 희수의 팔을 끌어당겨 가슴을 밀착했다. 희수는 생각만으로도 부끄러워 얼른 팔을 빼냈다.

"아니, 그이는 그냥 연극이 좋고 유월회가 잘되었으면 하는 바람이래. 배우가 길에 나서서 포스터를 붙이는 걸 보고 투자할 생각이 들었다잖아."

재옥이 짧은 한숨을 내쉬었다.

"그걸 믿니? 딱 보니 평생 극장에 가 본 경험두 거의 없는 거 같던데 뭘. 심지어 〈카르멘〉인데 뒷걸음질을 치지 않는다고!"

"〈카르멘〉이 왜? 이 정도면 우리가 검토했던 작품 중에서 가장 흥행 가능성이 크지 않아?"

좋아하는 척

"너 몰라?"

"음? 무얼?"

재옥은 괜히 주변을 살피더니 목소리를 낮추었다.

"예전에 두 유월회에서 〈카르멘〉 공연을 한 적이 있었대. 10년 전에."

"10년 전이라면… 설마?"

"맞아. 열혈단이 엽 씨의 아버지를 암살했을 때, 무대에서 펼쳐졌던 연극이 바로 〈카르멘〉이었어."

희수는 두 손으로 입을 가렸다. 하지만 놀라긴 일렀다.

"게다가 그 사건이 벌어졌던 장소가 바로 이곳, 환상극장이야. 그때와 똑같은 극장, 똑같은 극단, 똑같은 연극에 투자한다? 말이 되니? 그냥 너한테 단단히 반해서 눈에 뵈는 게 없는 거 외엔 달리 설명할 길이 없어. 정 미심쩍으면 내가 아는 사람들 통해서 알아볼 테니까, 너는 그 남자 꼬시는 데 집중하도록 해."

재옥의 얘기를 듣고 나니 희수의 의구심은 더욱 커졌다. 단장님과 재옥은 워낙에 엽 씨가 들고 있는 자금줄에 초점을 맞추고 있으니 편한 쪽으로만 해석하는 거다. 하지만 자기 돈을 들여서 아버지가 살해당했던 장면을 그대로 재현하는 아들이 세상천지에 어디 있단 말인가! 돈독한 부자지간이 아니었다고 자꾸 강조하는 것은 이런 의심을 제거하기 위함이겠지. 진무 씨 말대로 분명히 다른 꿍꿍이가 있을 거야.

그 당시의 상황을 좀 자세히 알아보면 도움이 될까. 재옥의 말에 따르면 송혜화라는 배우가 카르멘 역할이었고, 공연 중에 엽의 아버지에게 총을 쏘았다고 한다. 혹시 현재와 무슨 연결고리가 있을까. 희수는 엘리베이터를 타 볼까 하다가 고개를 젓고 고양이

걸음으로 계단을 올랐다.

환상극장 2층에는 몇몇 비밀스러운 곳이 있었다. 단장으로부터 웬만하면 위층에는 올라가지 말라는 말을 듣기도 했고, 희수로선 굳이 가 볼 필요도 없었기에 그동안은 별로 관심조차 없었다. 하지만 지금 뭔가를 더 알아낼 수 있는 장소가 있다면, 바로 이 붉은 융단이 깔린 계단 위일 것이다.

희수가 침을 꼴깍 삼켰다. 어둑한 공간 어딘가에서 희미하게 음악 소리가 들려왔다. 자줏빛 벽에 드문드문 붙은 조명 중 하나가 깜빡였다. 음악은 축음기의 바늘이 튀는 듯 자꾸만 박자가 어긋났다. 가만히 귀를 기울여 보니 같은 부분만 계속 반복되고 있었다. 누군가 듣고 있다면 저 지경으로 그냥 두진 않을 텐데, 사람이 없는 걸까. 벽에 붙은 사진들 속 사람들이 희수를 쳐다보며 웃었다.

조선인도 일본인도 아니래. 김 씨가 극장주에 대해 속삭이던 소리가 귓가에 맴돌았다. 남잔지 여잔지도 모른다던데. 사람이 아닐 수도 있대. 희수의 걸음이 멈췄다. 닫힌 문 안쪽에서 들려오던 피아노 선율이 뚝 끊기고 다시 반복되었다. 사람이 아닐 수도 있대. 한겨울 따뜻한 실내에 있다가 얇은 옷차림으로 문을 나선 것처럼, 한순간에 오싹한 한기가 희수를 덮쳤다.

이 방은 안 들어가는 게 좋겠어. 다른 방을 살펴보자. 희수가 돌아서는 순간 딸깍하는 소리가 났다. 동시에 음악 소리가 커졌다. 문이 열린 것이다. 희수는 그대로 얼어붙고 말았다. 등 뒤에서 목소리가 들려왔다.

"가면을 쓴 사람은 상대방도 가면을 썼을 거라 예단하지. 네가 먼저 가면을 벗으면 진정한 관계가 시작될 거야."

반복되던 피아노 선율만큼이나 서늘한 목소리에 꽃향기가 실려

좋아하는 척

있었다.

"네?"

희수가 용기를 쥐어짜 뒤를 돌아보았다. 하지만 그곳엔 아무도 없었다. 문도 닫힌 채였다. 음악 소리도 들리지 않았다. 은은한 꽃향기만이 희수의 곁에 잠시 머물다 어둠 속으로 스며들었다. 희수는 허겁지겁 아래층으로 내려와 눈물을 훔치며 다시는 2층에 올라가지 않겠다고 다짐했다.

일과를 마치고 나서도 엽은 퇴근 준비를 하는 희수를 붙잡았다. 희수는 울컥 짜증을 내다가도 단장의 간절한 눈빛을 받으면 억지웃음을 지으며 우리 투자자님께서 오늘은 또 어떤 궁금증이 안 풀리셨을까, 내가 기꺼이 도움을 드려야지, 하는 마음으로 엽을 따라나서곤 했다.

"희수야, 오늘은 나랑 놀기로 약속했지? 미쓰코시 문 닫기 전에 빨리 가자. 정말 예쁜 원피스를 찜 했는데, 네가 한번 봐주면 좋겠어."

재옥의 재촉에 희수는 어깨를 늘어뜨리고 울상을 지었다. 재옥이 콧김을 뿜으며 두 손을 허리에 얹었다.

"또 엽 씨야? 정말 해도 너무한다. 아침부터 지금까지 함께 다녔으면 됐지, 저녁에도 너랑 붙어 있구 싶다니? 오늘 하루만 빼 주면 안 된대?"

재옥이 분통을 터뜨리는 와중에 엽이 호세 배역의 병석과 함께 걸어왔다. 재옥의 표정만 보고서도 상황을 파악한 엽이 가지런한 치아를 내보였다.

"죄송합니다, 재옥 씨. 오늘은 제가 희수 씨와 함께 극장 조명을 확정 지어야 해서요."

"할 수 없죠. 근데 그거 내일 해두 되지 않아요?"

재옥의 불평에 병석도 한마디 거들었다.

"그래요, 미스타 정. 조명 뭐 그딴 거는 내일 하고, 오늘은 저와 함께 싸론 아리랑에 가십시다. 거기 웨트레쓰들이 정말 대단하다니까요. 완전히 새로운 세상입니다. 연극계에 몸을 담은 이상 다양한 세상을 경험해야 한답니다."

하지만 엽은 단호했다.

"아닙니다. 아시다시피 연극 개막일에 맞추려면 미룰 시간이 없습니다. 게다가 저는 유흥에 별 관심이 없습니다. 희수 씨, 저 가방만 챙겨서 바로 나올게요. 잠시만 기다려 주세요."

사무실을 향해 복도 저편으로 가는 엽의 뒤에 대고 병석이 구시렁거렸다.

"관심이 없다니? 여색은 남자의 본능이거늘! 아무리 희수한테 잘 보이고 싶어도 그렇지, 그런 말도 안 되는 거짓말을 하다니. 못 믿을 사람이네."

단원들의 눈총을 받으며 극장을 나선 두 사람은 다방 파두로 향했다. 조명에 대해 상의하는 것쯤은 그냥 극장 사무실에서 해도 되지 않나 싶었지만, 희수로선 엽의 고집을 따를 수밖에 없었다. 다저녁때에 또 커피를 마시잔 말인가. 오늘도 잠을 제대로 못 자고 싱숭생숭 쓸데없는 고민 잔치 예약이구만. 그나저나 얼굴도 널리 알려진 친일파 도련님이 왜 이렇게 파두를 좋아하는 걸까. 더 극진한 대접을 받을 다방이 경성 시내에 널렸을 텐데. 파두에서 접선하는 항일운동가들을 약 올리는 것도 아니고. 회중시계는 왜 저렇게 자꾸 꺼내서 확인하는 거람. 비싼 상품이라고 자랑하는 건가. 걷는 내내 희수의 빨간 입술이 이리저리 삐죽거렸다.

웨이터가 커피를 테이블에 내려놓자 엽은 화장실에

좋아하는 척

다녀오겠다며 자리에서 일어났다. 혼자 남은 희수는 커피 잔을 들어
향을 맡고 후후 불어 한 모금을 입에 머금었다. 역시 쓰다. 설탕이
필요하다. 설탕은 커피의 색을 변화시키진 못하지만, 맛은 확실히
좋게 해 준다. 설탕 그릇의 뚜껑을 열어 보니 거의 비어 있었다.
웨이터는 바빠 보였다. 설탕 그릇을 들고 직접 바에 가서 채워
날라고 부탁했다.

자리로 돌아오는 길에 다른 테이블의 남자들이 소곤거리는
소리가 들렸다.

"방금 화장실에 들어간 놈 봤나?"

"누구? 맥고모자 쓴 뚱보?"

엽 씨 얘기는 아니네, 하고 안심하는데 처음의 사내가 대꾸했다.

"그래. 낌새가 수상해서 지켜봤는데, 그 뚱보가 구석에
앉아서 이리저리 몰래 훔쳐보는 꼴이 틀림없이 경찰 끄나풀 같네.
주의하자고."

희수는 잘못한 것도 없으면서 설탕 그릇을 든 손에 힘이
들어갔다. 이곳에 경찰 첩자가 와 있단 말인가. 자리에 돌아와 앉아
수저를 휘휘 저어 설탕을 녹이면서도 시선은 자꾸 화장실 문으로
향했다. 잠시 후 맥고모자를 쓴 뚱보가 문을 열고 화장실에서
나왔다. 저자로구나. 희수는 자기도 모르게 남자를 쏘아보았다.
그런데 뚱보 뒤로 엽이 바로 따라 나오는 게 아닌가. 희수는 분명히
보고야 말았다. 두 남자가 각자의 방향으로 갈라서기 전에 잠깐
눈빛을 교환하는 장면을.

이후로 설계 도면을 보며 어떤 조명을 어느 위치에 설치할지
상의하는 내내 희수는 집중할 수가 없었다. 내가 잘못 본 걸까?
우연히 시선이 마주쳤을 뿐일까 아니면 엽 씨와 저 경찰 끄나풀이

아는 사이일까? 화장실에서 접선해 뭔가 정보를 주고받았을까? 그래서 여기로 오는 동안 계속 그렇게 시간을 확인했나? 유월회가 곤경에 빠지는 건 아니겠지?

어차피 희수의 의견이 중요한 상황은 아니어서 두 사람의 회의는 사실 알맹이가 없었다. 이미 대충 결정된 내용에 엽이 말을 보태면 희수는 동의하고 그의 열정을 칭찬하기만 하면 되었다. 기분이 좋아진 엽이 희수에게 찬사를 늘어놓았다.

"희수 씨의 연기는 정말 최고예요. 저는 볼 때마다 감탄합니다."

"그래 봐야 잠깐 출연하는 보조 역할인데요, 뭘."

"무슨 말씀입니까! 넓은 무대와 짧지 않은 공연 시간을 실제로 가득 채우는 건 몇몇 주인공이 아니라 매 장면에 생명력을 불어넣는 주인공의 친구나 어머니 등의 주변 인물들이에요. 무대 위에 주인공만 있다면 얼마나 휑하고 재미가 없겠어요? 모든 인물과 장치들이 다 어우러져서 좋은 연극이 되는 거죠! 현실 세계에서도 마찬가지고요. 세상을 돌아가게 하는 건 저잣거리의 민초들이죠."

이 사람, 정말로 연극을 좋아하는 건가. 희수는 엽이 조금 달리 보였다.

"저 같은 주인공이 아니라요."

한마디를 덧붙인 엽이 배를 움켜쥐고 웃음을 터트렸다.

"저는 희수 씨의 그 표정이 참 좋습니다. 신경에 거슬리는 일이 생기면 그렇게 콧등을 찡그리시죠. 그래서 자꾸만 일부러 재수 없는 소리를 하고 싶어집니다. 그 표정이, 너무나, 귀엽거든요."

희수는 어찌할지 몰라 얼굴을 붉히고 고개를 숙였다. 잠깐 진지해 보이더니 다시 장난질이군. 그래, 마음껏 놀리세요. 투자를 위해서 이 정도는 받아들여야지. 희수는 다시 고개를 들고 미소를

좋아하는 척

지었다.

"그 주인공의 어머니는 어떤 분인가요?"

대화를 이어 가려고 무심코 던진 질문이었는데 엽의 얼굴이
갑자기 어두워졌다.

"어머니는… 제가 일본으로 유학을 떠나기 얼마 전에
돌아가셨습니다."

희수의 손이 입을 틀어막았다. 이놈의 주둥이가 쓸데없는
질문을!

"죄송해요."

"아니, 괜찮습니다."

말은 그래도 그의 표정은 지난번과 사뭇 달랐다. 부친의 사망
얘기가 나왔을 때는 당시 유학 중이어서 장례식에 참석하지 않을
핑계가 생겨 다행이었다는 농담까지 섞을 정도로 덤덤해 보였는데,
이번에는 달랐다. 조선어와 일본어를 자유자재로 구사하던 입에선
짧은 단어 하나 나오지 않았고 허공에 멈춘 엽의 시선은 시간을
거슬러 과거를 보는 듯했다. 어머니와의 추억에 잠겨 있는 걸까.

처음 보는 엽의 모습에 희수는 안절부절못했다. 적어도 그
순간만큼은 투자 따위는 어찌 되든 상관없었다. 조심성 없이 뱉은
말로 그의 마음을 다치게 했다는 죄책감뿐이었다. 자신을 살피는
희수의 걱정스러운 눈빛에 엽이 입술로만 미소를 지었다.

엽과 헤어진 후 두고 간 물건을 찾으러 환상극장에 들른 희수는
어두운 복도 저편에 누군가 휙 지나가는 것을 보았다. 천장에 닿을
정도로 큰 키에 깡마른 사람이었다. 은은한 꽃 내음이 복도에
흘렀다. 익숙한 향이다. 그때 의심했던 대로 극장주가 맞을까?
호기심에 사로잡힌 희수가 서둘러 그림자를 쫓았다. 하지만 이미

보이지 않았다. 2층의 금지된 방으로 사라져 버렸나.

실망한 표정으로 돌아서는 희수의 발치에 뭔가가 차였다. 내려다보니 접힌 신문지였다.

"누가 이런 데다 신문을 버렸어. 읽었으면 잘 치울 것이지."

신문지를 주워 든 희수가 날짜를 확인했다. 1924년 4월 7일. 10년 전의 신문지가 왜 이런 곳에 떨어져 있지? 희수의 시선이 무심하게 기사 제목으로 향했다. '종로제과 사장 체포… 동경에서 배운 제과 기술로 돈 벌어 반일 행각' '개교 임박 조선제국대학 교명 경성제국대학으로 변경' '파리 올림픽 선수촌 건설' 등의 옛 기사들을 별생각 없이 훑던 희수의 심장이 덜컥 내려앉았다. 떨리는 눈은 한 기사에 고정되었다.

'〈제국일보〉 사장 부인 사망… 자살로 추정'.

그런 일이 있었구나. 어머님이 자살했다니, 엽 씨가 얼마나 충격을 받았을까. 희수는 엽의 슬픈 눈빛이 다시 떠올라 가슴이 아려 왔다. 기사는 〈제국일보〉 사장 부인의 갑작스러운 사망을 둘러싸고 이런저런 소문과 억측이 있었지만, 현장 조사 결과 자살로 추정된다는 경찰의 발표를 옮겼다. 그런데 사람이 죽은 걸 두고 이런저런 소문과 억측이라니, 예나 지금이나 인간들은 어쩜 그렇게 남의 마음을 헤아리지 못하고 무신경한지. 혀를 차던 희수는 자기도 아무 생각 없이 어머니 얘기를 꺼내서 엽에게 상처를 줬다는 사실이 떠올라 머리를 쥐어뜯었다.

내일은 그이에게 조금 더 다정하게 대해야겠다. 아, 내 말은, 그러니까, 다정한 척해야겠다는 뜻이야. 그 사람 기분이 상해서 투자에 차질이 생기면 안 되니까. 아무도 듣지도 묻지도 않았는데, 희수 혼자 황급히 변명했다.

좋아하는 척

이튿날 환상극장에 들어온 엽은 희수를 보자마자 밖으로 나가자고 재촉했다. 아무도 그에게 출근을 요구하지 않았는데, 아침 일찍부터 나타나서는 희수를 찾았다. 좀 게을러도 될 사람이 왜 이리 부지런해서 사람을 피곤하게 한답니까.

"갑자기 어딜 가자는 말씀이세요? 연극 개막이 코앞이라 할 일이 많다고요."

"다들 잠도 제대로 못 주무시고 피곤하실 테니, 맛있는 거라도 사다 드리려고요. 아, 걱정하지 마십시오. 이건 투자금이 아니라 제 사비로 충당하겠습니다. 응원하는 의미로."

정 그렇다면 오는 길에 사 오면 될 일이지, 굳이 극장에 먼저 와서 나를 데려가는 이유는 뭔데요. 좋은 의도는 좋은 행동으로 옮겨야 하는 법이잖아요. 희수는 앞서가는 엽의 등에 대고 코를 찡그렸다. 그러다 엽이 갑자기 뒤를 돌아봐서 얼른 입꼬리를 올려 미소 지었다.

"맛난 거 드실 생각에 희수 씨도 기분이 좋으신가 봅니다."

"아… 네, 궁금하네요. 하하하."

"제가 맛있다고 인정하는 거니까 믿으셔도 됩니다. 기대하십시오."

"어련하시겠어요."

도착한 곳은 종로에 있는 작은 양과자점이었다. 투명 창 안으로 형형색색의 양과자와 여러 가지 빵이 진열되어 있었다. 가게 크기에 비해 상품 종류가 다양해 보였다.

"10년 전에는 이 가게도 큰 축에 속했는데, 요즘엔 큰 규모의 매장들이 많아져서 작아 보이죠?"

"오랜 단골이신가 봐요."

희수가 대꾸하며 고개를 들어 간판을 봤다. 한자로 적힌 낡은 나무 간판이었다. 종로제과. 최근에 이 상호를 어딘가에서 본 것 같은데, 어디더라. 희수가 기억을 더듬는 사이 엽이 쟈켓 안주머니에서 고동색 가죽 지갑을 꺼냈다. 그리고 지폐가 가득 들어 두툼한 지갑을 희수에게 내밀었다.

"마음껏 고르십시오. 매장에 있는 빵을 다 사서도 됩니다."

"참 나, 그걸 어떻게 들고 가려고요! 근데 함께 안 들어가세요?"

희수의 물음에 엽이 유리문 안을 홀깃했다. 희수도 가게 안을 들여다봤다. 하얀 모자를 쓴 여자가 진열대를 정리하는 중이었다. 겉보기에는 희수와 비슷한 또래였다. 근데 10년 전부터 가게를 했다니, 엄청나게 동안이네. 엽 씨가 좋아하는 여자인가. 희수의 눈이 가늘어졌다.

"저한테는 바닥에 떨어진 과자 부스러기도 안 팔겠다는 사람이 있어서요."

친일파를 싫어하는 여자인가. 그렇다면 둘이 이어질 가능성은 별로 없네. 자기도 모르게 안심하는데 문득 종로제과의 이름을 어디서 봤는지 기억났다. 지난밤 환상극장 복도에서 본 신문 기사였다. '종로제과 사장 체포… 동경에서 배운 제과 기술로 돈 벌어 반일 행각'. 그럴 만도 하네. 희수의 고개가 저절로 끄덕여졌다.

두 손 가득 빵과 과자가 담긴 봉투를 들고 환상극장으로 돌아가는 길에 엽이 묻지도 않은 이야기를 시작했다.

"저보다는 어머님이 더 좋아하던 제과점입니다. 하루도 안 빠지고 들르셨으니까요. 원래는 지금 사장의 오빠가 운영했었죠. 그분이 제 유학 준비도 많이 도와줬어요. 동경 유학파였거든요. 그런데 가게에 열혈단이 자주 드나든다는 의혹이 한 신문에 실립니다. 바로 〈제국일보〉요. 그날로 사장님이 체포되었고, 경찰은 그가 오랜 기간 반일 행각을 벌였다는 결론을 내립니다. 사장님은 머지않아 형무소에서 돌아가셨다고 하더군요."

"저분들 입장에서는 어머님과 엽 씨에게 배신당한 기분이었겠어요."

"들어 마땅한 원망이죠. 부모님은 큰소리로 다투는 일이 잦아졌습니다. 애초에 다정한 부부는 아니었지만, 그날 이후로는 남보다도 못한 원수지간에 가까웠죠. 어머님께선 무고한 사람에게 누명을 씌웠다며 해명 기사를 내라고 주장했어요. 아버지는 터무니없는 소리라고 일축했고요."

"사실 어머님은 자세한 내막까진 잘 모르셨을 테니까요. 어머님이 안 계실 때 그분이 어떤 일을 하시는지…."

"아뇨."

엽이 딱 잘라 말했다.

"어머님은 그 누구보다 확실히 알고 계셨던 겁니다. 사장님이 열혈단과 무관하단 사실을요."

"어…떻게요?"

엽은 입을 굳게 닫았다. 이어지는 어머니 얘기에 서글퍼진 걸까. 희수는 빵 봉투를 추켜들며 그의 눈치를 살폈다.

한참을 묵묵히 걷던 엽이 표정을 밝게 바꾸고는 물었다.

"희수 씨, 내일 저녁에 시간 어떠십니까? 〈제국일보〉에서 주최하는 연회에 함께 가 주실 수 있을까요?"

비록 질문의 형태였으나, 늘 그렇듯이 희수의 답을 들으려는 의도는 아니었기에 엽은 대답할 틈을 주지도 않고 말을 계속했다.

"사람이 많이 모이는 자리는 영 별로지만, 창립 기념일 연회라서 아무래도 제가 빠지기가 좀 곤란합니다. 신문사 업무에 관여하지는 않지만, 아시다시피 창립자의 아들이잖아요."

무려 조선호텔의 대식당을 통으로 대관했다고 하니, 희수도 은근히 기대되고 마음이 설렜다. 희수는 장곡천정의 그 으리으리한 호텔을 몇 번 정도 옆으로 지나가 본 적은 있어도 내부에 들어가 본 적은 없었다.

"그런 자리에 어떤 옷을 입고 가야 할지 모르겠네요. 대단한 사람들이 많이 오겠죠?"

"희수 씨에 비하면 다들 흔해 빠진 모던걸에 불과합니다."

엽은 과분한 칭찬으로 희수를 당황하게 하고 한마디를 덧붙였다.

"일단 제 옆에 있는 것만으로도 특별한 사람이 되니까요."

그러고는 희수의 콧잔등이 찌푸려지는 걸 보고 눈물을 찔끔 흘리며 웃었다. 희수가 눈을 흘기자 엽은 서둘러 손등으로 눈물을 찍어 닦고는 사과의 의미로 손바닥을 펴서 내밀었다. 하지만 가지런하고 하얀 치아가 여전히 입술 사이로 드러나 있었다.

"그렇지만 옷차림으로 타인을 평가하는 부류의 족속들이 우글거리는 장소가 될 테니, 그들의 입에서 헛소리가 새어 나오지 않도록 적당한 의복을 준비하는 편이 좋겠습니다. 너도나도 몰려가는 데파트에서 파는 옷은 희수 씨의 매력을 충분히 받쳐 줄 수 없으니, 보헤미안에 갑시다. 지금 시간 괜찮으시죠?"

언제나처럼 엽의 물음에는 대답할 필요가 없다. 아침부터 제과점으로 양복점으로 행선지를 정하면서 희수의 의견은 물어보지 않았으니까. 게다가 희수의 머릿속에는 더 중차대한 물음이 생겼다. 갑자기 보헤미안에서 양장을 사야 한다니, 내가 그럴

좋아하는 척

여윳돈이 어디 있어? 이게 다 단장님이 시킨 대로 엽 씨와 친근하게 지내느라 생긴 일이니, 단장님께 비용을 청구할까? 희수의 머릿속 물음에 대한 대답은 엽의 입에서 나왔다.

"아, 물론 제가 부탁드렸으니까 옷은 제가 선물하겠습니다. 그렇지 않아도 뭔가 선물을 드리고 싶었는데, 꽃다발도 부담스러워하는 분이시라 거절당할까 봐 늘 망설였거든요. 꽃다발의 크기를 점점 줄여서 오늘은 딱 한 송이만 가져왔는데도 끝내 재옥 씨에게 넘기셨죠. 연회에 어울릴 의복은 꼭 필요하니, 좋은 핑곗거리가 생겼군요. 자, 빵은 극장에 내려 두고 바로 갑시다."

특별한 날도 아닌데 자꾸만 꽃다발을 안기는 엽 때문에 난처했던 게 사실이었지만, 보헤미안에서 옷을 사 준다는 제안을 거절하기는 쉽지 않았다. 자투리 천으로 만든 복제품이 아닌 진짜 고급 의상. 한 번쯤은 괜찮겠지. 마음에도 없는 사내에게 매일같이 시달리는 데 대한 보상으로 치자.

두 사람이 보헤미안 앞에 도착했을 때, 출입문을 열려던 엽이 문득 동작을 멈추고 모퉁이에 서 있던 남자에게 알은척했다. 어두운 쥐색 양복 차림에 포마드 머리, 그리고 얍삽해 보이는 콧수염을 기른 자였다.

"아니 이거 기무라 순사님 아니십니까? 안녕하세요. 거기서 뭐 하세요?"

"미, 미스타 정, 안녕하십니까."

큰 소리로 인사하는 엽 때문에 상대는 몹시 당황한 눈치였다.

"마쓰다 경부보님은 안 보이시네요? 아, 혹시 경부보님 몰래 땡땡이치는 중?"

"그, 그런 것 아닙니다."

"걱정 마십시오."

엽이 능청스럽게 고개를 끄덕이곤 다문 입술 앞에 검지를 세웠다. 기무라 순사는 인상을 찌푸리며 이리저리 눈을 굴렸다.

"진짜 땡땡이치시는 거였네! 기무라 순사님, 성실하신 줄 알았더니 의왼데요? 하하하!"

브리프케이스를 들고 보헤미안 쪽으로 걸어오던 남자가 엽의 호들갑을 듣고 걸음을 멈추었다. 그가 중절모를 깊게 눌러쓰고 돌아서서 반대 방향으로 멀어지는 모습은 아무도 보지 못했다. 제보받은 열혈단 단원의 이동 경로에 잠복 중이던 기무라 순사는 낭패라는 얼굴로 자리를 떴다. 그의 속도 모르고 엽은 여전히 큰 소리로 인사를 했다.

"기무라 순사님, 또 뵙시다! 다음 땡땡이 땐 저랑 커피라도 드시자고요! 그럼 희수 씨, 우린 들어가죠."

희수는 엽이 열어 준 문으로 향하던 걸음을 멈추었다. 쇼윈도의 마네킹이 입고 있는 붉은 실크 드레스에 마음을 홀딱 빼앗겨 버린 탓이었다. 건너편 창해양복점에서 밖을 내다보던 진무는 희수를 발견하고 반가워하며 가게를 나서려다 멈췄다. 희수의 곁에 엽이 있는 걸 보았기 때문이다. 엽의 시선이 희수에게 고정되어 있다는 사실 또한.

희수가 첫눈에 반한 드레스를 직접 만든 보헤미안의 사장 지설하는 의외라는 표정이었다.

"저 드레스를 실제로 입고 싶어 할 사람이, 그것도 이렇게 빨리 나타날 줄은 몰랐네요. 저건 쇼윈도에 장식해 시선을 끌 요량으로 만든, 사실 저로서도 지나칠 정도로 과감한 도전이었던 드레스거든요. 그러고 보니 아가씨는 재옥 씨의 친구분이시죠!"

좋아하는 척

"햐아!"희수가 대답하기도 전에 엽이 나섰다. "희수 씨의 안목에 사장님도 놀라셨군요. 저도 이분과 함께 보내는 매시간이 놀라움의 연속이랍니다. 넓은 세상에 나가 별별 일들을 다 보고 겪은 저도 말입니다."

희수가 콧등을 찡그리며 팔꿈치로 엽을 쿡 찔렀다. 지설히는 희수를 위아래로 훑어보았다.

"마네킹에게 꼭 맞춘 드레스라 아가씨한테는 조금 작을 것 같은데, 뭐, 간단하게 수선 가능한 정도겠어요. 치수를 좀 잴까요? 엽 씨는 저쪽에서 잠시 기다려 주세요. 커피 한잔 드릴까요? 물론 설탕은 빼고."

"좋죠. 그런데 오늘은 왜 혼자십니까! 환희는 어디 가고요?"

"아… 몸이 안 좋아서… 일찍 들여보냈어요."

둘은 서로를 잘 아는 듯했다. 희수의 치수를 측정하고 나서는 엽의 의상에 관한 상담이 이어졌다. 엽은 이것저것 의견이 많고 구체적인 요구 사항도 많았다. 상담이 길어지는 것 같아서 희수는 맞은편 창해양복점으로 갔다. 밖을 내다보던 진무가 반갑게 문을 열었다.

"보헤미안엔 어쩐 일로요? 무대의상 맞추러 오셨나요?"

"아, 아뇨. 오늘은 제 옷을 사러 왔어요."

"희수 씨 옷을요? 어떤 걸 고르셨는데요?"

"저거요. 너무 예쁘지 않나요?"

희수가 보헤미안의 쇼윈도를 가리켰다. 진무는 눈살을 찌푸렸다.

"저렇게 야한 옷을 입으시려고요? 희수 씨 저런 취향이었습니까?"

윤기 흐르는 진홍과 검정 실크가 겹으로 나풀거리는 드레스는 무릎을 지나 꽤 위쪽까지 옆트임이 있었다. 매혹적이라고 생각했는데, 그걸 '야하다'라는 말로 퉁치다니. 희수는 그의 뭉툭한 사고방식이 담긴 시선이 자기의 몸에 닿는 게 어쩐지 거북했다.

"저런 옷을 입고 어디에 가시려는 겁니까?"

"엽 씨가 창립 기념 연회에 초대했어요."

"엽 씨…."

진무가 중얼거리며 눈으로 희수를 위아래로 훑었다. 그러더니 목에 걸고 있던 줄자를 손에 들면서 말했다.

"그런데 희수 씨, 살이 좀 찌셨네요. 저번에 드린 치마가 약간 작을 수도 있겠어요."

"앗, 그런가요? 요즘 엽 씨하고 늦은 시간에 저녁 식사를 하는 경우가 왕왕 있어서 그랬나 봐요."

"저 남자와 자주 어울리시나 봅니다. 제가 그렇게 주의를 드렸는데."

진무는 묻지도 않고 희수의 허리에 줄자를 둘렀다. 종종 있는 일이었다.

"겪어 보니 그렇게 나쁜 사람 같지는 않아요. 조금 이상하긴 하지만요."

희수의 대답에 줄자를 쥔 진무의 손에 힘이 들어갔다.

"역시 치수가 늘었어요. 잠깐 팔을 들어 보시겠어요? 가슴둘레를 재겠습니다."

진무가 줄자의 위치를 조금씩 옮겨 가며 가슴둘레를 측정하는 동안 희수는 어색하게 굽은 양팔을 어중간하게 들고 천장에 걸린 샹들리에의 화려한 장식을 바라보았다.

좋아하는 척

"저 남자가 희수 씨를 상류사회로 데려가 줄 것 같습니까? 팔은 내리셔도 됩니다."

"아니, 그런 생각은…."

진무가 희수의 목에 줄자를 감고 양쪽으로 당겼다.

"저 남자 곁에 있으니까 이재옥 씨라도 된 것 같은 기분이에요?"

진무는 희수가 콜록콜록, 기침하고 나서야 줄자를 늦추었다.

"이런, 죄송합니다. 저 남자는 희수 씨를 상처 입힐 겁니다. 희수 씨가 더 빛날 수 있는 길은 따로 있습니다. 아시잖아요?"

그러고는 희수 앞에 한쪽 무릎을 꿇었다. 마치 주머니에서 반지라도 꺼낼 듯한 자세였지만, 진무는 줄자를 펼쳐 희수의 허리에서 복숭아뼈까지의 길이를 측정했다.

진무는 종종 희수를 헷갈리게 했다. 사실 희수는 자신에게 꾸준히 호감을 표시해 온 진무에게 고마워하고 있으며, 가슴속에 피어나는 따스한 감정이 그에 대한 애정일 수도 있겠다고 생각했다. 진무와 함께 밤을 보낼 기회도 몇 번 정도 있었다. 하지만 진무는 늘 결정적인 순간에 물러섰고, 희수를 홀로 돌려보냈다. 아직 때가 아니라는 걸까? 호색한인 것보다야 낫지만, 그의 진심이 무엇인지 혼란스러운 마음을 달랠 길이 없었다.

"앗, 저 이제 가 봐야겠어요."

보헤미안을 나서는 엽의 모습이 보여 희수는 서둘러 인사하고 문을 열었다. 문을 나서는데 뒤에서 작게 속삭이는 목소리가 들렸다.

"내 조만간 큰 선물을 준비하겠습니다."

돌아보니 진무는 이미 작업대에 원단을 펼치는 중이었다. 선물? 오버코트라도 만들어 주려나? 그래서 치수를 다시 쟀나? 희수가 엽과 가까이 지내는 일에 진무가 저렇게까지 질투심을 느낄 줄은 몰랐다. 확실하게 표현하지 않고 다소 애매한 거리를 유지하던 진무의 심경에 엽의 등장이 큰 변화를 불러온 것일지도 모르겠다.

어느새 곁에 다가온 엽이 희수의 시선을 따라 유리문 안쪽을 살폈다. 그리고 고개를 들어 창해양복점 간판을 올려다봤다.

"여기서 뭐 하십니까?"

"엽 씨 상담이 길어지길래 잠깐 인사 좀 나눴어요."

엽이 다시 진무 쪽으로 시선을 던졌다. 못마땅한 기색을 감추는 시늉도 하지 않았다.

"저 사람과 친하십니까?"

"아… 친하다기보다는…. 이제 극장으로 돌아가실 건가요?"

희수는 말을 돌리며 걸음을 옮겼다. 앞서 걷다 보니 문득 궁금해졌다. 내가 왜 엽 씨의 눈치를 보는 거지? 그러니까… 왜냐하면… 엽 씨가 정말로 내게 호감이 있어서 투자를 결정했을지도 모르는 상황에서 진무 씨에 관한 얘기로 그의 심기를 건드릴 필요는 없으니까. 그것만 아니면 내가 저 사람의 기분을 신경 쓸 이유가 뭐가 있겠어!

"친하지 않다면 다행입니다."

엽이 희수와 나란히 걸으며 뒤를 흘깃했다.

"저 창해양복점 사장, 정직하지 못한 남잡니다. 가까이해서 좋을 게 없는 부류지요. 아, 오해하지 마십시오. 저 겉보기와는 달리 귀천을 따지고 그런 사람 아닙니다. 어디서 무슨 일을 하든 자신이 하는 일에 진심이고 충실한 사람은 대단하다고 생각해요. 희수 씨처럼요. 하지만 저 사장은 본인의 직업에 자긍심이라곤 찾아볼 수가 없고, 고객을 기만하는 자입니다. 제가 직접 당했으니 확실히 압니다. 아무튼 멀리하세요. 희수 씨와는 정반대의 방향을 바라보고

좋아하는 척

사는 사람이니까요."

엽이 늘어놓는 얘기를 듣던 희수는 점점 기분이 묘해졌다. 엽 씨는 왜 내게 이런 말을 하는 거지? 진무 씨는 엽 씨를, 엽 씨는 진무 씨를 멀리하라고 하네. 어머나! 혹시 나를 가운데 두고 두 남자가 서로 질투하는 건가?

"희수 씨? 희수 씨, 왜 웃으세요? 저 지금 농담하는 거 아닙니다. 진지해요."

"아, 네."

"웃지 마시라니까요."

"알겠어요."

"어어?"

조선호텔 대식당에서 〈제국일보〉의 창립 기념일 연회가 성대하게 열렸다. 대식당의 내부는 독일식 아르누보 양식으로 꾸며졌고, 뉴욕에서 직수입했다는 티파니의 크리스탈 샹들리에가 화려하게 빛을 뿌렸다. 최신 유행하는 쟈쓰 선율이 흐르는 가운데, 내로라하는 집안의 거물급 인사들이 한자리에 모여 술잔을 부딪치며 서로를 말로 추켜세우고 눈빛으로 깎아내렸다. 엽은 이쪽저쪽에 붙들려 인사를 하느라 정신이 없었다. 희수는 테이블마다 독일산 은그릇에 푸짐하게 차려진 불란서풍 요리들을 구경하며 입을 다물지 못했다. 몸에 꼭 맞는 드레스만 아니었더라면 배불리 먹었을 텐데.

"희수야!"

아쉬움에 침만 꼴깍 삼키는 희수를 누군가 반갑게 불렀다. 재옥이었다. 곱슬하게 부풀린 단발머리에 새하얀 어깨가 드러난

노랑 원피스를 입은 재옥은 클라라 보가 영화에서 바로
튀어나오기라도 한 듯 천진한 아름다움 그 자체였다.

"아, 재옥아."

"엽 씨랑 함께 왔구나? 그이는 어딨어? 이 사람과 인사하면 좋을
텐데."

재옥은 포마드로 머리를 단정하게 넘기고 삐코의 대모테
안경을 쓴 남자와 팔짱을 끼고 있었다. 그때 희수를 발견한 엽이
멀리서 성큼성큼 걸어왔다. 포마드 남자가 미리 꺼내 들고 있던
명함을 엽에게 건네며 인사했다.

"안녕하십니까. 경성은행에 근무하는 김정태라고 합니다."

일본인 자본가들이 설립한 경성은행이 조선인들에게 높은
이자로 대출을 내주고 막대한 이익을 챙긴다는 소문을 희수도 들은
적 있었다. 돈을 다루는 직업이라니, 확실히 재옥의 취향이려나.
엽은 남자에겐 눈길도 주지 않고 명함을 받아 바지 주머니에 넣었다.
주머니엔 이미 명함이 그득했다.

"아, 예, 안녕하십니까. 정엽입니다. 저는 무적자라 명함이
없습니다."

"하하, 미스타 정이야 이름이 명함이죠."

아이고, 저이는 미스타 정이라고 불리는 걸 몹시 싫어하는데.
희수는 엽의 눈치를 살폈다. 아니나 다를까 귀를 막고 싶은 표정을
짓던 엽이 희수와 눈이 마주치자 콧등을 찡그리며 희수 흉내를
냈다. 그러다 희수가 이를 드러내며 눈을 흘기자 즐거워하며 고개를
젖히고 웃었다.

재옥도 엽과 인사를 나눴다.

"엽 씨, 극장 밖에서 만나니까 신선하네요. 엽 씨야 대출받을

일이 없겠지만, 그래도 이 사람 좀 잘 도와주세요."

"안녕하세요, 재옥 씨. 제가 뭐 능력이 있어야 도움을 드리죠."

"이 어마어마한 연회의 주연배우시면서 무슨 말씀이세요."

재옥이 커다란 눈을 굴리며 한쪽 눈을 찡긋했다.

"당치도 않습니다. 저는 과거의 그림자일 뿐입니다."

"그림자! 엽 씨가 희수를 늘 그림자처럼 곁에 붙이구 다니시는 바람에 제가 단짝 친구를 잃긴 했네요."

"저런! 그랬군요. 제가 푼돈이나마 투자를 하다 보니 이것저것 물을 게 많아서 그렇게 됐습니다. 사과드립니다."

엽이 가볍게 고개를 숙이자 김정태가 손을 내저었다.

"사과하실 일이 아닙니다. 알고 보니 미스타 정께서 이미 저를 크게 도와주셨군요! 단짝 친구를 빼앗겨 한가해지지 않았더라면 천하의 이재옥이 저를 이렇게 자주 만나 주기나 했겠습니까? 하하하! 아야!"

재옥이 김정태의 손등을 꼬집었다.

"아이고, 아무쪼록 잘 부탁드립니다."

"예, 서로 도울 일이 있으면 도와야죠."

김정태가 엄살을 부리자 엽이 입에 발린 소리를 했다.

희수와 재옥이 서로의 옷차림을 칭찬하는 사이에 엽이 황금빛 샴펜이 담긴 기다란 유리잔들을 가져왔다. 삐루의 톡 쏘는 느낌과는 다른 섬세한 기포가 입 안을 간지럽히고, 마음까지 몽글몽글하게 했다. 샴펜 잔의 가느다란 기둥 부분을 손가락으로 잡고 서로 부딪칠 때 챙 하고 울리는 맑은 소리도 기분 좋았다. 희수는 샴펜을 석 잔인가 넉 잔인가 연거푸 마시고 표정에 즐거움이 가시질 않았다.

김정태가 무언가 귀엣말을 하니 재옥이 등을 매혹적으로

굽히며 까르르 웃었다. 재옥은 머리를 좀 더 부풀리곤 밴드가 연주 중이던 무대로 향했다. 그리고 그들과 몇 마디를 나누고는 마이크 앞에 섰다.

"제가 노래 한 곡 부탁했습니다."

김정태가 의기양양하게 말했다.

바이올린 선율로 시작된 곡은 〈제 두 자무르(J'ai Deux Amours)〉였다. 클라라 보에 조세핀 베이커라니, 재옥은 정말이지 '잇걸' 그 자체구나. 희수는 고개를 절레절레 저었다. 재옥은 요염한 움직임과 함께 노래를 부르며 김정태와 엽의 눈을 번갈아 맞추었다.

"저 사람이 불란서 말도 하는 줄은 몰랐습니다."

김정태가 입술에 침을 바르며 감탄하고는 물었다.

"미스타 정은 굉장히 유식하시다 들었는데, 혹시 저 노랫말도 알아들으십니까?"

"모르시는 편이 나을 겁니다."

엽이 미묘한 표정으로 대답했다. '제 두 자무르'는 '나의 두 사랑'이라는 뜻이며, 지금 재옥의 공연은 김정태와 엽, 두 남자를 모두 유혹하겠다는 의미로 받아들일 수 있는 상황이었다. '빠리와 나의 조국'이라는 가사 역시 경성은행의 요직에 있는 사람이 알아들어서 좋을 일은 없었다. 게다가 재옥이 발음을 흘리며 '경성과 나의 조국'으로 바꿔 부르는 걸 들은 것 같아 고개를 갸웃하던 참이었다.

노래가 끝나고 대식당 안의 모든 이들이 재옥에게 박수와 환호를 보냈다. 김정태는 무대 앞으로 달려가서 계단을 내려오는 재옥의 손을 잡고 무슨 이유에선지 눈물까지 글썽이며 뿌듯해했다. 네 사람은 술을 조금 더 마시고, 많이 웃었다.

좋아하는 척

"미스타 정은 금번에 유월회에 큰돈을 투자하셨는데, 언제부터 연극에 관심이 많으셨습니까?"

김정태가 담배를 한 개비 꺼내 물고 엽에게 하나를 권하며 물었다.

"제가 원래 다방면으로 좋아하는 것이 많습니다."

좋아하는 것이 많다면서 담배를 사양하자, 김정태가 담뱃갑을 안주머니에 넣으며 입술을 비틀었다.

"저는 연극이 영 맞지 않더군요."

"그런가요."

엽이 무심히 대꾸했다. 김정태는 깊은 팔자 주름을 만들며 설명을 늘어놓았다.

"결말을 이미 알고 있으면서 그걸 모르는 척 관객들 바로 앞에서 뻔뻔하게 연기를 하는 모습이 우스꽝스럽게 느껴집니다. 매번 그렇게 연기를 한다는 게 솔직히 좀 그래요. 가식적이랄까."

김정태의 무례한 발언에 희수가 기분 상할 겨를도 없이 엽이 날카롭게 받아쳤다.

"우스꽝? 가식? 예술가들의 진정성을 그런 식으로 모욕하시다니요! 배우분들의 연기를 거짓이라 칭하신 방금 그 발언으로 확실해진 것이 두 가지 있습니다. 하나는 김정태 씨가 연극이라는 종합예술에 대해 아무것도 모른다는 것, 그리고 또 하나는 모르는 분야에 대해서는 입을 다무는 게 좋다는 것입니다. 술맛이 달아나니까요. 주변인에 불과한 저도 이럴진대 여기 두 숙녀분은 어떻겠습니까? 당장 사과하십시오."

김정태의 얼굴이 붉으락푸르락해졌다. 그가 입술에 침을 바르고 말을 더듬거렸다.

"아, 아니, 고정하십시오. 그냥 해 본 소리입니다. 제가 술기운에 실언했습니다. 사과드립니다."

그러고는 재옥에게 작은 소리로 속삭였다.

"그게 그렇게까지 기분이 나쁜 말이오?"

재옥은 눈웃음을 지으며 가볍게 고개를 저었다.

희수는 엽의 팔짱을 끼고 살며시 그의 어깨에 머리를 기댔다.

〈카르멘〉 개막이 이틀 앞으로 다가왔다. 극장 앞에는 타오르는 불처럼 붉은 드레스를 입은 카르멘의 모습이 그려진 커다란 간판이 내걸렸다. 모든 준비가 무리 없이 진행되고 있었다.

이게 다 내 덕분이란 걸 알랑가 몰라. 희수가 자못 뿌듯한 얼굴로 극장에 들어섰다. 진상 투자자의 온갖 투정을 모두 받아 준 나의 숭고한 희생이 없었더라면 이 모든 게 가능했겠냐 말이야. 희수가 바닥에 떨어진 홍보 전단을 발견하고 종이가 구겨질세라 조심스레 주워 들었다. 어허, 이 사람들이? 이 홍보 전단은 잉크로 인쇄한 게 아니야. 내 피, 땀, 눈물이라고! 이 소중한 걸 함부로 흘리다니, 조심성들이 없어. 어디, 무대는 완벽히 준비됐나 볼까.

"야, 재옥 씨 왜 안 와?"

중요한 사람이 된 듯한 기분을 만끽하고 있었는데, 총무의 목소리가 산통을 깼다. 어휴, 그래. 나는 주연배우 재옥 옆에 있는 무명에 불과하지.

"재옥이 안 왔어요?"

"그래. 어제도 극장에 코빼기도 안 보이고 말이야. 내일모레 개막인데 너무한 거 아니냐."

그러고 보니 희수도 그제 〈제국일보〉 창립 기념 연회에서 헤어진 이후로 재옥을 만나지 못했다. 평소 연습에 성실히 참여하는 편이 아니긴 했지만, 개막 직전에 이런 행동은 재옥답지 않았다.

무슨 일이라도 생긴 걸까, 걱정이 드는 순간 열댓 명의 경찰이 극장에 들이닥쳤다.

"이재옥! 이재옥!"

경찰들이 사방으로 총을 겨누고 이재옥의 이름을 소리쳐 불렀다. 막아서는 사람에겐 주먹을 휘두르고 발길질을 했다. 그들은 겁에 질린 사람들을 거칠게 몰아세우고 얼굴을 확인했다.

"이재옥 씨는 여기 없습니다. 이게 대체 무슨 일입니까?"

엽이 앞으로 나서며 물었다.

"네놈은 또 뭐…?"

순사가 주먹을 쥐고 다가서는데, 곁에 있던 간부가 엽을 알아보고 부하를 제지했다.

"미스타 정 아니십니까? 여기는 어쩐 일이십니까?"

그의 태도는 자못 공손했다.

"마쓰다 경부보, 그간 안녕하셨습니까? 제가 이 연극의 투자자입니다. 우리 주연배우를 어떤 연유로 찾으시는지 여쭐 수 있을까요?"

"경성은행에 폭탄을 든 괴한의 습격이 있었습니다. 천황 폐하의 은덕으로 폭탄은 불발에 그쳤지만, 현장에 있던 직원 여섯 명과 범인을 추격하던 경부님까지 그자가 쏜 흉탄에 목숨을 잃었지요. 어찌나 지독한지 붙잡힐 상황이 되니 제 몸에 총을 세 발이나 쏘고 자결했습니다. 악마 같은 것!"

경부보는 분노에 이를 갈며 말을 이었다.

"이재옥이란 여자가 어젯밤에 범인과 함께 있었다는 제보가 들어왔습니다. 사전에 그 요망한 몸뚱이로 경성은행의 간부에게 접근해서 공격에 적당한 시간과 대출 장부가 보관된 위치 등을 확인했다고 하더군요. 지금 순사들이 적선정의 그 여자 집을 수색 중입니다. 열혈단의 명단이라도 찾을 수 있다면 좋겠군요."

경부보는 큰 공을 세울 기회가 목전에 있다는 듯 두 손바닥을 비볐다. 그러던 중 한 여자가 그의 독사 같은 눈에 띄었다. 눈물을 흘리며 바들바들 떨고 있는 희수였다. 경부보가 검지로 뺨을 긁적이며 천천히 희수에게 다가갔다.

"넌 뭐지?"

"…."

"이재옥과 친한 사이인가?"

"아…."

"이 여자도 연행해!"

순간 엽이 두 팔을 벌려 순사들을 가로막았다.

"아닙니다! 이분은 절대로 범인들과 일당이 아닙니다."

경부보가 난처한 표정을 지었다.

"미스타 정, 수사 중에 무작정 이러시면…."

엽은 넓게 벌렸던 팔을 가슴 앞에 교차했다.

"무작정이 아닙니다. 확실하게 알고 있기에 이렇게 말씀드리는 겁니다. 왜냐하면 희수 씨는 어젯밤에 밤새도록 저와 함께 있었거든요. 무슨 말인지 아시겠습니까?"

엽의 말에 경부보가 멈칫하더니 희수를 흘끔거리며 음흉한 웃음을 흘렸다.

"오호라, 그렇다면… 그… 네네, 잘 알겠습니다."

희수는 얼굴이 칵텔처럼 빨개져서 엽을 흘겨보다 고개를

푹 숙였다. 대사를 잊어버린 배우처럼 혼이 빠져나간 사람들을
뒤로하고 경찰들이 극장을 나섰다. 엽이 수사 상황을 살피겠다며
뒤따랐다.

엽의 구두 뒤축이 극장 문을 빠져나가기가 무섭게 이 씨가
욕지거리를 내뱉었다.

"내 저 친일파 새끼가 일을 칠 줄 알았지. 처음부터 말했었지?
뜬금없이 투자자랍시고 접근할 때 눈치챘다니까. 누구 하나
걸리기만 해라, 하고 지켜보던 거라고!"

"역시 미스타 정이 재옥 씨를 꼰질렀을까요?"

"그렇고말고! 우리 중 누구 재옥 씨가 열혈단과 관련 있는
줄 알던 사람 있어? 저놈이 쥐새끼처럼 여기저기 기웃거리면서
알아차린 거겠지. 안 그래?"

사람들이 지문을 따르는 배우처럼 동시에 고개를 끄덕였다.

"듣고 보니 그런 것 같군요. 와, 감쪽같이 속았네!"

"제 아비의 복수를 하려는 거야. 이걸로 끝나지 않을 수도 있어.
다들 몸 사리라고."

"그만 좀 하세요!"

참다못한 희수가 빽 소리를 질렀다.

"뭘 그만해? 내가 틀린 소리 했어?"

"확인되지도 않은 걸 짐작대로 말씀하고 계시잖아요. 지금 여기
계신 분들 절반 이상은 엽 씨가 아니었더라면 일자리를 되찾지도
못했을 텐데, 그런 사람을 이렇게 근거도 없이 욕하는 건 아니지
않나요? 지금도 재옥이를 도와주러 경찰서까지 따라가셨는데."

희수의 항변에 이 씨는 코웃음을 쳤다.

"흥! 도와주는 거 좋아하네. 아까 경찰들이 살갑게 구는 거 못

봤어? 한패라니까! 어? 아하! 그러고 보니, 희수 너도 저놈한테 홀딱 넘어간 거냐? 뭐 이렇게 편을 들어? 긴긴밤을 함께 보냈다 이거야?"

"그런 거 아니에요!"

희수는 울상이 되어 극장 밖으로 뛰쳐나갔다. 엽 씨가 정말 어떤 사람인지 내가 직접 확인하겠어. 길에 나선 희수가 좌우를 살폈지만, 엽의 모습은 이미 보이지 않았다. 희수의 낮은 구두 굽이 또각거리는 소리가 점점 멀어졌다.

이튿날 유월회의 총무 김동우가 커다란 옷 보따리를 들고 창해양복점을 방문했다. 진무가 과장된 목소리와 몸짓으로 그를 반갑게 맞았다.

"아이고, 총무님 안녕하세요. 이 누추한 곳까지 어쩐 일이세요?"

총무가 보따리를 작업대에 턱 내려놓았다.

"그건 뭔가요?"

진무의 질문에 총무가 한탄했다. 언제나처럼 그의 말소리엔 술 냄새가 섞였다.

"어휴, 말도 마시게. 오늘 밤 안으로 카르멘 의상을 전부 수선해야 할 판일세. 정말 유월회에는 항상 사건 사고가 넘치누만. 갑자기 주연이 교체되어서 기장도 품도 조금씩 늘려야 하네. 이거하고…."

"이재옥 씨가 체포되었나요?"

"아니, 어디론가 사라져 버렸다네. 만주로 도망가기라도 했는지. 그나저나 최 사장 자네가 그 상황을 어떻게 알고 있나?"

"아, 드, 들었습니다. 그럼 새로운 주연은 누가 맡았나요?"

"희수일세. 걔는 항상 다른 배역까지 다 준비하고 있거든. 급히 맡기기엔 딱이지."

진무의 입꼬리가 슬며시 올라갔다.

"그렇군요. 그런데 보헤미안으로 안 가시고 어쩐 일로 저한테 오셨어요? 물론 저야 감사하지요. 그냥 궁금해서요."

"아, 보헤미안에도 무슨 일이 있었던 모양일세. 늘 **빠릿빠릿**하던 환희는 어디 틀어박혔는지 안 보이고 가게 분위기가 뭔가 어색하더라고. 사장님은 자기가 만든 의상이니 끝까지 책임지겠다고 하셨지만, 내가 오지랖 좀 부려서 반은 이리로 가져왔네. 지 사장님 성격은 최 사장도 알잖아. 이걸 다 내려놓고 오면 물 한 모금 마실 새도 없이 일하다 쓰러질 게 분명해. 어쨌거나 최 사장도 이참에 우리랑 선을 연결해 두면 좋잖아?"

"그럼요. 맡겨만 주세요. 희수 씨 치수는 제가 알고 있으니 걱정 붙들어 매시고요."

"아, 맞다. 그날 하마터면 희수도 함께 체포될 뻔했는데, 미스타 정이 구해 줬지 뭔가. 천만다행이지. 당장 내일이 개막인데 주연을 맡을 사람이 한 명이라도 남아서 말일세."

"그자가요?"

"재옥이 열혈단과 거사를 준비하던 밤에 본인이 희수와 밤새도록 함께 있었노라고 진술한 덕분에 경찰이 순순히 물러났다네. 그러고 보니 그쪽도 거사를 치른 셈이긴 하려나? 하하하."

총무가 진무의 어깨를 치며 웃었지만, 진무의 얼굴은 돌처럼 검게 굳었다.

희수는 이틀째 엽의 뒤를 밟았다. 엽이 어디에서 누구를 만나는지 직접 확인해야만 했다. 저 사람이 정말로 악의를 품고 극단에 접근한 걸까. 유월회를 파멸시킬 작정인 줄도 모르고 나는 이용만 당한 건가. 내가 정신만 똑바로 차렸더라면 재옥이 그렇게 되진 않았을까. 희수는 엽의 곁에서 함께 웃던 자신이 한심했다.

엽의 가면을 벗겨 낸 다음에는 어쩔 셈이냐고 묻는다면, 그건 알 수 없었다. 다른 것은 모두 무대 뒤로 사라졌다. 희수에겐 오직 엽의 진심을 확인하는 것만이 중요했다. 오직 그의 진심만이.

엽은 〈제국일보〉 사장과 함께 카페 '원빌'에서 종로경찰서장을 만났다. 과연 모종의 거래가 있었던 것인가. 엽이 그 둘의 사이에 앉아 은밀한 대화를 나누며 주변을 힐끔거리는 통에 창밖에서 안을 들여다보던 희수는 몇 번이나 깜짝 놀랐다. 급히 몸을 낮추느라 벽에 무릎을 세게 찧었다. 손으로 무릎을 문지르며 다시 살피니 테이블엔 〈제국일보〉 사장과 경찰서장만 남아 서로의 잔에 우이스키를 따르고 있었고, 엽의 모습은 보이지 않았다.

희수는 절뚝거리며 서둘러 모퉁이를 돌다 출입문을 나서는 엽과 마주칠 뻔했다. 카페에서 내놓은 쓰레기 더미 뒤에 쓰러지듯 숨었다가 골목으로 들어가는 엽을 뒤따랐다. 그런데 걸음이 느려진 탓에 그만 갈림길에서 엽을 놓치고 말았다. 어느 방향으로 가야 할지 망설이는 희수의 어깨를 누군가의 손이 붙잡았다.

"꺅!"

외마디 비명을 지르며 돌아보니 진무였다.

"희수 씨, 이런 데서 뭐 하십니까?"

"아, 지, 진무 씨? 여긴 어떻게?"

진무는 노기 서린 눈빛으로 입만 움직여 다시 물었다. 그림자 진 얼굴이 위압적이었다.

좋아하는 척

"여기서 대체 뭐 하시는 겁니까? 무슨 이유로 저놈을 졸졸 따라다니고 있는 거냐고요! 저 친일파 녀석이 그렇게 좋습니까? 밤을 꼬박 새우며 함께 있을 정도로 좋으냔 말입니다!"

"그게 대체 무슨 말씀이세요?"

희수의 목소리가 당황한 눈동자만큼이나 흔들렸다. 진무의 격앙된 말투와 처음 보는 표정이 두려웠다. 진무의 왼손이 계속해서 어깨를 눌러 불편했다. 게다가 진무의 오른손이 외투 주머니에서 나오지 않는 것도 꺼림직했다.

"모르는 척하지 마세요. 다 듣고 왔습니다. 어떻게… 나한테 어떻게 이럴 수 있죠? 내가 얼마나 공을 들여서 희수 씨를 가꾸어 왔는데."

"엽 씨가 이야기한 그날 밤의 일이라면…."

"감히!"

희수가 해명하려 했는데, 진무가 버럭 소리를 질렀다. 그의 눈에는 광기가 어렸다.

"이재옥도 아니고, 서희수가 감히 나를 이렇게 모욕해?"

희수는 서늘한 한기를 느꼈다. 한순간에 거리의 소음이 모두 사라졌다. 불쑥 재옥의 이름을 꺼낸 건 우연이 아닐 터였다.

"설마… 재옥을 신고한 게 당신이었어요?"

"조만간 큰 선물을 주겠다고 했잖아. 이재옥이 체포되면 그 기회가 누구에게 돌아가겠어?"

"전 그런 걸 원하지 않았어요!"

희수가 항변했지만, 진무는 들리지 않는 듯 자기의 자랑스러운 활약상을 늘어놓았다.

"나는 이재옥에 대한 모든 걸 알고 있었어. 모든 걸 말이야.

수상쩍은 자들과 몰래 만나는 것도 종종 목격했지. 그런데 요즘 들어 본인 취향도 아닌 남자와 갑작스레 연인 사이가 되더란 말이야. 그래, 그 경성은행에 다니는 남자. 뭔가를 꾸미고 있구나 예감했지. 경성은행을 공격한 범인을 보았을 때, 그 사람이 전날 밤에 이재옥과 함께 있던 여자임을 알아보는 건 어렵지 않았어."

"그렇다고 어떻게 재옥이를… 크흑!"

진무의 커다란 손이 희수의 목을 움켜잡았다. 굳은살 박인 손가락이 굵은 밧줄 같았다.

"덕분에 주연 자리까지 꿰찼잖나? 자고로 사람은 고마운 줄을 알아야 하는데 말이야. 내가 이재옥을 포기하고 눈에도 안 차는 너에게 온갖 정성을 들였어! 꼬질꼬질 촌티 벗기고 그나마 모던걸 흉내라도 내게 만드느라 얼마나 고생한 줄 알아? 그런데 이제 와서 딴 놈에게 눈을 돌려? 너 좋으라고 이재옥을 쫓아내기까지 했는데도!"

진무의 거친 숨이 희수의 얼굴을 긁었다. 정신이 아득했다.

"희수 씨? 이봐! 당신 뭐야?!"

엽이 골목 저편에서 달려와 진무의 손을 잡아챘다. 진무가 주춤거리며 물러섰고, 희수는 다리에 힘이 풀려 그대로 주저앉아 숨을 몰아쉬었다. 엽이 한쪽 무릎을 꿇고 희수의 상태를 살폈다. 떨리는 손으로 희수의 머리칼을 넘기며 물었다.

"희수 씨, 괜찮아요? 어디 다치셨습니까? 저자는… 윽!"

진무의 오른손이 엽의 배에 닿았다가 떨어졌다. 진무의 손에 들린 재단 가위와 엽의 배 사이가 붉은 실로 이어진 것처럼 보였다.

"악! 엽 씨!"

희수가 소스라치게 놀라 비명을 질렀다. 엽의 배에서 피가

좋아하는 척

흐르는 것을 본 진무도 새파랗게 질려서 손을 부들부들 떨었다. 눈이 뒤집혀서 일을 저질렀지만, 자기가 감히 누굴 해쳤는지 현실을 자각한 것이다. 상대는 경찰서장과도 겸상하는 인물이다. 쨍그랑 소리와 함께 재단 가위가 바닥에 떨어졌다. 진무는 비척거리며 뒷걸음질을 치다 반대편으로 달아났다.

"엽 씨!"

희수가 쓰러지는 엽을 품에 안고 정신없이 환부를 손으로 눌렀다. 경련하듯 떨리는 손가락 사이로 뜨거운 피가 흘러나왔다. 희수의 얼굴은 눈물범벅이었다.

"아, 안 돼요."

엽이 이를 악물고 고개를 들었다.

"그놈은요?"

"걱정 마세요. 쫄보 새끼 혼자 겁먹고 도망갔어요. 자기가 무슨 짓을 했는지도 모를 거예요."

엽이 킥킥거리며 웃음을 터트리자 잇새로 피가 새어 나왔다. 희수가 눈물을 꾹 짜내고 새빨간 눈을 흘겼다.

"가만히 좀 계세요. 지금 웃을 때예요?"

"아니, 킥킥, 희수 씨 입에서 쫄보 새끼라는 말이 나올 줄은…. 큭큭, 아야, 앗."

희수의 뺨에 다시 눈물이 흘렀다.

"죄송해요. 저 때문에 이런 일이 생겼어요. 제가 엽 씨를 믿지 못하고 따라왔어요. 저 사람이 뒤를 밟는 줄도 모르고."

엽이 쓴웃음을 지었다.

"역시나 희수 씨도 저를 의심해 왔군요. 당연합니다. 제 혈관에 흐르는 피 탓이지요. 제 어머니가 평생토록 아버지를 부끄러워했다는 사실을 말씀드리면 변명이 될까요? 언제 어디서든 친일파의 안사람이라는 욕을 먹으면서도 욕하는 사람을 원망하지 못했다는 걸, 그분의 증오는 오로지 제 부친만을 향했다는 걸 말입니다. 억!"

엽의 얼굴이 고통으로 일그러졌다. 희수가 손으로 틀어막은 상처에서 선혈이 울컥 쏟아졌다.

"말씀 그만하세요. 여기요! 누구 없어요? 제발 도와주세요!"

희수가 울부짖었다.

"저는 겁쟁이입니다. 어머니의 의문스러운 죽음이 경찰서장의 지휘하에 조용히 묻히는 것도 무력하게 지켜볼 수밖에 없었습니다. 아버지의 권력이 수사 결과까지 마음대로 조종하는 게 두려웠어요. 사실 종로제과에서 열혈단과 접선해 자금을 지원하던 이는 다름 아닌 제 어머니셨거든요."

아아, 그분께서 종로제과 사장님과 열혈단이 무관함을 누구보다 확실히 알고 계셨다는 게 그런 뜻이었구나. 희수는 엽이 그간 말하지 못했던 사연을 알게 되었다.

열혈단을 도운 건 종로제과 사장이 아니라 엽의 모친이었다. 그 사실을 부친에게 들켰고, 〈제국일보〉 사장인 부친은 고발 기사로 종로제과 사장에게 누명을 씌웠다. 그건 아내를 향한 경고였다. 양과자점에서 벌어지는 일을 알고 있으니 더 멀리 가지 말라는. 하지만 엽의 모친은 자수할 테니 그를 풀어 달라고 주장했다.

그러다 결국…. 엽 씨는 어머니가 목숨을 잃은 데 아버지가 연관되었다고 믿는구나. 아버지가 어머니를 살해했을 거라고. 그래서 아버지에 대해서는 증오심과 복수심만 남은 걸까.

"저는 영웅적으로 항일 투쟁에 나서서 역사의 주인공이 될

위인이 못 됩니다. 친일 어용 신문사 사장의 암살과 관련된 극단이 경제적인 어려움을 겪을 때 자금을 대 주어 친일파의 비참한 최후가 잊혀지지 않게 돕는 정도입니다."

엽이 말은 그렇게 해도 희수는 이제 알고 있었다. 그는 종로제과에 팔지 못해 남는 빵이 없게 했고, 다방 파두에 경찰의 첩자가 숨어들었을 때 친일파 아들의 얼굴을 들이밀어 독립운동가들의 주의를 환기시켰다. 사건이 터졌을 때 오늘 밤처럼 경찰서장을 접대하며 수사 범위를 너무 확대하지 않도록 설득하기도 했다. 그리고….

"체포당할 위기에 처한 여자와 밤새도록 함께 있었다고 거짓말도 하잖아요."

엽이 피가 그득한 입으로 킥킥거렸다.

"그게 뭐 어때서요!" 희수가 항변했다. "세상이 돌아가게 하는 건 일부 주인공이 아니라 주변의 조연들이라면서요? 어머님처럼 직접 나서는 사람도 대단하지만, 저나 엽 씨처럼 소소하게 빈틈을 메꾸는 사람들도 필요하잖아요."

희수의 말에 엽이 정색하며 고개를 저었다.

"조연이라니요. 희수 씨는 이제 주연이에요. 연극은 꼭 예정대로 막을 올려야 합니다. 환상극장에서 유월회가 〈카르멘〉을 공연하는 건 제게도 큰 의미가 있습니다. 처음에는 아버지에 대한 복수의 마침표라고만 여겼지만, 지금은 이 연극이 너무나 좋습니다! 여러분과 함께할 수 있어서 영광이라고 생각해요."

희수는 깊이 고개 숙여 사과했다.

"저는 엽 씨의 연극에 관한 관심이나 애정도 거짓이라고 생각했어요. 다른 꿍꿍이가 있어서 그런 척하는 거라고 의심했죠.

저도 엽 씨를 좋아하는 척하며 곁에서 지켜봤고요. 정말 죄송합니다."

엽이 눈을 끔벅거리다 물었다.

"다른 꿍꿍이라면, 희수 씨의 마음을 얻는 것 말인가요?"

"아….."

"이렇게 희수 씨의 품에 안겨 있는 김에 고백하자면, 그 말씀도 아예 틀린 건 아닙니다. 저로 말하자면 희수 씨의 마음을 얻고 싶어 안달이 난 상태였죠. 골목에서 포스터를 붙이는 모습을 봤을 때부터요. 아니 어쩌면 보헤미안에서 처음 마주쳤을 때부터였던 것 같습니다. 희수 씨는 어떤가요? 저를 그저 좋아하는 척했을 뿐인가요? 모든 게 연기였습니까?"

"말 좀 그만하세요."

"아니, 얘기를… 흡."

희수가 엽에게 입을 맞추었다. 날카로운 쇠 맛이 났다. 희수는 흡혈귀의 영원한 사랑에 관한 전설을 떠올렸다. 긴 입맞춤이 끝나고 엽이 말했다.

"웨딩드레스는 보헤미안에서 맞추는 게 좋겠지요?"

희수가 콧등을 찌푸렸다.

엽이 웃음을 터뜨렸다.

경성의 밤이었다.

수백 번도 넘게 드나든 장소였지만, 그날의 환상극장은 느낌이 완전히 달랐다. 2층짜리 건물이 20층은 되는 것처럼 높게 보였고, 출입문은 무겁게 닫혀 절대로 열리지 않을 것만 같았다. 그날은 희수가 생애 처음으로 주연을 맡은 연극의 개막일이었다. 이날이

오기까지 정말 많은 역경과 난관이 있었다. 희수가 아는 것뿐만 아니라 모르는 사건들도 많았다. 마침내 〈카르멘〉을 무대에 올리게 된 것은 사실상 기적에 가까웠다.

그간의 모든 희생과 노력이 극장 앞 계단 아래 선 희수의 어깨를 짓눌렀다. 구두가 바닥에 달라붙은 듯 떨어지지 않았다. 위를 올려다보니 대형 간판에서 붉은 드레스를 입고 요염한 자세를 취한 카르멘이 희수를 내려다보고 있었다. 네가 나를 연기할 수 있겠어?라고 묻는 것 같았다. 출입문 앞의 계단 세 칸이 너무나 높게 느껴졌다. 그냥 도망칠까 싶기까지 했다.

그때 매표소 문이 열리고 티켓걸이 얼굴을 내밀었다.

"서희수 배우님, 안녕하세요!"

"아, 안녕하세요. 라⋯."

"란주요."

"맞아, 란주 씨. 죄송해요. 제가 오늘따라 머리가 멍해서요."

잔뜩 얼어붙은 희수를 물끄러미 바라보던 란주가 매표소 밖으로 나왔다.

"주연배우님께서 대망의 공연 첫날 왜 이리 기운이 없으세요? 누구보다 행복하셔야 하는 날이잖아요. 힘을 내세요!"

란주가 별안간 희수의 얼굴 앞에서 짝 하고 손뼉을 쳤다. 덕분에 압박감으로 눈앞이 깜깜하던 희수가 현실로 돌아왔다. 하지만 가슴이 걱정스러우리만치 빠르게 뛰고 온몸이 쪼그라드는 느낌은 여전했다.

"제, 제가 잘할 수 있을까요? 누가 제 연기를 보러 오기나 할까요? 주연배우 바뀌었다고 욕하진 않으려나요? 관객분들이 도중에 다 나가 버리면 어쩌죠?"

"에이, 배우님 첫 주연이라고 긴장하셨구나. 그렇지 않아도 제가 티켓 팔면서 주연이 이재옥에서 서희수로 바뀌었다고 안내해 드리고 있는데, 다들 신선하고 기대된다며 좋아하시던걸요? 티켓 잘 팔리고 있으니까 관객석 꽉 찰 겁니다. 오늘 그분이 그 명함을 들고 오신 게 마음에 걸리긴 하지만요…."

"그 명함요?"

"아, 그런 게 있어요. 사랑의 큐피드 티켓. 아무튼 괜히 걱정하지 마시고 연기에 집중하세요, 주연배우님!"

란주가 희수를 계단 위로 끌어당기고는 출입문 안으로 밀어 넣었다.

극장 로비에는 사람이 꽤 많았다. 최신 유행하는 스타일로 한껏 꾸민 모던걸들, 그들과 데이트하는 사실에 들뜬 모던보이들, 교양과 부티가 좔좔 흐르는 사모님들, 검은색 잉크가 묻은 손으로 두꺼운 안경을 밀어 올리는 학자들. 내내 한산하던 끽다점도 삼삼오오 커피를 마시는 입장객들이 들어찼고, 매점도 주전부리를 사려는 사람들로 자못 붐볐다. 그들의 시선이 집중되는 기미가 보여 희수는 얼른 사무실로 내뺐다.

희수는 담배 공장 여공의 옷을 입고 이목구비를 더욱 또렷이 보이게 하는 화장을 했다. 하지만 공연 시간이 다가올수록 머리는 점점 새하얘졌다. 대사가 한 글자 한 문장씩 담배 연기처럼 사라지는 기분이었다. 동료들의 응원과 기대는 부담감만 가중했다.

이럴 때 엽 씨라도 곁에서 실없는 소리를 늘어놓으면 힘이 되었을 텐데. 개똥도 약에 쓰려면 없다더니. 아니 우리 엽 씨가 개똥은 아니지. 어머! 내가 지금 우리 엽 씨라고 했나? 희수가 두 손으로 입을 가렸다. 하지만 아무리 힘껏 막아도 웃음이 비어져

좋아하는 척

나왔다. 간밤의 입맞춤이 떠올라 얼굴이 화끈거리는 것을 흠흠 헛기침하며 겨우 진정시켰다. 그나저나 우리 엽 씨는 병원에서 치료 잘 받고 있으려나.

"희수 씨, 이제 곧 시작해요. 무대 뒤로 이동."

"네, 네, 갑니다아!"

"뭐야? 엄청 쫄아서 숨도 제대로 못 쉬더니 그새 긴장 다 풀렸나 보네?"

"에헤헤, 그러게요."

드디어 막이 오른다. 조연배우들이 먼저 무대에 올라 관객의 흥미를 돋우고 분위기를 띄운다. 어찌 보면 가장 결정적인 장면이다. 어떤 이야기든 도입부의 중요도는 아무리 강조해도 지나치지 않은 법이니까. 조연들이 관객을 금세 무대 위 세계로 빠져들게 한다. 병사들이 미카엘라를 희롱하고 호세 역의 병석이 등장한다. 인물들이 농담을 주고받자 객석에서 웃음이 터진다. 병사들이 카르멘의 이름을 되뇌며 그녀의 관심을 갈구한다. 관객들의 눈이 기대감으로 반짝인다. 무대 전체를 밝히던 조명이 일순 한곳으로 집중된다.

희수의 시간이다.

"사랑은 집시 아이, 제멋대로지요. 당신이 싫다 해도 저는 좋아요."

또랑또랑한 목소리, 작은 손짓, 춤을 추는 듯한 걸음걸이, 시선의 이동. 모든 대사와 동작에서 희수의 매력이 백 송이의 꽃처럼 피어난다. 색색의 조명이 희수에게 모였다가 다시 사방으로 폭발하듯이 퍼진다. 경성은행을 노렸던 폭탄이 성공했다면 저러했을까. 가둘 수 없는 새처럼 자유롭게, 카르멘이 날아오른다.

객석에는 즐거움을 넘어 희열이 가득하다.

　연극은 이제 막 시작했을 뿐인데 객석에서 누군가 열렬히
환호하며 손뼉을 친다.

　엽이다. 의사의 만류를 뿌리치고 병실을 뛰쳐나와 객석 한쪽에
서 있다. 기대와 조바심으로 온몸이 간질거려서 의자에 앉지도 못한
모양이다.

　엽은 무대 위 희수의 모습이 왠지 흐리게 보여 눈을 비빈다.
그러자 셔츠 소매에 눈물이 묻어난다. 희수의 새침한 표정에 웃음이
나고 농염한 움직임에 정신이 아찔하다. 이토록 격렬한 감정을 느낀
적이 있었던가.

　희수가 커다란 꽃다발을 든 엽을 알아본다. 두 사람의 눈이
마주친다. 오늘은 저 꽃다발을 받아 줘야지. 희수가 새삼 이 공간의
이름을 떠올린다.

　여긴 정말 환상극장이 맞아.

무대
뒤에서

장아미

목련나무 위로 흘러넘치던 빛은 금세 사라졌다. 그런 뒤에도 지설하는 넋 나간 얼굴로 한참 동안 창밖을 바라보았다. 목 뒤로 틀어 올린 머리카락 몇 가닥이 흐트러져 있었다. 힘이 풀린 손가락 사이로 양복지가 흘러내렸다. 그때 등 뒤에서 기척이 전해졌다.

지설하가 흠칫거리며 고개를 들었다. 이환희는 심부름 갈 채비를 마친 듯했다. 두 팔 가득 짐을 챙겨 들고 작업대 옆에 와 서며 말했다.

"그럼 다녀올게요."

세수를 새로 했는지 저고리 소매 끝이 젖어 있었다. 동그랗게 뜬 눈이며 빈틈없는 입매가 강단 있어 보이는 소녀였다. 흰 저고리에 발목을 드러내는 길이의 흰 치마 차림. 동그란 뺨에서 그 나이다운 낙관이 엿보이는 듯도 했다.

양복지를 내려놓은 지설하가 작업대를 짚으며 자리에서 일어섰다.

"아, 그러려무나."

옷매무새를 정돈한 다음 문가로 따라나서면서 덧붙였다.

"조심해서 다녀오렴. 김동우 선생한테 안부 전해 주고."

"네, 말씀 전해 드릴게요."

품속 옷가지를 추어올린 이환희가 밖으로 걸어 나갔다. 그 걸음걸이가 웬지 불안해 보였다. 지설하는 이환희가 못 보던 구두를 신고 있다는 사실을 뒤늦게 알아챘다.

"용건 마치는 대로 곧장 돌아올게요."

몸을 돌린 이환희가 큰 보폭으로 걸음을 뗐다. 치마 아래가 부풀면서 등 뒤로 늘어진 땋은 머리가 흔들렸다.

지설하가 가게 앞에 멈춰 서서 이환희의 뒷모습을 응시했다. 그 소녀가 지나갈 거리, 종로2정목에서 종각으로 이어지는 길이 지설하의 눈앞을 스쳐 지나는 듯했다. 각양각색의 복장을 한 행인들과 오복점이며 전당포 같은 온갖 점포들, 포드니 시보레니 하는 자동차와 인력거와 자전거들, 붉은 벽돌로 지어진 건물, 그리고 한 사람.

그러다 스스로를 꾸짖기라도 하는 것처럼 머리를 저으며 뒤돌아섰다. 가게 앞에 걸린 보헤미안이라는 간판을 올려다보면서 참았던 숨을 내쉬었다.

보헤미안은 서양식 의복을 취급하는 양복점이었다. 규모는 작았지만 일부 모던걸과 모던보이들 사이에 입소문을 타 일거리가 끊이지 않았다. 남편을 떠나보내고 지설하 혼자 가게를 운영한 지도 2년이 지났다. 그는 양복점 주인답지 않게 여전히 치마저고리 차림을 고수했다.

문을 닫은 지설하가 작업대 앞에 앉았다. 옷감에 바늘을 찔러 넣은 뒤에도 상념에서 벗어나지 못하고 무심코 그 남자를 떠올렸다. 물감이 튀어 있던 소매와 구겨진 손수건, 마디가 굵은 손가락과 숫기

무대 뒤에서

없는 말투, 그럼에도 더없이 다정하던 미소.

지설하가 뜨거워지는 눈시울을 느끼면서 입술을 깨물었다. 창문 밖에서 전차에서 울리는 종소리가 들리는 듯했다.

전차는 종소리를 앞세우고 출발했다. 신장개업이라고 큼지막하게 써 붙인 잡화점을 지나 이환희가 전차가 떠난 길을 따라 걸었다. 주변을 두리번거리는 일 없이 곧바로 목적지를 향해 나아갔다.

자전거를 탄 남학생이 이환희를 향해 휘파람을 불었다. 이환희는 그런 그를 돌아보기는커녕 눈도 깜짝하지 않았다. 남학생이 손잡이를 잡은 손을 떼고 거들먹거리다 바람결에 학생모가 벗겨져 허둥거렸을 때도 웃지 않았다.

길모퉁이에서는 입성이 허름한 아이들이 구걸을 하고 있었다. 소매치기가 막 상경한 객에게서 지갑을 빼돌렸다. 그의 바지 주머니에는 다른 여행객들에게서 훔쳐 낸 몇 개의 귀중품이 더 있었다.

자동차 한 대가 도로를 달려 나갔다. 그 뷰익의 뒷좌석에는 양장을 한 남녀가 타고 있었다. 짧은 순간에도 이환희는 단발머리 여자가 옆자리 남자의 어깨에 기대 울고 있는 것을 알아보았다.

화신백화점 앞에서 인력거 두 대가 잇따라 멈추었다. 기모노 차림의 부인이 하녀의 도움을 받아 인력거에서 내렸다.

종로경찰서를 등진 이환희가 바쁜 걸음걸이 때문인지 거칠어진 숨결을 가다듬었다. 짐을 추스르며 크고 번듯한 석조 건물들 사이에 숨다시피 한 붉은 벽돌 건물을 올려다보았다. 그 건물이 이환희에게 맡겨진 심부름의 목적지였다.

환상극장. 바로 이곳에서 일주일 뒤에 극단 유월회의 연극

〈카르멘〉이 막을 올릴 예정이었다.

　　이환희가 이 극장에 드나들게 된 건 지설하가 유월회에서 선보이는 연극의 의상 일을 맡으면서부터였다. 김동우에게서 전후 사정을 전해 들은 지설하는 들이는 노고에 비하면 삯이 터무니없이 적은 그 작업을 수락했다. 낮이고 밤이고 술에 취한 듯 얼굴이 불쾌하던 그 사내는 총무라는 직함 아래 공연과 관련된 여타 잡일을 전담하고 있는 눈치였다.

　　매표소를 습관적으로 한번 넘겨다본 이환희가 조금 느려진 몸놀림으로 계단을 내디뎠다. 듣기로 티켓걸인 이란주는 극장이 공연을 쉬는 이번 주에는 매표소로 출근하지 않는다고 했다. 빈 매표소를 지나 계단을 오른 이환희가 출입문을 통과해 로비로 들어갔다. 출입문 왼편에 위치한 매점 옆에는 끽다점이 있었다. 공연이 없어 한산한 끽다점에서 단원 두엇이 빈둥거리고 있었다.

　　로비 정면, 공연장으로 들어가는 문은 열려 있었다. 미처 정리가 끝나지 않아서인지 무대 위는 몹시 혼란스러웠다. 조명 설비를 위함인지 여기저기에 사다리가 펼쳐져 있고 커튼은 고정되지 않은 채로 늘어져 있었다. 배경막은 공연일 직전에야 설치될 예정이라고 했다. 그 그림들 중 일부는 아직 완성되지 못했다.

　　한편 무대 중앙의 회전무대 근처에서는 연출가와 극본가, 주연배우 몇이 의견을 주고받고 있었다. 극의 해석을 놓고 좁힐 수 없는 견해 차이라도 있는지, 정호진이 끼고 있던 팔짱을 풀며 인상을 구겼다. 이환희는 촉망받는 작가 겸 극본가라는 그 남자가 마음에 들지 않았다. 이환희가 생각하기에 근래 표절 의혹에 휘말린 그 작자는 뻔뻔한 사기꾼임이 분명했다.

　　그러다 시선을 돌려 선망하는 눈초리로 이재옥을 응시했다.

무대 뒤에서

카르멘 역할을 맡은 그 배우는 오늘 붉은색 원피스를 입고 있었다. 공연이 일주일 앞으로 다가온 까닭인지 단원들 사이에 눈에 보일 듯 선명한 긴장감이 감도는 것도 같았다.

이환희가 떨어지지 않는 발걸음을 뗐다. 마음 같아서는 객석 한편에 자리를 잡고 앉아 배우들이 연기 연습을 하는 모습을 구경하고 싶었지만 심부름을 마치는 것이 먼저였다.

로비 좌우에 드문드문하게 늘어선 기둥들을 돌아 이환희가 복도로 걸어 들어갔다. 사무실에 가 확인해 보았지만 예상대로 김동우는 그곳에 없었다. 이란주도, 사무실 직원인 배원경도 어디에서 뭘 하는지 보이지 않았다. 젊은 남자 단원 하나가 의자 등받이에 한쪽 팔을 걸친 채로 졸고 있을 뿐이었다.

사무실에서 나온 이환희가 품에 안은 옷가지의 무게에 비틀거릴 때 로비 쪽에서 여자 둘이 다가왔다.

"…그래서 극장주 사무실에서 무슨 소리가 들렸다고?"

"말도 마. 무서워서 기절하는 줄 알았다니까."

오른편 여자가 손사래를 치면서 소곤거렸다. 그들의 대화를 엿듣느라 정신이 팔린 나머지 이환희는 앞도 안 보고 더듬거리다 누군가와 정면으로 부딪치고 말았다.

"죄송해요. 짐이 무거워서 그만."

이환희가 허둥지둥 사과했다. 상대는 그런 이환희에게 짜증을 내기는커녕 팔을 뻗어 흘러내린 옷가지를 추스르는 걸 돕기까지 했다.

"너는 환희 아니니? 이제 넘겨주렴. 어이쿠, 무겁구나."

자그마한 키에 풍채가 좋은 편이던 그 사내는 김동우였다. 이환희는 그에게서 풍기는 술 냄새를 모른 척하려고 애썼다.

"안 그래도 선생님을 찾아다니고 있었어요. 이번이 마지막이래요. 사장님께서 최종 리허설 때 직접 오셔서 점검해 보겠다고 전해 달라고 하셨어요."

"내 다 기억하고 있지. 걱정하지 말려무나."

김동우가 건성으로 머리를 끄덕였다. 그때 사무실에서 졸고 있던 남자가 기지개를 켜면서 밖으로 걸어 나왔다. 김동우가 잘됐다는 듯 그를 불러 세우곤 받아 든 의상을 확인도 하지 않고 한꺼번에 넘겨주었다.

"이것 좀 받아 가게나. 가만있자, 옳지, 소품실에 넣어 두면 될 것 같군. 지금은 모두들 바빠서 경황이 없을 테니까. 필요할 때 어련히 알아서 꺼내 보겠지. 조심하게. 조그만 장식 하나라도 잃어버리면 큰일이니까."

"아, 네."

김동우가 얼른 가 보라고 다그치며 남자를 떠밀었다. 남자는 잠에서 덜 깬 듯 휘청거리며 복도 끝으로 사라졌다. 셔츠 위에 껴입은 조끼를 매만진 김동우가 이환희를 향해 고갯짓했다.

"사장님께는 리허설 때 뵙자고 말씀드리렴. 너도 그날 오는 것이냐? 그래, 그렇게 알고 있으마. 그럼 들어가 보거라."

그러곤 급한 약속이라도 있는 것처럼 부리나케 걸음을 옮겼다. 이환희가 로비로 따라 나왔을 때는 벌써 자취를 감춘 뒤였다.

로비는 비어 있었다. 무대 위 배우들과 극본가, 연출가 역시 자리를 뜬 상태였다. 아무도 없는 객석을 기웃거리던 이환희가 순간 불시에 이름을 호명당한 사람처럼 뒤를 돌아보았다.

멀리서 희미하게 음악 소리가 들렸다. 복도 저편을 주시하던 이환희가 호기심 어린 눈을 들었다. 머리 위로 2층으로 연결되는

무대 뒤에서

계단이 그림자를 드리우고 있었다.

이환희는 방금 전 마주친 단원들의 대화 내용을 되새겼다. 극장주의 사무실에서 났다는 소리의 정체는 무엇이었을까. 지금 내가 듣고 있는 것과 같은 현악기의 선율이었을까.

보고 싶었다. 알고 싶었다. 그 같은 충동이 어디에서 기인하는지 알지 못한 채로 이환희는 붉은 융단이 깔린 계단으로 발길을 돌렸다. 대로 면으로 난 창문과 높은 층고 덕분에 비교적 밝았던 1층과 대조적으로 2층은 어두웠다. 발코니석으로 입장하는 문 옆 자줏빛 벽지가 발린 벽 한쪽에 흑백의 사진들이 액자에 담겨 걸려 있었다.

가까이 가서 살펴보니 극장이 지어지는 과정을 기록한 사진들이었다. 벽돌을 쌓는 인부들과 감독관들, 완공된 건물을 배경으로 자세를 취한 신사 숙녀들. 그러나 사진 속 인물들 가운데 이환희에게 친숙한 얼굴은 없었다.

그러다 그중 한 장에 눈길이 멎었다. 가장자리가 변색된 사진의 한복판에서 머리를 빗어 넘긴 사람이 장갑을 낀 손으로 단장을 짚은 채로 정면을 응시하고 있었다.

이환희는 그에게서 시선을 뗄 수 없었다. 사진의 주인공에게서 이상한 위력이 전해졌다. 정신없이 사진을 들여다보던 이환희가 불쑥 고개를 들었다. 그쳤나 싶던 선율이 또다시 복도를 울리고 있었다. 이번에는 훨씬 가까이에서, 의심의 여지라곤 없이 명백하게.

여자가 부르는 노랫소리였다. 이환희가 뜻 모를 두려움에 사로잡혀 전율했다. 그러면서도 노래가 들리는 곳을 찾아 움직이는 스스로를 어쩌지 못했다.

소프라노의 그 목소리는 복도 옆문에서 흘러나오고 있었다. 붉은 가죽으로 장식된 문을 노려보면서 이환희가 입술을 잘근거렸다. 이곳이 극장주의 사무실일까. 나는 무슨 생각으로 여기까지 올라온 거지?

이환희가 겁에 질려 슬금슬금 뒷걸음질할 때 딸깍하는 소리와 함께 문이 열렸다. 절정에 이른 노랫소리가 비명에 가까울 만큼 커져 있었다.

이환희는 있는 힘껏 입을 틀어막아 가까스로 소리를 지르지 않을 수 있었다. 하지만 경악한 표정까지 감출 수는 없었다.

문밖으로 모습을 드러낸 사람은 불을 붙이지 않은 담배를 입에 물고 있었다. 저렇게 짧은 머리를 한 여자는 본 적이 없는데. 아니, 셔츠에 바지 차림임을 감안하면 남자라고 봐야 할까.

그가 주머니에서 성냥갑을 꺼내 쥐더니 성냥을 그어 담배에 불을 붙였다. 장갑 낀 손을 흔들어 성냥불을 끌 때 그에게서 희미한 꽃향기가 풍겼다. 이환희는 그것이 어떤 꽃에서 나는 향기인지 알지 못했다.

그사이 축음기가 멎었는지 음악이 그쳐 있었다. 연기가 피어오르는 담배를 손가락에 끼우고 그가 이환희에게 물었다.

"유월회 단원은 아닌 것 같은데 여기에서 뭘 하고 있는 거지?"

이환희가 낯을 붉히며 우물거렸다.

"저, 그게, 죄송합니다."

"왜 묻는 말에 대답하지 않는 거지? 여기에서 뭘 하고 있었느냐고 묻지 않았니?"

"저는 보헤미안에서 일하고 있어요. 양복점이요. 심부름을 하러 왔다가 노랫소리를 듣고 저도 모르게."

후 하고 담배 연기를 내뿜은 그가 눈을 가늘게 떴다.

"거짓말을 하는 것 같지는 않구나. 네가 궁금해할 문제에 미리

답하자면 맞다, 나는 이 극장을 소유한 사람이다."

그러더니 관찰하는 듯한 눈빛으로 이환희를 뜯어보며
덧붙였다.

"왜 그렇게 떨고 있니? 어디서 무슨 소문이라도 들었니? 이
극장에서 이상한 일들이 벌어진다든가. 그도 아니면 이곳의 주인이
한밤중에만 나타나는 유령이라든가."

극장주가 농담 비슷하게 뇌까리며 쿡쿡 웃었다. 이환희가
부랴부랴 손을 저었다.

"아뇨. 저는 그저 허락도 받지 않고 2층에 올라온 게 마음에
걸려서."

"그래, 그건 잘못이 맞을지도 모르겠다. 명심하렴. 아무 곳이나
함부로 들쑤시고 다니면 안 돼. 불운은 호기심 많은 소녀들을
좋아하는 법이거든."

"네, 죄송합니다."

"죄송하다는 말은 그만하는 게 좋겠다. 구두가 불편해 보이는데
조심히 내려가려무나."

그 말을 끝으로 극장주는 돌아섰다. 닫힌 문 앞에서 이환희는
한바탕 꿈이라도 꾼 것처럼 눈을 깜빡였다. 어두컴컴한 복도 한편에
멍하니 서 있다 천천히 계단을 내려갔다.

로비는 그때까지도 비어 있었다. 정오를 막 넘긴 시간임을
감안하면 단원들 모두 식사를 하러 나갔을지도 몰랐다.

하지만 이환희는 배고프지 않았다. 이대로 보헤미안으로
돌아가고 싶은 생각도 없었다.

로비에 아무도 없음을 재차 확인한 이환희가 계단 아래 그림자
속으로 숨어들었다. 건너편에 문이 하나 나 있었다. 그 문은 벽과

같은 색으로 칠해져 있는 데다 캐비닛에 가려 있어 자세히 관찰하지 않으면 눈에 띄지 않았다.

무슨 용도로 만들었는지 알아낼 길은 없었지만 이 극장에는 전혀 있을 법하지 않은 곳에서부터 연결되는 여러 개의 방과 통로들이 있었다. 한때 활동사진을 상영하는 극장으로 사용된 적도 있다고 하니 아마도 영사실 같은 공간의 흔적일 것이라고 이환희는 추측했다.

문을 열고 들어간 이환희가 벽을 따라 걸으며 통로를 찾았다. 양옆에 쌓인 물건들을 쓰러뜨리지 않기 위해 신중을 기하면서 휘장을 걷고 조심조심 앞으로 나아갔다. 먼지가 수북한 상자 밑에서 쥐들이 찍찍거렸다. 통로 한편을 가로지른 가림막을 돌아 나간 다음 탈의실 대용으로 쳐 놓은 커튼 뒤에 숨어 옆으로 살짝 고개를 뺐다.

그 방의 한가운데에 한 남자가 상체를 숙이고 앉아 있었다. 걷어 올린 셔츠 아래로 팔뚝에 물감이 묻어 있는 게 보였다. 그가 이환희가 찾던 사람이었다. 박도진. 그의 앞에는 커다란 그림 한 폭이 펼쳐져 있었다. 〈카르멘〉의 무대에 걸릴 배경막이었다.

유월회의 미술 담당 단원인 박도진을 이환희가 언제부터 눈여겨보기 시작했는지 스스로도 정확하게 기억하지 못했다. 박도진은 말수가 적은 편이었고 농담을 핑계 삼아 불쾌한 발언을 서슴지 않는 다른 어른들과 달리 이환희에게 깍듯하게 굴었다.

이환희는 자신보다 다섯 살이나 많은 그가 종종 아주 어린 소년처럼 느껴지곤 했다. 그런 감정은 이환희를 이상할 만큼 뿌듯하게 만들었다.

그때 복도 쪽에서 들려오는 발소리가 가까워졌다. 이환희가 커튼 귀퉁이로 낯을 가렸다. 커튼을 쥔 손을 풀어 한쪽 눈으로 슬그머니 방 안을 염탐했다.

　새롭게 등장한 인물은 이환희도 익히 아는 사람이었다. 유현.
박도진의 약혼자. 갸름한 얼굴이 어쩐지 냉랭한 인상을 풍기는 여자
역시 유월회의 단원이었다.

　유현이 박도진을 놀라게 하려는 것처럼 발소리를 죽여 그의
뒤로 다가갔다. 하지만 박도진은 유현의 기척을 어렵지 않게
알아차린 듯했다. 옆을 돌아보는 박도진의 입가에 미소가 피어났다.

　유현이 카메라를 눈앞으로 들어 올리곤 버튼을 눌렀다. 찰칵,
셔터가 여닫히는 소리. 박도진이 인사 비슷하게 고개를 까딱이며
말했다.

　"나중에 사진 인화하면 가져다주기예요."

　"어쩌죠? 필름을 넣지 않았는데요."

　둘은 동시에 웃음을 터뜨렸다. 이환희는 울음을 터뜨릴 뻔했다.
어떤 이에게는 인생이 이렇게 쉽다니. 모든 것을 다 가지고도
아무렇지 않게 더 빼앗을 수 있다니.

　카메라를 목에 건 유현이 박도진의 앞에 와 섰다.

　"같이 점심이나 먹으러 갈까 해서요. 어제도 밤을 새웠다고
들었는데 피곤해 보여요."

　"그게, 아무리 그려도 성에 차지 않는 부분이 있어서 말이에요."

　박도진이 면도를 하지 않은 뺨을 훑었다. 둘은 나란히 선 채로
배경막을 내려다보았다. 마치 그림 속에 감추어진 비밀을 함께
찾으려는 것처럼.

　이환희가 입술을 물어뜯었다. 들키고 싶지 않다는 마음과 더
훔쳐보고 싶다는 마음 사이에서 갈등했다.

　그러다 신중한 몸놀림으로 한 발짝 물러났다. 이쯤에서

돌아가는 편이 좋을 듯했다. 이환희가 팔을 움츠리며 다음 동작을 취하려다 의도치 않게 바로 옆 물건을 건드렸다. 그 즉시 두서없이 쌓여 있던 물건들이 와르르 무너졌다.

커튼이 홱 젖혀졌다. 유현이 험악한 표정으로 쥐고 있던 커튼을 팽개치더니 주저앉아 있던 이환희를 향해 소리쳤다.

"이런 곳에서 뭘 하고 있는 거니? 설마 우리를 훔쳐보고 있었니? 소름 끼치게."

그 말소리에 담긴 경멸 때문이었을까. 이환희는 따귀라도 한 대 얻어맞은 기분이었다.

"누가 시켰니? 뭘 알아내려고? 왜 아무 말도 하지 않는 거지?"

이환희는 대답하고 싶었다. 나는 저 사람을, 그가 그리는 그림을 보고 싶었을 뿐이에요. 그러나 그런 변명이 얼마나 터무니없이 들릴지를 깨닫고 입을 다물었다.

박도진이 유현을 달래며 말했다.

"이 아이가 누구인지는 현 씨도 잘 알잖아요. 지난번에 만났을 때 내가 완성된 그림을 보여 주겠다고 이곳으로 오라고 했어요. 우리 얘기가 끝날 때까지 기다리고 있었나 본데 그렇게 나무라지 말아요."

그런 다음 자세를 낮춰 이환희에게 물었다.

"못 일어나겠어? 어디를 다친 거니?"

"저는 괜찮아요."

이환희가 우물거렸다. 박도진은 그에게 완성된 그림을 보여 주겠다는 얘기를 한 적이 없었다. 이환희는 박도진이 자신을 위해 거짓말을 했다는 사실이 못 견디게 기뻤다.

"발목이 부은 것 같은데. 잠깐 내 손을 잡고 일어나 볼래?"

무대 뒤에서

박도진이 손을 내밀었다. 하지만 이환희는 그의 말을 알아듣지 못했다. 그 순간 이환희의 시선은 전혀 다른 곳을 향해 있었다. 박도진이 입은 셔츠의 가슴 주머니, 거기에는 가장자리에 복잡하고 섬세한 자수가 놓인 행커치프가 꽂혀 있었다.

그 눈빛의 의미를 알아차린 박도진이 눈에 띄게 허둥거리며 말끝을 흐렸다.

"이, 이건… 아무것도 아니다."

그러곤 자신이 무슨 일을 하고 있었는지조차 잊은 듯 뺨을 붉히며 가슴 주머니를 매만졌다. 흡사 그 주머니에 넣어 둔 것이 손수건이 아니라 잠시 꺼내 놓은 심장이기라도 한 것처럼. 유현이 의구심이 깃든 눈초리로 둘을 번갈아 주시했다.

지난여름의 어느 날, 창문을 활짝 열어 놓았음에도 양복점 안은 후텁지근했다. 이환희가 들고 있던 옷감을 내려놓고 이마를 훔쳤다. 종일 바느질을 도왔더니 이제는 바늘 끝만 봐도 현기증이 날 지경이었다. 휴 하고 한숨을 내쉬며 얼굴을 들자 창문 밖으로 길 건너 창해양복점이 내다보였다. 우연히 마주칠 때마다 실없는 농담을 건네며 친한 척하는 최진무의 낯짝을 떠올리자 어쩐지 속이 느글거리는 기분이었다.

지설하는 창문을 등지고 앉아 웃옷의 등판을 손보는 중이었다. 이환희는 그를 이해할 수 없었다. 시접에 수를 놓다니 왜 그런 무용한 짓을 하는 거지? 접어서 바느질해 버리면 끝인데. 누구도 알아주지 않는데.

이환희가 불만스러운 말투로 물었다.

"사장님, 굳이 그럴 필요가 있을까요? 거기에 자수를 놓아 봤자 아무도 모를 텐데요."

"아아, 이 자수 말이니? 그런 질문도 일리가 있겠구나. 어쩌면 네 말이 맞을지도 모르겠다."

에둘러 질문하는 법을 모르는 소녀를 바라보면서 지설하가 싱긋 웃었다.

"음, 그런데 이건 다른 누구도 아닌 나를 위한 일이라고 해야 할지. 환희야, 너도 알다시피 바느질이란 그런 것이잖니. 옷감과 실의 색을 맞추고 안쪽으로 땀을 놓아 꿰맨 흔적이 보이지 않게 하는 거지. 남몰래 빌어 주는 일과 같다고 할까."

이환희는 목 끝까지 올라온 질문을 삼켰다. 왜요? 왜 그래야 하는데요? 어차피 나 같은 건 아무도 봐 주지 않는걸요. 누구 하나 나를 위해 빌어 주지 않는다고요.

이환희가 몸을 일으켰다. 발목이 욱신거렸지만 다리에 힘을 줘 똑바로 일어섰다. 박도진이 가방에서 종이 갑을 꺼내더니 뭔가를 덜어 내 이환희에게 내밀었다.

"가면서 먹으려무나."

이환희는 박도진이 준 것을 확인도 하지 않고 세게 움켜쥐었다. 그런 다음 인사도 없이 곧장 극장을 빠져나왔다.

종로 거리는 분주했다. 한복 차림의 노인이 맞은편에서 다가드는 자전거를 피하려다 이환희의 어깨를 쳤다. 그래 놓고 오히려 이환희에게 눈을 부라렸다.

"젊은 사람이 이렇게 정신을 놓고 다녀서야, 쯧쯧."

한동안 묵묵히 바닥만 보며 걷던 이환희가 발길을 멈추었다. 길들이지 않은 구두 탓인지 발뒤꿈치가 아팠다.

문득 쥐고 있던 손바닥을 펼쳐 보았다. 거기에는 캐러멜 한 알이 놓여 있었다. 보기만 해도 입 안 가득 달콤한 맛이 차오르는

무대 뒤에서

느낌이었다.

　시선을 내리고 있던 이환희가 체온에 녹아 부드러워진 캐러멜을 바닥에 떨어뜨렸다. 구두 밑창으로 이를 짓눌러 형체를 알아볼 수 없을 만큼 으스러뜨린 다음 다시 걸음을 떼기 시작했다.

　지는 해가 들어 양복점 안이 온통 주홍빛으로 젖어 있었다. 자동차 한 대가 털털거리는 소리를 내면서 가게 앞을 지났다. 이환희가 떨리는 마음을 다잡으며 심호흡했다. 그의 손에는 열쇠 꾸러미가 들려 있었다. 괜찮아, 아직 시간이 있잖아. 서두르지 않아도 돼.

　지설하는 포목점 주인을 만나기 위해 외출한 참이었다. 이환희는 그가 벗어 두고 간 덧옷을 뒤져 열쇠 꾸러미를 손에 넣었다. 지설하는 작업대 맨 아래 서랍만은 건드리는 법이 없었다. 그러므로 감추어야 할 물건이 있다면 그 안에 보관해 놓았을 가능성이 컸다.

　지설하는 몹시 예민하고 꼼꼼한 사람이었다. 탈의실 쪽에서 아주 작은 소리라도 들리는 즉시 안색이 굳은 채로 신경을 곤두세우곤 했다.

　이환희가 열쇠 꾸러미에서 열쇠 하나를 쥐었다. 열쇠 구멍에 꽂아 넣어 보려 했지만 맞지 않았다. 초조함에 입술을 짓씹으며 또 다른 열쇠를 골라냈다. 은빛 열쇠는 구멍 속으로 미끄러지듯 들어갔다. 끝부분을 잡고 돌리니 탁 하는 소리와 함께 서랍이 열렸다.

　이환희는 흔적이 남지 않도록 주의를 기울이면서 안에 든 물건들을 살폈다. 단추와 천 조각, 말린 꽃잎과 편지지. 그러다 영수증을 꽂아 놓은 노트 아래에서 봉투 하나를 발견했다.

이환희가 종이봉투를 열었다. 다문 입가에 힘이 들어갔다. 그 편지. 부정(否定)할 수 없는 부정(不正)의 증거.

이환희가 허탈하게 웃었다. 거리에서 들려오는 소음이 걷잡을 수 없이 커졌다.

밤늦은 시각. 바람 소리가 울릴 때마다 곧게 돋은 촛불이 흔들렸다.

종로2정목. 겉보기에 번듯한 2층 건물은 웃풍이 심할뿐더러 마루를 깐 바닥이 습기를 머금고 뒤틀려 있었다. 지설하는 그 건물의 1층, 유리를 끼운 창문가 작업대 앞에서 사계절을 보냈다. 차를 마시고 라디오를 들었으며 창밖 풍경을 구경했다. 신문팔이들이 호외를 외치고 암울한 소식들이 연이어 전해 오는 중에도 셔츠에 단추를 달고 바짓단을 자르는 손길을 멈추지 않았다.

보헤미안은 지설하에게 이 세상 전부나 마찬가지였다.

지설하가 유월회와 인연을 맺은 건 전적으로 남편 때문이었다. 13년 전 보헤미안을 개업한 것도 그였다. 막 혼인했을 무렵만 해도 지설하는 남편의 보조에 불과했다.

김동우는 남편의 유년 시절 친구였다. 그런 인연으로 말미암아 남편은 여건이 허락하는 선에서 김동우가 몸담은 극단의 의상 일을 돕곤 했다. 지난여름 김동우는 몇 달 만에 지설하를 찾아와 유월회에 재입단했다는 소식을 전하며 새 연극 〈살로메〉의 무대의상을 만들어 달라는 얘기를 꺼냈다. 남편은 10년 전 유월회에 소속돼 있던 김동우의 부탁을 받아 유월회의 첫 연극 〈카르멘〉의 의상을 담당한 적이 있었다.

무대 뒤에서

지설하는 당연한 요구를 하듯이 뻔뻔하게 구는 김동우의 태도가 우스웠지만 결국에는 제안을 수락하고 말았다.

그러다 얼마 뒤 연극이 〈살로메〉에서 〈카르멘〉으로 교체됐다는 소식을 듣고 적지 않은 충격을 받았다. 그때까지 준비한 일들이 모두 소용없어진 탓만은 아니었다. 왜 하필 〈카르멘〉이란 말인가. 지설하에게는 그것이 단순한 우연처럼 느껴지지 않았다.

뒤늦게 수소문해 보았지만 당시 공연에 사용했던 의상은 한 벌도 남아 있지 않은 상태였다. 카르멘 역의 배우가 착용했던 붉은 드레스조차 그러했다. 그럴 수밖에. 그 배우는 무대 위에서 그 옷을 입은 채로 총탄에 심장을 관통당했으니까.

김동우의 설명에 따르면 이전 〈카르멘〉 공연 때는 주연배우가 입은 드레스와 몇 가지 소품만을 제작했을 뿐 이를 위해 새로 지은 의상은 거의 없다시피 하다고 했다. 유월회의 첫 연극은 여러모로 시행착오가 많았던 듯했다.

오늘 지설하는 마지막으로 작업한 의상들을 이환희에게 들려 보냈다. 각오는 했지만 만만찮은 일이었다. 예산은 한정돼 있는 데다 기한이 짧아 기존의 의복을 고쳐 쓰는 방안을 함께 고려해야 했다. 수차례 극본을 반복해 읽었고 연출가와 극본가, 배우들을 만나 의견을 경청했다. 연출가인 김철호의 요구는 미묘하고 까다로워 그에 응하는 것이 쉽지만은 않았다.

남편이 세상을 떠난 지도 2년이 흘렀다. 2년은 그다지 긴 시간은 아니었다. 아니, 어쩌면 지루할 만큼 긴 시간일지 몰랐다. 망각하기에는 짧고 좌절에 빠져 보내기에는 긴 시간.

2년 전 가을, 남편은 카페 여급이 연정을 받아 주지 않는 데 절망해 한강에 투신했다. 지설하는 자신에게 그토록 냉정하게 굴었던 남편이 타인을 열렬히 사랑하다 못해 자살을 감행했다는 사실을 받아들이기 힘들었다.

그가 누군가에게 그만한 애정을 품을 수 있는 인간이었단 말인가. 실연의 슬픔을 못 이겨 목숨을 버리는 쪽을 선택할 만큼?

장례식은 간소하게 치렀다. 남편 또한 지설하처럼 어린 나이에 양친을 여의었던 터라 아내인 그가 보헤미안을 맡아 운영하게 된 건 자연스러운 귀결이었다.

따로 남겨진 유서는 없었으나 지설하는 자신에게 떠넘겨진 의무가 그뿐만은 아님을 알았다. 정체를 숨기고 가장한 손님들과 탈의실 한편에 설치된 비밀 문, 은밀하게 교환되던 브리프케이스와 이와 연루돼 있을 사건들에 침묵하는 것으로 예기치 않게 넘겨받은 책임을 다했다.

남편의 자살이 지설하는 하나도 모욕적이지 않았다. 그럼에도 때로 완강하게 돌아누워 있던 그의 뒷모습을 상기하며 그려 보곤 했다. 사랑이라는 허상이 그를 어떤 혼란에 빠뜨렸을지. 어느 날에는 그 같은 감정의 격변을 먼저 경험한 그에게 맹렬한 질투심을 느끼기도 했다. 당신, 그래서 편안해졌어요? 마침내 홀가분해졌어요?

드르륵 소리와 함께 바늘이 규칙적으로 옷감을 꿰뚫었다. 침침한 눈을 끔뻑인 지설하가 또 한번 재봉틀을 돌리려는 찰나였다. 바로 옆에서 입김을 분 것처럼 촛불이 꺼졌다.

지설하가 의자를 밀고 일어섰다. 손끝에 닿은 작업대의 감촉이 그에게 뜻 모를 안도감을 전해 주었다. 사람을 혼돈에서 구하는 것은 자유가 아니었다. 책임감이었다. 내일의 할 일만이 오늘의 그를 죽음에서 건져 내 줄 수 있다고 지설하는 믿었다.

3년 전의 그는 지금보다 낙관적이었을까. 아마도 그랬을지

무대 뒤에서

몰랐다. 남편이 살아 있던 그 봄에는.

옷감에 핀을 꽂던 지설하가 허리를 굽힌 채로 물끄러미 창문 밖을 바라보았다. 뒤꼍의 목련나무에 꽃이 피어 있었다. 절정의 만개가 황홀하다 못해 애처롭게 느껴졌다. 잠시 후 문밖에서 발소리가 들리기 무섭게 몸을 일으킨 지설하가 젖은 눈을 문지르며 목소리를 높였다.

"어서 오세요."

쏟아지는 햇살을 등지고 두 사람이 서 있었다. 처음 보는 남녀였다. 홍조를 머금은 뺨이 어쩐지 소년 같은 인상을 풍기는 남자가 지설하의 시선을 의식한 듯 슬쩍 고개를 돌렸다.

"옷을 맞추러 왔어요. 주변에서 다들 이곳을 추천하기에."

먼저 말문을 뗀 쪽은 여자였다. 흰색 블라우스에 연보라색 점퍼 스커트를 맵시 있게 차려입은 여자는 환대받는 데 익숙한 듯했다. 앉으시겠냐고 권하기도 전에 테이블 앞에 사뿐히 자리를 잡았다. 지설하가 손등에 묻은 초크 자국을 지우면서 물었다.

"저, 커피라도 한잔하시겠어요?"

"괜찮아요. 방금 디저트를 먹고 와서."

가볍게 웃은 여자가 뻣뻣한 태도로 문가를 지키고 있던 남자에게 손짓했다.

"도진 씨, 그렇게 멀뚱하게 서 있지 말고 들어와요. 양복을 맞추고 싶다면서요."

남자가 붉어진 뺨을 가리며 허둥거렸다. 여자가 지설하에게 말했다.

"제가 아니라 제 약혼자가 입을 옷이요. 요즘 유행하는 걸로 한 벌 지어 주고 싶었거든요."

마침 남편이 자리를 비운 터라 지설하가 직접 그들을 응대해야 했다. 웃옷과 셔츠, 바지의 색과 재질, 깃과 소매, 단추의 크기와 모양 따위를 고를 수 있도록 안내한 다음 치수를 재기로 했다. 남자가 선택을 망설일 때마다 여자가 끼어들어 대신 결정을 내려 주었다.

지설하는 그들이 어른 흉내를 내는 아이들처럼 보였다. 조숙한 풋내기들. 그 젊은 연인이 바로 유현과 박도진이었다.

그날 지설하는 박도진과 처음 만났다. 유현과는 이후 전혀 다른 방식으로 인연을 맺게 될 것임을 당시에는 미처 깨닫지 못했다.

햇살 속에서 지설하가 박도진을 거울 앞에 세웠다. 한눈에 보기에도 박도진은 긴장해 있었다. 잔뜩 움츠러든 어깻죽지를 곁눈질하며 지설하는 미묘한 즐거움에 사로잡혔다. 줄자를 당겨 그의 어깨와 팔, 가슴과 허리둘레를 재었다. 그의 손날은 먹이 묻어 지저분했다. 구겨진 셔츠에는 물감 자국으로 보이는 얼룩이 번져 있었다.

지설하가 줄자를 거두었다. 날카로운 도구에 찔리기라도 한 것처럼 박도진이 몸을 움찔거렸다. 그 반응을 모른 척하며 지설하가 그에게서 반보 물러났다.

"수고하셨어요."

유현이 다가와 박도진과 팔짱을 꼈다. 박도진이 어색한 몸놀림으로 모자를 눌러썼다. 지설하는 그들을 배웅하면서 저 수줍은 청년은 어떤 꿈을 꿀까 궁금해졌다.

그로부터 사흘 뒤 포목점에 들른 지설하는 곧장 가게로 가지 않고 천변 길로 돌아 들어갔다. 먹구름이 낀 하늘을 흘끔거리면서 느긋하게 군 것을 뒤늦게 후회하며 발걸음을 빨리할 때 골목 안쪽에서 두 돌쯤 지났을 법한 아이가 달려 나왔다. 지설하가

무대 뒤에서

주저앉은 아이를 일으켜 주었다. 앳된 부인이 어쩔 줄 몰라 하며
다가와 아이를 받아 안았다.

"죄송해요. 잠깐 한눈을 판 사이에."

"아니에요. 울지도 않고 아기가 참 씩씩하네요."

지설하가 멀어지는 둘을 한참 동안 바라보았다. 그때 등 뒤에서
헛기침 소리가 들렸다. 지설하가 놀란 표정으로 가슴팍에 손을 갖다
댔다. 옷매무새가 말쑥한 모던보이가 꾸벅 고개를 숙였다.

"누구…."

라고 말문을 뗀 지설하가 눈을 크게 떴다. 그날 그 청년이었다.
그러나 약혼녀와 동행하지 않은 그는 전혀 다른 사람 같았다. 등을
펴고 자신을 바로 들여다보는 눈초리부터 어른스러워 보였다.
지설하가 물었다.

"사흘 전에 양복을 맞추러 오셨죠?"

"네, 맞습니다."

자신을 기억해 준 것에 고마움을 표시하듯 박도진이 미소를
지었다. 흰 뺨에 예의 그 홍조가 어렸다. 지설하는 문득 그날 본
목련꽃을 떠올렸다. 그 사랑스럽던 빛. 다시없을 계절.

고개를 숙인 지설하가 걸음을 떼자 박도진이 옆에서 따라
걸었다.

"가게로 돌아가시는 길입니까?"

"네."

"저도 마침 그쪽으로 가는 길인데 잠시 동행해도
괜찮겠습니까?"

지설하가 머리를 주억거렸다. 귀 옆으로 난 머리카락을
훑으면서 자신의 나이를 의식했다. 올해로 스물여덟. 다가오는

여름이 지나면 스물아홉. 저 청년의 나이는 몇일까. 스무 살을 갓 넘겼을까.

하지만 지설하가 생각하기에 나이를 먹는다는 것이 그렇게 나쁜 일만은 아니었다. 거기에도 나름의 장점이 있었다. 지설하는 더는 순진하지 않았다. 마냥 낙천적이지도 않았다.

아이가 없다는 사실이 슬프기는 했다. 지설하는 어린아이들을 좋아했다. 그러나 남편은 이에 개의치 않는 듯했다. 그는 삶에서 한 개인의 행복보다 더 큰 가치를 찾아야 한다고 믿는 사람이었다. 그에 비하면 일상의 책무란 거추장스러울 뿐이라고 여기는 것 같았다.

"어떤 그림을 그리세요?"

그렇게 말해 놓고 지설하는 제풀에 놀라고 말았다. 혹시 무례한 질문은 아니었을까.

"제가 그림을 그린다는 건 어떻게 아셨어요?"

박도진은 그런 지설하의 물음이 오히려 기꺼운 듯했다. 지설하가 말소리를 낮춰 소곤거렸다.

"셔츠에 물감이 튀어 있었거든요. 손에는 먹이 번져 있었고요."

"이런, 그런 식으로 티가 날 줄은 몰랐는데. 저는 전통 서화를 그리고 있습니다. 근간에는 서양화에 몰두하는 화가들이 많습니다만 저는 먹으로 그리는 그림이 좋습니다. 그중에서 특히 산수화를 즐겨 그리고 있어요."

잠시 생각에 잠겨 있는 듯하던 박도진이 천천히 이야기를 이었다.

"여백이란 단순히 비어 있는 자리가 아니니까요. 침묵에도 의지가 스며 있는 것처럼 말하지 않는 것들이 때론 말보다 더 중요하니까요."

무대 뒤에서

뒤이어 눈살을 찡그리며 하늘을 올려다보았다. 아니나 다를까, 금방이라도 빗방울이 흩뿌릴 듯하더니 거센 빗줄기가 쏟아졌다. 박도진이 겉옷을 벗어 지설하의 머리를 가려 주었다. 지설하가 당황해하며 말했다.

"저는 괜찮아요."

"어차피 금방 마를 텐데요. 저쪽으로 갑시다."

둘은 빗속에서 함께 뜀박질했다. 찻집의 차양 아래에서 발길을 멈춘 지설하가 손등을 뺨에 얹은 채로 가쁜 숨을 몰아쉬었다. 옆에 선 남자의 체온이 전해지는 것 같았다. 뜨거웠다.

젖은 옷을 팔에 걸친 박도진이 시뻘겋게 달아오른 얼굴을 하고 중얼거렸다.

"솔직히 말씀드리면 그날 처음 그곳에 간 게 아니에요."

"네?"

"주무시고 계셨어요. 재봉틀 앞에 엎드려서. 처음에는 숨을 쉬지 않으시는 줄 알았어요. 그만큼 잠이 깊어 보였어요. 고요했어요. 눈을 뗄 수 없었어요."

박도진이 지설하를 응시했다.

"깨울 수 없었어요. 그 모습을 계속 지켜보고 싶었어요."

지설하는 짧은 순간 그의 호소를 알아차렸다. 하지만 그런 그에게 아무런 답도 내어놓을 수 없었다.

그날 이후로 지설하는 뺨이 붉은 그 청년을 간혹 떠올리곤 했다. 작업대 앞에 앉아 있는 동안에는 자유로워질 수 있었다. 공상 속에서는 무엇이든 가능했다. 그것이 비록 남편을 배신하는 일이라 할지라도.

양복을 찾으러 온 박도진이 남편의 눈길을 피해 편지봉투를 내밀었을 때 지설하는 차마 이를 거절하지 못했다.

지설하는 알고 싶었다. 박도진도 나를 상상했을까. 내 허리에 팔을 두르고 목덜미에 입술을 묻기를 갈망했을까. 한편으로는 자신만만한 태도로 박도진의 옆에 서 있던 앳된 여자를 시기하기도 했다. 그 천진난만함은 지설하가 한 번도 누리지 못한 것이었으니까.

그런데도 박도진이 나와 달라고 청한 찻집에는 가지 않았다. 편지를 버리지도 못했다.

지설하는 계속 보헤미안에 머물렀다. 남편이 자살한 뒤에도 옷본을 그리고 원단을 마름질했다. 천에 바늘을 찔러 넣으며 탈의실에서 무슨 소리가 나지는 않을까 조마조마해했다. 그들은 비밀 문을 열고 나타났으므로. 그런 다음에는 어김없이 브리프케이스는 바뀌어 있고 신문지상을 도배할 사건이 벌어졌다.

지설하가 양초에 불을 붙였다. 성냥을 재떨이에 버리고 의자를 당기고 앉아 다시금 재봉틀을 돌릴 준비를 했다. 유월회에서 새로 올리는 연극이 하필이면 〈카르멘〉이라니, 이는 지설하에게 몹시 불길한 소식이었다. 지설하는 남편으로부터 10년 전 극장에서 무슨 일이 벌어졌는지 전해 들은 바 있었다. 돌연한 호기심에 이끌려 오래된 신문이며 잡지를 찾아 경성을 떠들썩하게 했다는 충격 사건에 대해 읽어 보기도 했다.

그러나 강렬한 예감과 같은 두려움에 시달리면서도 김동우의 제안을 거절하지 못했다. 그로부터 그의 일상은 오로지 〈카르멘〉을 위해 움직였다. 늦게까지 의상을 만들다 잠든 밤, 〈카르멘〉의 등장인물들은 활자에서 헤어나 저마다의 형상을 입은 채로 지설하의 눈앞에 나타나곤 했다. 제각각의 욕망으로 생동하면서 한 편씩의 연극을 펼쳤다.

무대 뒤에서

지설하는 그들을 파국으로 몰아넣은 질투와 공포를 이해했다. 밤에는 꿈을 꾸고 낮에는 그 꿈을 되새기면서 사랑의 잔혹함에 대해 더더욱 확신하게 됐다.

지설하는 다른 무엇보다 카르멘 역을 맡은 이재옥을 위한 드레스를 완성하는 일에 심혈을 기울였다. 연극을 보러 온 누구라도 붉은 의상을 입고 투쟁하는 자유로운 영혼을 잊을 수 없도록.

그날도 지설하는 내내 연극 의상을 붙들고 있었다. 문이 열리는 소리가 들리고 박도진이 모습을 드러냈을 때도 재봉틀 앞에 앉아 있었다. 이환희는 맞은편에서 제복에 장식을 달고 있었다.

화들짝 놀라 자리에서 일어난 지설하가 시선을 떨어뜨렸다. 따끔하는 느낌이 든다 했는데 바늘에 찔린 손가락에서 피가 흐르고 있었다. 이환희가 기겁해 수선을 떠는 사이 박도진이 다가와 바지 주머니에서 손수건을 꺼내 내밀었다.

"괜찮으세요?"

"네."

지설하가 다친 손가락에 손수건을 가져다 댔다. 핏자국이 꽃처럼 피어났다. 한참을 기다린 끝에 박도진이 조심스럽게 말문을 뗐다.

"김동우 선생의 부탁을 받고 왔습니다."

그 한마디에 지설하는 웃음을 터뜨리고 말았다. 그의 등장에 이토록이나 동요한 스스로가 어리석게 느껴졌다. 제 안의 감정에 몰두해 있느라 지설하는 이환희가 그와 박도진을 의미심장한 눈빛으로 관찰하고 있다는 것을 알아채지 못했다.

박도진은 유월회에 무대장치부로 합류했다고 했다. 박도진은 극단 측에서 전하는 몇 가지 지시 사항을 알려 주었고 지설하에게서 준비된 소품을 넘겨받았다. 그들의 재회는 곧 마무리됐다. 모자를 쓰며 박도진이 인사했다.

"그럼 잘 부탁드리겠습니다."

지설하는 묻고 싶었다. 뭘 부탁드린다는 거죠? 도대체 뭘요? 하지만 아무 말도 하지 못하고 다친 손으로 작업대 귀퉁이를 지그시 내리눌렀을 뿐이었다.

지설하는 자신이 무사할 것임을 직감했다. 이 작은 세계에 스스로를 감금시키고 있는 한 무엇도 그를 무너뜨릴 수 없을 것임을. 상처 입힐 수도 없을 것임을.

이 순간 지설하의 마음은 한 가지 의문으로 가득 차 있었다. 나는 사랑을 위해 죽을 수 있을까. 그건 그만한 가치가 있는 감정일까. 그 답을 지설하는 알지 못했다.

밤의 거리는 낮과는 달라 보였다. 어둠은 미추를 가리지 않고 많은 것들을 공평하게 은폐했으므로.

가뜩이나 어두운 밤, 차양이 드리운 그림자 속에서 한 쌍의 남녀가 마주 서 있었다. 불을 밝힌 2층 카페에서 취객이 부르는 듯한 노랫소리가 들렸다. 모자로 얼굴을 가린 여자가 몸을 돌리려고 하자 남자가 다급히 그의 손을 붙들었다. 맞잡은 손이 절망적으로 보였다.

이렇게 늦은 시각 이 거리를 걷는 건 처음이었다. 지설하는 금지된 행동을 하는 듯한 기분을 지울 수 없었다. 나는 이제 누구의 아내도 아닌데. 아무도 나를 비난할 수 없는데.

편지를 전달받은 건 오늘 오전이었다. 이를 가져다준 사람은 놀랍게도 이환희였다. 지설하가 무슨 일이냐고 묻는 것처럼 눈을 들자 이환희는 이렇게 말했다.

무대 뒤에서

"박도진 선생님이 전해 달라고 하셨어요."

그러곤 제 임무는 거기서 끝이라는 듯 밖으로 휙 나가 버렸다. 지설하는 호기심 많은 그 소녀가 이번 일에 대해서만큼은 아무것도 질문하지 않는다는 데 조금 안도했다. 잠시 편지봉투를 바라만 보다 떨리는 손으로 집어 들었다.

흰 편지지에 적힌 글씨가 정갈했다. 박도진은 지설하에게 보여 주고 싶은 게 있다고 했다. 아무에게도 알리지 말고 자정까지 환상극장으로 꼭 와 달라고 여러 번 거듭 부탁했다.

지설하는 그날 이환희를 평소보다 일찍 돌려보냈다. 이환희는 귀가 후에도 동생들 뒤치다꺼리를 비롯해 집안일을 도맡아 하는 듯했다. 지설하는 생활고 속에서도 해맑은 그가 안타까웠다.

가로등이 켜진 도로 저편에서 붉은 벽돌 건물이 시야에 들어왔다. 지설하는 그 건물에 깃든 힘을 감지할 수 있었다. 극장이라는 공간은 위험했다. 배우들이 퇴장하고 무대에 커튼이 내려진 이후에도 관객들에게 새로운 희망을 품게 해 준다는 점에서.

가지 말아야 한다는 생각을 하지 않은 건 아니었다. 하지만 지설하는 오후 내내 거리로 뛰쳐나가고 싶은 욕망을 억눌러야 했다.

지설하는 언제든지 보헤미안을 떠날 수 있었다. 자유로워질 수 있었다. 그렇다면 나는 왜 여태껏 이곳을 지키고 있는 걸까.

지설하는 편지를 적어 내려가는 박도진을 그려 보았다. 편지지에 쓴 글귀를 따라 읽는 박도진을. 자신에게 제발이라고 애원하는 그를. 목덜미가 절로 뜨거워지고 호흡이 가빠졌다.

극장으로 들어가자 짙게 내리깔린 어둠 속에서 희미한 불빛이 보였다. 무대로 이어지는 문이 한 뼘 남짓 벌어져 있었다. 지설하가 광원을 따라 더듬더듬 객석을 가로질렀다. 소품들이 진열된 통로를 지나 어느 넓은 공간에 다다라 먼 데서 울려오는 기침 소리를 들었다. 반가움과 당혹감이 거의 동시에 심장을 움켜쥐었다.

발소리도 없이 나타난 저 사람은 박도진이 맞을까. 다른 유월회 단원이면 어쩌지. 고민하는 사이 발아래를 비추던 빛이 꺼져 버렸다.

사리에 맞지 않은 사건이 벌어지고 있다는 건 예감하고 있었다. 박도진이 이런 일을 도모했을 리 없는데. 그토록 절절한 편지를 보냈을 리 없는데. 기대 때문에 이성이 흐려져 돌이킬 수 없는 실수를 저질렀을지도.

그때 머리 위로 느닷없이 조명이 쏟아졌다. 지설하는 가히 폭력적이라고 할 만한 빛의 세례 속에서 겁에 질려 뒷걸음질하다 누군가와 마주쳤다.

"…도진 씨?"

자신처럼 눈가를 가린 상대를 알아본 지설하가 기쁜 마음을 감추고 못하고 그에게 다가들었다.

"왜 여기에서 만나자고 한 거예요?"

잇따른 질문을 던지려다 말고 입을 다물었다. 당황스러운 표정으로 추측하건대 박도진도 이 상황을 계획하지 않은 게 분명했다.

더불어 이환희가 건네준 편지에 대한 의구심이 구체적인 형태를 띠기 시작했다. 이환희는 그 편지를 누구에게서 받아 온 걸까. 그 아이는 글을 쓰기는커녕 읽지도 못하는데. 이런 짓을 꾸민 이유가 뭘까.

지설하가 속삭였다.

"나가요. 이곳에서 빠져나가야 해요."

박도진을 설득해 밖으로 나가려고 할 때 새하얀 빛의

무대 뒤에서

가장자리로 구두 한 켤레가 침범해 들어왔다. 곧이어 드러난 얼굴을 마주한 지설하가 질끈 눈을 감았다. 이런 식으로 예측이 맞아떨어지는 걸 확인하고 싶지는 않았다.

표정을 가다듬은 지설하가 애써 담담한 말투로 물었다.

"환희야, 이게 무슨 소란이니?"

이환희가 웃으며 대답했다.

"두 분 다 오셨네요. 그럴 거라고 예상은 했지만. 다행이에요."

"이런 장난을 치는 이유는 모르겠다만 맞장구쳐 주고 싶은 생각은 들지 않는구나. 나는 이만 가 봐야겠다."

지설하가 움직이려고 하자 이환희가 앞을 가로막았다.

"잠깐만 기다려 주세요. 한 분이 더 오셔야 하거든요."

그 말이 채 끝나기도 전에 이환희의 옆으로 한 사람이 다가와 섰다. 흰색 셔츠에 아랫단을 걷은 감색 바지를 받쳐 입은 그는 유현이었다. 이번에 탄식한 쪽은 박도진이었다.

"당신이 여기에는 어떻게."

하지만 유현은 그런 박도진을 외면하듯 시선을 돌리곤 지설하를 똑바로 마주 보았다. 마치 둘만이 공유한 어떤 비밀을 일깨워 주려는 듯이.

지설하는 유현이 보내는 눈짓의 의미를 알아차렸다. 유현은 말없이 설명하고 있었다. 섣부른 오해로 대의를 그르치지 말라고 눈빛으로 충고하고 있었다. 탈의실과 브리프케이스와 비밀 통로. 이 일은 그것과는 관계없는 사안이었다. 개인적인 흥미에서 비롯된 문제일 뿐.

지설하가 조심스럽게 머리를 끄덕였다. 그에 답하듯 가볍게 고갯짓한 유현이 주머니에 찌르고 있던 손을 빼더니 어깨를 들먹이며 말했다.

"맞아요. 제가 조명을 손봤어요. 덕분에 고생을 좀 했죠. 다른 단원들의 도움을 받을 수도 없는 노릇이고. 다들 하도 지쳐 있어서 오늘 밤은 쉬기로 한 참이라 다행이지 뭐예요. 그래도 일이 이렇게 잘 맞아떨어질 줄은 몰랐는데."

그러더니 박도진을 향해 힐난하는 눈길을 던졌다.

"도진 씨, 도진 씨는 정말로 저 여자가 당신에게 그런 편지를 썼을 거라고 믿었어요? 그렇게 오랜 시간을 알고 지냈는데. 나는 도진 씨에 대해 아무것도 모르고 있었나 봐."

유현의 추궁에도 박도진은 입을 열지 않았다. 쓴웃음을 머금은 유현이 지설하를 향해 돌아서며 얘기를 계속했다.

"저 아이가 그쪽 글씨가 적힌 영수증을 가져다줬어요. 그쪽에게 보낸 편지도 제가 쓴 거예요. 어렵지는 않았어요. 도진 씨의 글씨체야 워낙 익숙하고. 어때요, 놀랐어요?"

말을 마친 유현이 반응을 종용하는 것처럼 둘을 연이어 응시했다. 그럼에도 그들은 완강하게 고개를 돌리고 침묵할 따름이었다.

흥분한 이환희가 더는 못 참겠다는 듯 두 사람을 다그쳤다.

"언제부터였어요? 말씀해 주세요. 왜 아닌 척한 거예요? 뭘 감추고 싶어서?"

지설하는 여러 번 눈을 깜빡인 다음에야 이환희가 내민 그림을 알아보았다. 언젠가 박도진이 건네준 그림이었다. 이환희는 그 그림 속 인물이 나라는 걸 어떻게 알았을까.

부정할 수 없었다. 그날, 그 밤, 그 마음.

접힌 자국이 남은 그림 속에서 지설하는 눈을 감고 엎드려

무대 뒤에서

있었다. 창문 밖에는 폭설이 쏟아지고 있었으나 그가 있는 방 안은 따스해 보였다.

지설하가 겨우 몇 마디를 밀어냈다.

"아니다, 환희야. 이건 네가 짐작하는 것과는 달라."

변명을 늘어놓는 그 사람은 제 나이보다 훨씬 늙어 보였다. 이환희는 신식 의상을 만드는 그가 스스로는 아직까지 한복 차림을 고수한다는 사실이 터무니없이 여겨졌다.

지설하는 박도진과 어울리는 인물이 아니었다. 그와 맺어져서는 안 됐다. 결단코.

해 질 무렵 노무 끝에 의자를 밀고 일어선 지설하는 허리도 펼 겸 창가에 기대 밖을 응시하곤 했다. 그런 지설하를 바라보면서 이환희는 무심결에 어머니를 떠올렸다. 외출을 앞두고 그의 어머니 역시 면경을 들여다보며 비슷한 표정을 지었다. 둘은 끝이 올라간 눈의 모양과 창백한 살결이 무척 닮아 있었다.

어머니는 이환희를 버렸다. 요릿집에서 일하며 만난 건달과 살기 위해 병든 남편과 자식들을 다 쓰러져 가는 토막집에 내팽개쳤다. 이제 아버지는 죽었고 이환희는 동생들을 제 손으로 건사해야 했다.

그렇게 억울하다는 얼굴 하지 마. 당신들은 이전부터 서로를 알고 있었잖아. 아주 오래전부터. 부도덕한 인간들. 배신자들. 당신들은 불행해져야 해.

"거짓말!"

이환희가 혐오감에 사로잡혀 몸을 떨었다.

"당신들은 모두를 속였어!"

"환희야, 내 얘기를 좀 들어 보렴."

그 소녀를 그대로 내버려두어서는 안 된다는 자각이 든 지설하가 강경한 어조로 덧붙였다.

　　"그래, 나는 박도진 선생과 친분이 있다. 이번 공연을 함께 준비했으니까. 이전에도 만난 적이 있어. 그걸 부정하지는 않으마."

　　이환희가 씩씩거리며 지설하를 노려보았다. 지설하가 말을 이었다.

　　"하지만 내게 도리에서 벗어난 짓을 저질렀느냐고 묻는다면 그건 아니라고 대답해야 할 것 같구나. 네가 무슨 이유로 그토록 낙담했는지는 모르겠다만 환희야, 괜찮아, 그것마저 곧 지나갈 거야."

　　"거짓말, 거짓말하지 말라고요!"

　　악을 쓴 뒤에도 화가 가시지 않는지 이환희가 손에 쥔 그림을 찢어발기기 시작했다. 그림은 이내 너저분한 종잇조각으로 변해 바닥에 나뒹굴었다.

　　이환희가 거친 숨을 시근덕거리며 뒤로 물러났다. 지설하는 그제야 이환희의 뒤편 어둠으로 덧칠된 공간에 그림이 걸려 있다는 사실을 알아챘다. 한쪽 벽면을 가득 채울 듯한 그림 위에서 거침없이 내달리는 선들이 장엄한 산세를 이루고 있었다.

　　한숨 비슷한 소리를 낸 유현이 담배 한 개비를 꺼내며 물었다.

　　"이런 일을 할 거라는 얘기는 하지 않았잖니?"

　　이환희는 대답하지 않았다. 연극 소품을 교체할 때처럼 그의 손에 들린 사물이 뒤바뀌어 있었다. 손잡이에 붉은 끈을 감아 놓은 재단 가위는 지설하에게도 익숙한 것이었다.

　　이환희가 생소한 물건을 들여다볼 때처럼 눈을 흐린 채로 가위를 응시하며 중얼거렸다.

무대 뒤에서

"기왕이면 이걸 지참하는 게 좋을 것 같았어요. 의미가 남다르잖아요."

유현이 담배 연기를 내뿜으며 혼잣말했다.

"감정에 휘둘리는 건 어리석은 일이야. 사랑 같은 건 아무것도 아니라고."

유현은 처음부터 이환희가 단죄하고자 하는 바에 동의하지 않았다. 어제저녁 이환희가 극장을 나서는 자신을 따라오며 용건이 있다고 말을 걸었을 때 유현은 그를 흘낏 넘겨다보곤 대꾸도 하지 않고 발걸음을 재촉했다. 이환희는 지치지도 않는지 전차역까지 유현을 쫓아왔다.

"저는 진실을 알고 싶을 뿐이에요!"

유현을 돌려세운 건 그 말이었을 것이다. 그토록 단호한 한마디.

"선생님은 알고 싶지 않으세요? 박도진 선생님이 어떤 부정을 저질렀는지 그 입으로 직접 듣고 싶지 않으시냐고요."

순간 유현은 돌연한 호기심을 느꼈다. 저 같은 신념은 어디에서 기인하는 걸까. 무엇이 한 사람의 마음에 옳은 일을 하고 있다는 굳건한 믿음을 불러일으키는 걸까. 동시에 직감했다. 나는 저 아이를 돕게 되겠구나.

유현이 박도진을 소개받은 건 열다섯 살 무렵이었다. 지우였던 아버지들끼리의 약속 때문에.

그렇다고 유현이 과거 한때 박도진에게 애정을 품은 적이 없느냐고 하면 그 역시 아니라고 해야 할 것이다. 성품이 온화한 그 남자를 알게 된 이후로 유현은 툇마루에 걸터앉아 정원에서 꺾은 꽃의 이파리를 한 장씩 떼어 내며 그를 하염없는 몽상 속으로 끌어들이곤 했으므로.

유현이 박도진을 남몰래 경멸하게 된 건 비교적 근간의 일이었다. 동지들과 친분을 이어 가면서, 자수성가한 사업가로 이름난 아버지가 어떤 방식으로 지금과 같은 부를 일구었는지를 터득했을 때부터. 그런 면에서 유현 역시 부역자나 다름없었다. 야합과 굴종으로 축적한 아버지의 돈이 그를 예술 놀음에 몰두할 수 있도록 해 주었다는 사실을 부정할 수 없는 이상.

카메라를 선물 받은 건 수년 전 생일이었다. 유현은 아버지가 거금을 주고 구입했다는 그 놀라운 물건을 어디를 가든 지니고 다녔다. 기록한다는 건 대단한 권력이었다. 카메라를 손에 쥐고 있는 동안 유현은 언제나 그 힘을 누릴 수 있었다.

그러다 차츰 깨달았다. 기록은 내일을 위해 마땅히 필요한 일일지 몰라도 당장의 고통을 덜어 주지는 못했다. 사진을 찍는 한 그는 방관자로 머무는 수밖에 없었다.

카메라는 어둠을 촬영할 수 없었다. 촬영에는 반드시 빛이 필요했으므로.

유현은 한순간이나마 스스로를 대단한 인물인 양 착각한 것이 우스웠다. 일본인들에게 희롱당하는 여학생을 먼발치에서 지켜만 보다 귀가한 날, 외투 속에 숨기고 있던 카메라를 꺼내 현상하지 않은 필름을 풀어 던져 버렸다. 그런데도 유월회에 무대장치부로 들어가 조명 일을 맡게 됐을 때 조금은 안도한 자신이 한심했다.

이 순간 유현의 내면에 콧노래를 흥얼거리며 꽃잎을 떼어 내던 소녀는 존재하지 않았다. 사명은 그를 감상에 눈 돌리지 못하게 했다.

열혈단은 유현이 스스로를 모욕에서 건져 내기 위한 유일한 길이었다. 매일 아침 양복 상의를 뜯어 간밤 새로 쓴 유서를 품고

무대 뒤에서

다니는 동지들이 이를 일깨워 주었다.

유현은 피우다 만 담배를 밟아 끄며 다짐했다. 저 소녀가 그림을 망가뜨리도록 내버려둘 수 없었다.

〈카르멘〉은 반드시 무대에 올라야 했다.

"환희야, 그러지 말려무나. 제발 부탁이다."

"당신은 몰라! 아무것도 모른다고!"

이환희가 지설하에게서 물러나며 배경막 앞으로 바투 다가들었다. 박도진이 그런 이환희에게 내뱉었다.

"그림에 상처라도 냈다가는 너를 절대 용서하지 않을 거다."

이환희가 눈물이 차오른 눈으로 박도진을 돌아보았다. 이제는 아무것도 확신할 수 없었다. 내가 동경했던 건 무엇이었을까. 박도진일까. 아니면 그가 그린 그림? 내가 사랑한 건 정녕 그라는 사람이 맞을까.

오늘 밤을 준비하며 일찍이 극장에 숨어들어 온 이환희는 무대 뒤에 걸린 배경막을 발견하고 영혼을 울리는 듯한 감격에 사로잡혔다. 박도진이 완성한 그림은 그토록 아름다웠다.

하지만 동시에 이환희는 이를 끌어내려 모욕하고 싶은 충동에 휩싸였다. 이런 암울한 현실 속에서 저따위 그림이 무슨 대단한 의미를 띨 수 있다고.

그는 그림자 속에 감추어진 존재였다. 저들 셋 또한 그랬다. 무대 위에서 배우들이 관객들의 시선을 받으면서 연기를 펼치는 동안 찬란한 조명 아래 결코 모습을 드러내서는 안 됐다. 임무를 다한 후에도 박수갈채를 받지 못하고 이름을 불리는 일도 없이 묵묵히 퇴장해야 했다. 밤마다 극장을 맴돈다는 죽은 배우의 유령처럼. 객석에서 숨을 죽인 보통의 사람들, 객과 학생, 회사원과 상인,

기생과 졸부, 룸펜과 예술가, 걸인과 소매치기들처럼.

　이환희가 가위를 세워 들었다. 박도진을 바라본 채로 섬뜩한 광채를 발하는 그것을 자기 목으로 가져갔다. 유현이 고함을 질렀다. 가윗날이 이환희의 목을 찌르기 직전 그의 손목이 비틀렸다. 아! 하는 탄성과 함께 이환희가 무너져 내렸다. 가위가 나가떨어졌다.

　지설하가 한 손을 감싼 채로 헉헉거렸다. 맨손으로 가윗날을 움켜쥔 탓인지 손가락 사이로 피가 흐르고 있었다.

　지설하가 이환희의 옆에 앉아 그를 꽉 끌어안아 주었다.

　"죽지 마. 그 무엇도 살아남는 것만큼 중요하지는 않아."

　이환희가 아이처럼 큰 소리로 울음을 터뜨렸다.

*

　〈카르멘〉은 예정대로 공연됐다. 박도진은 이후에도 유월회에 남아 몇 편의 연극에 더 참여했다. 배경 그림을 그리고 무대장치를 다루는 기술을 연마했다. 잡지의 표지를 작업했으며 전시회를 준비했다. 그러는 동안 술에 취해 지내는 나날들이 점차 늘어났다.

　유현은 〈카르멘〉의 공연 직후 유월회를 떠났다. 그들의 약혼 역시 더불어 흐지부지됐다. 박도진은 유현이 자신과는 다른 각오를 품고 있음을 예감하고 있었다. 날카롭게 벼린 칼날 같은 그 마음이 유현을 돌이킬 수 없을 만큼 다치게 하리라는 것도. 유현과 빙수와 아이스크림을 먹으며 한담을 나누던 시절은 돌아오지 않을 것이었다. 그 무렵의 그들은 무지하고 순진했다.

　소식이 없던 유현이 그를 찾아온 건 그로부터 2년여가 흘렀을 무렵이었다. 술을 진탕 마시고 귀가하던 박도진은 자신을 부르는 음성을 제대로 알아듣지 못했다. 오래간만에 마주한 유현은 병치레라도 했는지 안색이 핼쑥해져 첫눈에 알아보기 힘들 지경이었다. 하지만 이전과 다름없이 깊은 다갈색 눈동자로 상대를 들여다볼 수 있었다.

유현은 박도진에게 차를 마시자고 청했다. 박도진은 유현을 자주 다니던 찻집으로 안내했다. 따뜻한 커피 한 모금을 마시고 나니 취기가 조금 가시는 기분이었다.

유월회 단원들의 안부를 묻던 유현은 정작 자신에 대한 질문에는 입을 다물었다. 박도진이 어색한 표정으로 찻잔을 쥐었다 놓았다. 한참 뒤 경계하는 듯한 눈초리로 주변을 휘둘러본 유현이 말했다.

"인사를 하러 왔어요."

"인사라니 어디 여행이라도 떠나요?"

유현은 대답 대신 환한 미소를 지어 보였다. 박도진은 그 표정에서 열다섯 살 소녀를 발견할 수 있었다. 박도진이 또 한번 물었다.

"언제 출발하는데요?"

"곧, 겨울이 지나면."

눈살을 찌푸리고 있던 박도진이 불쑥 내뱉었다.

"나도… 나도 같이 가게 해 주세요."

"도진 씨가 왜죠?"

유현이 몸을 뒤로 물렸다. 입술을 깨물고 있던 박도진이 흡사 그 말을 함으로써 스스로를 설득할 수 있다고 믿는 것처럼 느릿느릿 이야기를 이었다.

"왜냐하면 아니까요. 내가 그래야 한다는 걸."

유현은 더는 묻지 않았다. 하지만 박도진은 그 침묵이 답임을 알았다.

유현은 열혈단 단원들의 도움을 받아 독립운동의 자금을 모아 대륙으로 건너갈 것이라고 했다. 그 여정에 동반하면서 박도진은 유현과 남매로 가장하기로 합의했다.

박도진은 유현이 익숙했다. 정신적인 면은 물론이거니와 육체적인 면에서도.

그렇다면 유현에게는 그가 어떤 의미였을까. 박도진으로서는 어렴풋하게 추측만 할 따름이었다. 자신이 유현에게 거울 같은 존재였을 것이라고. 믿음이 불신과 함께하듯 그 역시 유현과 짝을 이룸으로써 불완전한 스스로를 완성할 수 있었을 것이라고.

그러나 경성을 떠나기 오래전부터 병을 앓고 있던 유현은 하선하고 얼마 지나지 않아 숨을 거두었다. 임종 직전 유현은 휘둥그렇게 뜬 눈동자에 기이한 열기를 담은 채로 박도진의 손을 잡고 소곤거렸다.

"나를 대신해서 봐 줘요. 가 주세요. 여기까지 함께 와 줘서 고마웠어요."

박도진은 유현을 낯선 땅에 묻으면서도 울지 못했다. 그럴 수는 없었다. 그래서는 안 됐다.

일제는 민족의 혼을 근간에서부터 고사시키려는 수작인 듯했다. 한국어 교육을 중단하고 신사 참배와 일본어 사용을 강압했으며 창씨개명을 시행했다. 젊은이들을 강제로 징용, 징병하는가 하면 무수한 물자들을 수탈했다. 일제가 벌인 전쟁은 전선 밖에 있는 무고한 사람들까지 서서히 조금씩 살해하고 있었다.

하지만 목숨을 건 투쟁마저 무용하게 여겨지는 나날들

무대 뒤에서

속에서도 박도진은 자신의 선택을 후회하지 않았다. 그림을 그리던 손으로 총을 잡은 것을 잘못이라 여기지 않았다. 그가 그린 그림들은 사라지지 않았으므로. 박도진은 눈을 감고 숨을 고르는 것만으로도 언제든지 〈카르멘〉의 무대에 걸려 있던 배경막을, 그 산수화를 볼 수 있었다.

박도진은 확신했다. 조국은 해방될 것이었다. 머지않아, 반드시.

잠깐 사이 안개가 짙어져 있었다.

박도진이 옆구리에 댄 손을 내렸다. 손바닥이 온통 붉었다. 총상을 입은 자리에서 뜨뜻미지근한 액체가 배어 나오는 것이 느껴졌다. 서너 걸음을 뗀 박도진이 더는 그 자리에 서 있지 못하고 허물어졌다.

총성은 들리지 않았다. 그를 쫓는 발소리도 그랬다. 그렇다고 이곳에서 살아 돌아가는 기적이 일어날 것 같지도 않았다.

언젠가는 이런 날이 오리라고 생각했다. 먼 나라에서 죽음을 맞이하는 순간을 여러 번 상상했다. 이는 그에게 제법 몰두할 만한 유희였다. 그러나 막상 이와 같은 상황을 직면하고 나니 삶이란 참으로 시시하다는 자각이 들었다.

이 고통이 진짜라니. 오늘부터 내게 내일이 주어지지 않는다니. 박도진이 식은땀이 밴 이마를 찌푸리며 쓴웃음을 지었다. 거친 호흡을 토하며 상의 주머니로 손을 옮겼다. 피 묻은 손으로 늘 품에 넣고 다니던 꾸깃꾸깃한 천을 그러쥐는 순간 영감과도 같은 깨달음이 뇌리를 스쳐 지났다. 그건 낡다 못해 가장자리에 놓인 자수마저 해어진 손수건이었다.

예기치 않게 눈시울이 붉어졌다. 그와 동시에 죽음을 앞두고 경험하는 환상처럼 옛 기억이 그의 눈앞에 펼쳐지기 시작했다.

난생처음 쥐어 보았던 총의 무게와 외투 속으로 스며들어
오던 빗방울의 서늘함, 젖은 머리카락에서 흐르던 땀, 입 속으로
읊조리던 모국의 노래와 눈물을 흘리며 주고받았던 입맞춤, 맥주를
따른 유리잔의 감촉과 축음기에서 들리던 잡음, 춤추는 사람들의
웃음소리, 구겨진 셔츠 깃에 져 있던 주름과 무대 위로 늘어져 있던
붉은 벨벳 커튼의 윤기, 박수와 환호와 휘파람 소리, 물감과 먹과
목탄, 그리고 한 소녀.

여름이었다. 긴 머리를 등 뒤로 단정하게 땋아 내린 소녀는
그날따라 기분이 좋은지 연신 종알거렸다.

"우리 사장님은요. 도대체가 이해할 수 없다니까요. 일전에도
손수건을 만들면서 시접에 자수를 놓으시는 거 있죠. 시접이라는
건요. 안으로 접혀 들어가는 부분이거든요. 그런 곳에 글자를 수놓아
봤자 누가 알아준다고. 아무도 뜯어보지 않을 텐데."

그 이야기 속 인물의 이름은 지설하였다. 빛바랜 그림 같던 사람.
나직한 목소리. 군살이 박인 손끝. 박도진은 기억의 모서리, 접었다
펼친 금 같은 윤곽을 더듬으며 과거를 회상했다.

김동우의 부탁을 받고 보헤미안을 찾아갔던 날. 용무를 마치고
극장으로 돌아온 뒤에도 박도진은 어지러운 마음을 가눌 수 없었다.
작업에 몰두하지 못하고 앉았다 일어서기를 거듭했다.

박도진은 자신이 왜 이토록 지설하에게 끌리는지 이해할
수 없었다. 확실한 한 가지는 그가 첫 만남의 충격에서 헤어나지
못했다는 것이었다. 잠들어 있던 지설하에게 다가가던 순간,
무슨 꿈이라도 꾸는지 파르르 떨리는 눈까풀을 내려다보던 그때.
박도진의 세상은 영영 뒤바뀌었다. 이전으로 돌아갈 수 없게 됐다.

지설하는 박도진이 자신의 의지로 선택한 첫 번째 사람이었다.

무대 뒤에서

그전까지 박도진은 무엇도 스스로 결정한 바가 없었다.

들고 있던 붓에서 물감 몇 방울이 떨어졌다. 박도진이 붓을 내려놓았다. 그런 다음 벗어 두었던 상의를 집어 들고 서둘러 극장을 나섰다.

가야 했다. 그런 자신을 막을 수 없었다. 황혼 녘의 거리를 가로질러 박도진은 종로2정목에, 보헤미안에 다다랐다.

모자를 벗어 쥐고 창문 앞으로 다가갔다. 그 시간까지도 지설하는 가게에 혼자 남아 있었다. 재봉틀 앞에 앉아 있는 그의 모습을 확인하고 나니 가슴을 쥐어뜯는 격통이 가라앉는 듯했다. 됐어. 이제 참을 수 있을 것 같아.

박도진이 조용히 몸을 돌리려고 할 때 그의 이름을 부르는 목소리가 들렸다. 박도진은 놀라다 못해 숨이 멎는 듯했다. 자신이 거기에 와 있다는 걸 어떻게 알아차렸을까. 뒤돌아보니 지설하가 문가에 나와 있었다.

"왜 그냥 가세요? 용건이 있어서 오신 거 아니에요?"

그렇게 묻는 지설하의 얼굴이 묘하게 상기돼 있었다. 그날 오후의 냉소적인 태도와는 사뭇 달라 보였다.

"마침 전해 드릴 것도 있었는데 잘됐어요. 들어오세요. 어서요."

박도진이 주춤거리다 안으로 따라 들어갔다. 지설하가 작업대 옆에 멈춰 서 있던 박도진에게 다가들더니 셔츠의 깃을 만져 주었다.

"여기가 접혀 있어서요. 아, 주름이 졌네요."

그 손길이 다정해 박도진은 어쩐지 울음을 터뜨릴 것 같았다. 용기를 낸 박도진이 지설하의 손을 잡았다. 그날 상처를 입고 핏방울을 떨어뜨린 손가락을 쥐고 부드럽게 입을 맞춰 주었다.

그건 박도진에게 의식과도 같은 일이었다. 어느 젊은이든 생애

한 번쯤은 치러야 하는 의례. 그날 밤 박도진은 비밀을 만듦으로써 소년 시절과 안녕을 고할 수 있게 된다는 걸 비로소 깨달았다.

하지만 실재하는 것 같지 않던 그 사람을 제 손으로 만지고 안아 실감하면서도 미처 고백하지 못했다. 이전에도 나는 수없이 그 거리를 지나다녔다고. 상을 당해 영업을 쉰다는 글이 써 붙여져 있는 동안에도 여러 번 그랬다고. 어느 눈 내리는 밤에는 성에가 낀 유리창 너머로 얼굴을 묻고 흐느끼던 당신을 훔쳐본 적도 있다고. 이 같은 감정이 어디에서 기원하는지 나로서는 도무지 모르겠다고. 나는 당신에게 사로잡혔던 그날의 자신에게서 한 치도 벗어나지 못한 듯하다고.

잠든 지설하의 옆에서 몸을 일으킨 박도진이 겉옷의 안주머니에서 편지봉투를 꺼냈다. 거기에는 오래전 완성한 그림 한 장이 들어 있었다. 함박눈이 내리는 가운데 한 여자가 손등에 뺨을 댄 채로 잠들어 있는 모습을 그린 그림이었다.

이튿날 아침 지설하는 박도진이 옷을 입는 것을 도와주었다. 그러더니 깊은숨을 들이켜곤 미리 준비하고 있었다는 듯 뭔가를 건네주었다.

"빌려주신 손수건에서 핏자국이 지지 않아 새로 하나 만들었어요. 이걸로 끝이에요. 잊으세요. 외로움 때문이었어요. 사랑이 아니었어요."

그렇게 토로했으면서도 지설하는 그날 밤 극장을 찾아왔다. 유현이 쓴 편지를 그가 보낸 것이라고 착각해 그곳으로 와 달라는 부탁을 외면하지 못했다.

도리에서 벗어난 짓은 저지르지 않았다는 지설하의 항변은 옳다고 해야 할까. 아마도 그럴 것이다. 그런데도 박도진은

무대 뒤에서

의심스러웠다. 정녕 그랬을까. 내 감정은 그의 배우자가 죽기 훨씬 전부터 이미 시작돼 있지 않았나. 나는 그 남자에게서 지설하를 빼앗고 싶지 않았나. 부인도 아닌 여자 때문에 목숨을 끊었다는 시시한 남자를 경멸하지 않았나.

지설하와의 인연은 그날 밤 극장에서 끝났다. 그들은 먼발치에서 두어 차례 더 맞닥뜨렸으나 가벼운 눈인사조차 나누지 않았다. 그로부터 한참이 지나 박도진은 김동우에게서 지설하가 이환희와 동생들을 슬하에 거두었다는 소식을 전해 들었다.

지설하는 여전히 그곳을 지키고 있을 것이다. 종로2정목의 작은 가게에서 천을 자르고 재봉틀을 돌릴 것이다. 무척 외롭고 고통스러울 테지만 아주 가끔은 창밖을 넘겨보며 자신의 것 같지 않은 기쁨에 목이 메기도 할 것이다. 책무가 지탱해 주는 한 지설하의 일상은 평온할 것이다.

기이한 예감에 사로잡힌 박도진이 떨리는 손을 움직여 손수건의 솔기를 뜯어냈다. 낡은 천은 쉽사리 뜯겨 나갔다. 솔기 안에서 선명한 붉은색이 엿보였다.

이환희의 얘기가 맞았다. 손수건의 시접에 지설하는 붉은색 실로 수를 놓았다. 그리워할 연(戀) 자였다.

소리 죽여 울면서 박도진이 손수건을 입술로 가져갔다. 지금에 이르러 모든 과거가 손 닿지 않는 먼 곳으로 사라졌다. 커튼이 내려진 무대 뒤로 까마득하게 물러났다.

아무도 그들의 사랑을 알지 못했다. 그 둘밖에. 아니, 어쩌면 그들조차 사랑을 확신하지 못했을까.

그래서 박도진은 사랑이 자신을 떠났다고 생각했다. 하지만 사랑은, 그리움은 그의 곁에 있었다. 언제나, 아주 가까운 곳에.

세상이 점점 더 어두워졌다.

사랑의 큐피드

김이삭

그날도 극장은 한산했습니다. 매표소 창구 너머의 텅 빈 거리를 멍하게 구경하고 있는데 인쇄소 사환인 동구가 이거라도 읽으라면서 신문을 주더군요. 동구는 사나흘에 한 번씩 신문을 가져와 버리지 말고 구석에 모아 두라면서 고집을 피우곤 했습니다.

오라는 관객은 안 오고 잠만 올 지경이었기에 저는 흔쾌히 신문을 펼쳐 보았답니다.

그런데 이런 기사가 있는 게 아니겠어요?

"지식"과 "돈"이 있는 흥행사가 있으면….

지식과 돈이 있는 흥행사가 나타나 조선의 극장 문화를 새로이 수립하기를 "환상"한다는 기사였습니다.[1] 한숨이 저절로 나오더군요. 이 글을 쓴 분은 우리 극장의 존재를 모르나 봅니다. 지식과 돈을 갖춘 이라고 해서 다 흥행사가 될 수 있는 건 아닌데 말이죠. 그건 그저 환상이랍니다.

---

1 朝鮮演劇의 向上淨化, 朝鮮映畵의再建方策 (10) "知識"과 "돈"이 잇는 興行師가 잇스면, 1934년 6월 7일, 조선일보.

제 이야기를 들어 보시겠어요?

제가 근무하는 극장의 이름은 환상극장이랍니다. 온갖 지식을 섭렵했다는 똑똑한 극장주가 10만 원 넘게 들여 지은 곳이지요. 저희 극장주가 조선의 극장 문화를 새로이 수립했다는 건 사실일 겁니다. "새로이"는 여러 의미로 해석될 수 있으니까요.

과거보다 나빠지거나 이상해진 것도 새로운 건 맞잖아요?

솔직히 말씀드리면 이곳은 환상극장보다는 환장극장에 더 가까운 곳이랍니다.

조선의 인구는 2000만 명이고 경성의 인구는 30~40만 명입니다. 이 중 공연을 보는 취미를 가진 이는, 즉 관객 수는 몇 명이나 될까요? 1할은 될까요? 아마 1할인 3~4만 명도 안 되겠죠. 설사 3~4만 명이라고 할지라도, 그들이 매일 극장을 찾는 건 아니잖아요. 그런 사람이 있기는 하지만, 흔치는 않습니다.

특정 배우나 특정 극단을 따라다니는 이는 있지만, 특정 극장만 찾는 이는 없거든요.

이런 상황에서 극장이 살아남으려면, 극장주로서 정말 여러 고민을 해야 한답니다. 많은 관객을 흡인하고 오래 붙잡을 방법을 찾아야지요. 특정 극장에 머무르게 할 방법을요.

좀 더 자세히 이야기해 볼까요?

좋은 작품들만 상연해서 관객들이 믿고 볼 수 있는 극장이 되는 겁니다. 그렇게 명성을 쌓으면 더 좋은 극단이, 더 좋은 공연이 저절로 찾아오게 되어 있거든요.

대관료가 자연스레 올라가는 건 덤이지요.

그러나 우리 극장주님은, 그런 거에 관심이 없답니다. 어떤 작품을 선택할지는 극장주 마음이라지만, 직원들의 생계를 책임지는 사주라면 마땅히 극장의 이익을 먼저 따져 봐야 하지 않겠습니까? 그 인간은, 아니, 우리 극장주님은 자기가 싫으면 전석 매진은 물론 전회 매진이 가능한 작품이어도 상연하지 않는답니다. 극장 명성에 아예 관심이 없달까요.

아마 사람들은 환상극장의 공연보다 극장을 둘러싼 괴담에 더 관심이 많을 겁니다.

그러니 대관료도 10년 내내 30원을 벗어나지 못하지요.

정말 한 푼도 오르지 않았다니까요.

이번에 다시 유월회를 받아 준 것만 해도 그렇습니다. 유월회가 어떤 극단입니까. 〈제국일보〉 사장의 죽음 이후로 반일 단체로 여겨진 곳이 아닙니까. 심지어 환상극장 안에서 벌어진 사건이지요. 10년 전과 같은 극장, 같은 극단이라니.

극장주는 대체 무슨 생각인 걸까요. 이번 기회에 폐업이라도 하려는 걸까요?

이런 걱정을 동구에게 토로하자 동구가 그러더군요. 극장주가 모 극단의 제안을 거절했던 게 불만이었던 거냐고요. 아니, 당연한 것을 왜 묻는지 모르겠어요. 조선 팔도에서 제일간다는 모 극단이 아닙니까! 그 극단만 잡았으면 저도 극장의 생존을 걱정할 필요가 없었을 텐데. 극장주는 모 극단의 제안은 거절하고 유월회의 제안은 수락했답니다.

하… 말문이 다 막히네요.

저는 손을 부르르 떨며 신문지를 움켜쥐었습니다. 솔직히 말해서 신문지를 극장주의 멱살이라고 생각했어요. 그 모습을 본 동구가 입술을 삐죽이더군요.

저는 당연히 동구가 제 편을 들어 줄 줄 알았답니다. 동구가 일하는 인쇄소는 극장 홍보용 인쇄물만 찍는 곳이거든요. 사실상 환상극장과 홍망을 함께하는, 일종의 운명 공동체랄까요. 극장이 망하면 인쇄소도 망하는 거고, 그곳에서 숙식을 해결하는 사환인 동구도 일자리와 집을 한꺼번에 잃게 되는 거라고요.

그런데 동구가 이렇게 말하지 않겠어요. 밥그릇 걱정을 참으로 장황하게도 늘어놓는다고요. 아니 봉급 받아서 생활하는 노동자가 자기 밥그릇을 걱정하는 건 당연한 것 아닌가요? 손윗사람으로서 손아랫사람의 천진난만함을 그냥 두고 볼 수는 없지요.

그래서 저는 창구 구멍 사이로 손을 뻗어 동구 머리에 꿀밤을 먹여 주었답니다.

동구를 위해서요. 절대 욱해서 그런 게 아니랍니다.

동구가 눈을 휘둥그레 뜨며 자기 머리를 만지더군요. 그러고는 어이가 없다는 듯 피식 웃었어요. 아직 이도 나지 않은 아기가 자기 손을 물었을 때, 노인이 지을 법한 웃음이랄까요.

절대 열 살짜리가 지을 법한 표정은 아니었어요.

가끔 보면 동구는 상수(上壽)를 훌쩍 넘긴 노인 같다니까요. 참 특이한 아이예요.

그래서 극장주와 통하는 게 있는 걸까요? 이래 봬도 동구는 극장주의 심복이거든요. 극장주에게 인정받은, 극장주의 전용 사무실도 자유롭게 오갈 수 있는 유일한 직원이죠. 걸핏하면 문이 아닌 창문으로 나가는데도 극장주에게 혼난 적이 없대요.

물론 두 사람이 함께 있는 걸 본 사람은 아무도 없지만요…. 다들 거짓말하지 말라면서 믿지 않았지만, 저는 동구를 믿는답니다. 가끔은 극장주의 측근이 아니고서야 절대 알 수 없는 정보를 말해 주곤 하거든요. 제법 신빙성이 있고요.

사랑의 큐피드

뭐, 그게 거짓말이라고 할지라도 어린아이의 장난에 저 한 명 정도는 넘어가 주는 것도 나쁘지는 않잖아요?

동구는 고개를 가로저으며 쯧쯧 소리를 내더니 주머니에서 무언가를 꺼내 제게 건네주었어요. 네모 모양으로 반듯하게 잘린 검은 종이였죠. 티켓걸로 취업할 때 받은 적이 있어서 알아볼 수 있었답니다. 극장주의 명함이에요. 앞면에는 '환상극장 극장주'가, 뒷면에는 극장 주소가 적혀 있는 명함이지요. 명함 어디에도 극장주의 이름은 적혀 있지 않지만요.

참 웃기지 않나요? 대체 사업을 하겠다는 건지, 말겠다는 건지. 제 상사인 극장주가 이런 사람이랍니다.

그런데 동구가 명함을 건네면서 뭐라고 했는지 아세요?

"극장주의 명이에요. 앞으로 이 명함을 가지고 온 사람들을 발코니석에 앉히세요. 그럼 더는 관객 수를 걱정할 필요가 없을 거예요."

저는 그 말을 듣고 이렇게 생각했습니다.

이 정신 나간 극장주 놈이 또 무슨 헛소리를 하는 거지? 이제는 공짜 티켓 대신 명함을 뿌리고 다니는 건가? 극장을 홍보하려면 신문에 광고를 내거나 갱지에 공연 정보를 인쇄해서 뿌려야 하지 않겠어요? 명함 몇 장이 대체 무슨 소용이 있겠어요.

이 말을 다른 사람이 했다면, 저도 조금은 믿었을지도 몰라요. 경성의 유명 인사를 초대해 발코니석에 앉히면 그들을 구경하기 위해서라도 관객들이 몰려올 테니까요. 하지만 제가 아는 극장주라면, 아니, 제가 아는 그의 사업 방식이라면, 절대 그럴 리가 없거든요.

틀림없이 극장 명성에 괴담이나 더해 주는 헛짓거리일 거예요.

이번에는 욱하는 마음이 입 밖으로 쏟아져 나오더라고요. 제가 혼잣말로 욕을 퍼붓기 시작하자 동구는 잠시 안색을 굳히더니 새끼손가락으로 귀를 파며 매표소를 떠났답니다.

아아. 이때 저는 정말 몰랐습니다.

극장주의 명함 덕분에 환상극장이 인산인해를 이루게 된다는 걸요.

그걸 제가 무슨 수로 알았겠어요.

*

극장주의 명함에 무언가가 있다는 걸 눈치챈 건 손님 두 명이 극장을 찾았을 때였어요. 2주 전쯤, 명함을 가지고 왔던 사람들이었죠. 같은 날에요. 그날 두 사람은 극장에 혼자 왔고, 발코니석에 앉아 홀로 공연을 보았어요.

일반 좌석과 달리 발코니석은 아주 널찍하답니다. 의자도 긴 편이라 여러 명이 앉을 수 있고요. 사실 환상극장에는 발코니석이 단 두 곳뿐이에요. 관객이 없는 극장이니까요. 다른 극장의 일반 좌석이 콩나물시루 속 콩나물과 같다면, 환상극장의 일반 좌석은 가뭄에 난 콩과 비슷하답니다. 어디서든 주변의 방해 없이 쾌적하게 공연을 볼 수 있고요. 웃돈을 주고 발코니석을 택하는 관객이 없기에 극장도 굳이 증축으로 발코니석을 늘리지 않았답니다.

명함을 가져온 이에게 발코니석을 내어 주라는 극장주의 언질이 없었더라면, 저도 절대 그 자리를 내어 주지 않았을 거예요. 게다가 발코니석은 무대 정면이 아닌 양 측면에 있거든요. 무대를 보려면 고개를 돌려야 하지요. 고개를 똑바로 하면 건너편 발코니석이 보인답니다.

그날 두 사람은 서로 모르는 사이인 듯했는데… 정말 눈이
맞았나 봐요. 지금은 하나 같은 둘이 되었네요. 보세요. 서로
친근하게 몸을 붙이면서 귓속말을 나누는군요. 한 명이 읊조리자
다른 한 명이 주변을 살펴보아요. 남이 들어서는 안 되는, 민망한
말이라도 내뱉고 있는 걸까요. '어젯밤' '밤새도록' 같은 단어가 얼핏
들리는 걸 보니 민망한 대화가 맞는 것 같네요.

그 '남'에 저도 포함해 줬으면 좋았을 것을요.

"두 장이요."

두 사람은 매표소 창구 앞에 선 채 눈빛을 교환했습니다.
청춘남녀라 그런 걸까요. 참으로 불타오르는 애정이었습니다. 저는
돈을 받은 뒤 티켓 두 장을 힘껏 쥐고 부욱 찢었어요. 절대 두 사람을
생각하며 찢은 건 아닙니다.

돈을 받고 티켓 뭉치에서 티켓을 찢어 건넨다.

이게 티켓걸의 업무니까요. 진심이 담기지 않은 말도 뱉어야
하지요.

"여기요. 감사합니다."

그리고 며칠 뒤, 또 다른 두 명이 극장을 찾아왔습니다.

이번에도 극장주의 명함을 들고 찾아온 적이 있는
이들이었지요. 그사이 쑥스럽게 손을 맞잡은, 아주 다정한
연인이 되어 있더군요. 며칠 뒤에도, 그다음 주에도 같은 일이
반복되었습니다. 극장주의 명함을 들고 홀로 극장을 찾아왔던 이가
같은 날 극장을 찾아왔던 또 다른 이와 연인이 되어서 극장으로
돌아온 거죠.

극장주의 명함을 들고 찾아오는 이들은 일주일에 네 명 혹은

여섯 명이었습니다. 매번 짝수였고, 홀로 극장에 왔지요. 며칠 뒤 연인이 되어서는 다시 극장을 찾았답니다. 가끔은 나이 차가 제법 있기도 했고, 성별이 같기도 했지만, 연인이 된다는 점에는 예외가 없었습니다.

극장주는… 붉은 실의 월하노인이었던 걸까요?

그 안목으로 운명의 상대가 아닌 극장에 맞는 작품을 택했으면 좋았을 텐데요….

아무튼 극장주의 비밀을 가장 먼저 알게 된 피고용인으로서 가만히 있을 수는 없었지요. 저는 빠르게 동구를 불러 제가 알게 된 사실을 털어놓았답니다.

"공연을 보러 온 사람들이 사랑에 빠졌다고요?"

"그렇다니까. 다들 연인이 되어서 극장을 다시 찾았어."

동구는 흥미롭다는 듯 눈빛을 반짝이더니 제게 이렇게 묻더군요.

"그 사실이 널리 퍼지면 더 많은 관객이 극장을 찾아오지 않겠어요?"

"그런가…?"

"그럼요. 모두가 사랑을 꿈꿔요. 그래서 극장주도 사랑 이야기만 무대에 올리는 거잖아요. 무대 위의 환상 같은 사랑이 현실에서도 이뤄질 수 있다면, 매우 근사할 것 같지 않나요? 틀림없이 많은 관객이 이곳을 찾을 거예요."

그러고 보니 극장주는 유독 사랑 이야기를 좋아하는 것 같더라고요. 예전에 동구가 그런 말을 한 적이 있어요. 극장주는 아주 오랫동안 누구를 기다리고 있다고요.

잊을 수 없는 옛사랑을 기다리는 게 아닐까요?

사랑의 큐피드

아마도 그래서겠지요. 극장주는 사랑 이야기라면 순정이든
치정이든 가리지 않는 듯했어요. 극장주가 유월회의 대관에 갑자기
딴지를 건 것도 그것 때문이었다지요? 작품이 자기가 원하던
사랑 이야기가 아니라서. 극장주가 원하는 작품을 올려야 한다는
게 유일한 대관 조건이었대요. 공연 날짜는 다가오는데 작품을
바꾸라고 닦달이라니. 유월회 사람들도 속이 문드러졌을 거예요.
결국 작품도 바꿨다고 하더라고요. 역시나 사랑 이야기로요.

사랑 이야기로 가득한 극장. 공연을 보러 온 관객마저 사랑에
빠질 수 있는 극장이라….

틀림없이 인기를 끌게 될 거예요. 너도나도 이곳으로
몰려오겠지요.

저는 제가 뭘 해야 할지를 깨달았답니다.

이제 환상극장도 모두가 사랑하는 극장이 될 거예요.

*

셋집으로 돌아가니 창호지 너머로 그림자가 보이더군요.
섬돌에는 양화점 구두가 놓여 있고요. 정희가 돌아왔나 봅니다.
정희는 어렸을 때 같은 마을에 살았던 친구예요. 지금은 저와
같이 살고 있고요. 처음에는 잠깐만 신세를 지려고 했는데, 경성은
사글세가 비싸더라고요. 여자 혼자 살기에는 무서운 곳이기도
하고요. 정희가 아예 같이 살자고 해 준 덕분에 저도 경성에서
자리를 잡을 수 있었답니다. 정희는 상경한 지 10년이 넘었어요.
경성에서 보통학교와 사범학교를 졸업했지요. 지금은 미국
감리교가 세운 모 여자고등보통학교에서 교사로 일하고 있답니다.

"나 왔어."

"란주 왔니? 어서 와. 밥 먹자."

문을 열자 밥상 앞에 앉아 있는 정희가 보였어요. 밥상 위에는 밥 두 공기와 반찬 몇 접시가 놓여 있었고요. 반찬 가게에서 외상으로 반찬을 가져왔나 봐요. 정희는 조미료인 아지노모도를 뿌리는 것 외에는 알고 있는 조리법이 전무한 아이거든요.

"근데 밖에 있는 구두, 처음 보는 것 같다?"

제 물음에 정희는 별거 아니라는 듯 고개를 끄덕이며 말했어요.

"아, 상덕 씨가 사 줬어."

정희의 연인인 상덕 씨는 경성고보와 경성제대를 졸업한 수재래요. 지금은 가업을 물려받았다던데 구체적으로 무슨 일을 하는 건지는 잘 모르겠어요. 물어본 적도 없고 딱히 궁금하지도 않아요. 틀림없이 돈을 많이 버는 사람일 거예요. 양화점 구두는 한 켤레에 12원에서 20원이나 하는 비싼 물건이거든요. 아마 쌀 두 섬 가격은 될걸요? 한 달 봉급이 24원인 제가 살 수 없는 물건이라는 건 확실하지요.

평소와 달리 지금은 상덕 씨에게 관심이 좀 생기네요. 그렇게 대단한 사람이라면 아는 사람도 많겠지요? 그것도 공연 관람을 취미로 가질 법한, 돈 많은 인텔리로요.

저는 밥을 오물오물 씹으면서 눈치를 보다가 운을 떼었어요.

"근데 정희야."

"응?"

"요즘 극장에, 이상한 일이 있다?"

"뭔데?"

저는 제가 알게 된 걸 정희에게 이야기해 주었어요. 일부러 무심한 목소리로요. 내용도 조금 바꾸었지요. '극장주의 명함을 가지고 온 관객'은 너무 특정한 소수거든요. 그런 소문은 퍼져 봤자 남의 이야기일 뿐이에요. 사람의 마음을 움직일 수는 없지요.

하지만 소문의 주어가 '환상극장을 찾은 관객'이라면 좀 달라지지 않겠어요?

환상극장은 누구나 찾을 수 있잖아요. 얼마든지 자기 이야기가 될 수 있지요.

뭐라더라. 정희가 전에 그랬는데. 맞아요. 사람의 판타지를 자극하는 거죠. 사람의 욕망을요.

아무래도 제 작전이 성공한 것 같네요.

정희가 두 눈을 휘둥그레 뜨면서 엄청난 관심을 보였거든요. 쥐고 있던 숟가락마저 밥상 위에 내려놓았네요.

"뭐?! 와, 너희 극장주 그건가 보다."

"월하노인?"

"너는 참, 월하노인이라니. 노인네처럼 표현이 그게 뭐야. 사랑의 큐피드지."

"사랑의… 뭐?"

"사랑의 큐피드. 서양 신이야. 큐피드가 쏜 화살에 맞으면 제일 먼저 본 사람을 사랑하게 된대."

오. 사랑의 큐피드?! 괜찮네요.

큐피드의 화살에 맞은 것처럼 공연을 보면 사랑에 빠진다….

이 정도면 사람들의 마음을 확 잡아채겠지요?

소문은 빠르게, 그리고 멀리 퍼질 거예요.

정희는 아는 사람이 정말 많거든요. 의사와 기자, 교원, 간호부에서부터 헬로걸, 데파트걸, 숍걸, 버스걸, 개솔린걸,

엘리베이터걸, 타이피스트, 보험업 종사자에 이르기까지….

저는 초롱초롱 빛나는 정희의 눈을 보며 확신했답니다.

*

소문의 힘이라는 게 참으로 무섭네요. 소문이 경성에 널리
퍼졌는지 엄청난 인파가 몰려들더라고요. 객석이 절반이나
찼답니다. 다른 극장은 이 정도가 일상이겠지만, 환상극장은
아니거든요. 아마 무대 위에 오른 배우도 깜짝 놀랐을 거예요.

밥그릇이 철밥통이 되어 가는 것 같아서 기쁘기는 했지만,
이곳에서 티켓걸로 일한 뒤로 이렇게 바쁜 건 처음이었어요. 정신이
없더라고요.

앞으로 매일 이러면 어쩌지 싶다가도 매일 이랬으면 좋겠다는
생각이 들었어요.

공연이 시작되자 동구가 매표소로 찾아왔습니다.

"전보다 바빠지니 어때요?"

"흠, 좋기는 한데 일이 좀 힘들어졌다…? 그래서 봉급 올려 주면
좋겠다?"

"…그렇군요."

저는 가방에서 껌을 하나 꺼내 동구에게 주었어요. 박하 향이
강한 스피아민트지요.

아이들은 껌 중에서도 보통 피케를 좋아하거든요?

그런데 동구는 단 걸 싫어해요. 입맛조차 아이 같지 않다니까요.

씩 웃으며 껌을 받은 동구가 입 안에 껌을 밀어 넣고는
우물거리며 말했어요.

사랑의 큐피드

"극장주님이 손님이 많아져서 기뻐하셨어요."

"그래?"

"네."

"그러면 봉급 좀 올려 달라고…."

그러자 동구가 헛기침하며 말을 돌리더군요. 어쩜. 가재는 게 편이라던데. 어째서 동구는 비슷한 처지인 제 편을 들어 주지 않고 매번 부르주아인 극장주 편을 들어 주는 건지 모르겠어요.

"대신 다른 상을 드릴게요. 그때 누나가 그랬잖아요. 극장을 둘러싼 괴담이 진짜냐고요. 극장주에 대해서 알고 싶다고요."

"아는 거 없다고, 알더라도 말해 주지 않겠다며?"

"에이, 이번에는 다르죠. 극장주님의 특별한 허락이 있었는걸요?"

"정말?"

"대신 제가 아는 것만 말씀드릴 거예요. 딱 세 가지만요."

이럴 수가. 이건 정말 엄청난 기회였어요.

환상극장에 관련된 괴담은 10년 넘게 경성을 풍미했답니다. 제가 환상극장에 취업하자 얼마나 많은 이들이 이곳에 관련된 괴담을 물어봤는데요. 같이 사는 정희부터 시작해, 정희의 친구들, 극장을 찾아오는 평범한 관객, 아예 노트와 펜을 들고 제게 말을 걸던 잡지사 기자까지. 하지만 저는 아무 말도 해 줄 수 없었어요. 아는 게 없으니까요.

솔직히 말하자면 환상극장에 대해서는 그들보다 제가 더 궁금해했을 거예요.

당연하지 않나요. 이곳은 제가 일하는 곳이잖아요.

저는 고민 끝에 첫 번째 질문을 던졌답니다.

"극장주가 손가락이 없어서 장갑을 끼고 다닌다는 게 사실이야?"

그러자 동구가 낄낄거리며 웃더군요.

"아뇨. 그건 아니에요. 누나, 옷은 있잖아요. 무언가를 감출 수도 있지만, 무언가를 드러낼 수도 있어요. 누나도 처음에는 한복을 입고 다녔지만, 자꾸 사람들이 무시하니까 양장으로 바꿨잖아요. 맞죠? 사실 그렇게 입는다고 해서 모던걸이 되는 건 아닌데도 말이에요. 중요한 건 그렇게 보인다는 거죠."

아니, 갑자기 옛날이야기는 왜 꺼내는 거죠? 그건 제 아픈 상처라고요.

제가 콧김을 뿜으면서 씩씩거리자 동구가 무언가를 예측한 듯 갑자기 뒤로 물러서더니 슬그머니 손으로 자기 머리를 감쌌답니다. 그러고는 말을 이었지요.

"하지만 위화감마저 어쩔 수는 없어요. 누나가 입은 옷은 소매가 좀 짧고, 치맛단 길이도 애매하죠. 비싼 맞춤 양장이지만 몸에 맞지 않아요. 그 말인즉슨, 누나 몸에 맞춘 옷이 아니라는 거죠. 누나는 굶주림에 밥을 훔칠 수는 있어도, 있어 보이려고 옷을 훔치는 사람은 아니잖아요? 고향 친구와 같이 산다고 했죠? 친구 옷을 같이 입는 거 아니에요?"

"…."

"제 말이 맞죠?"

"너, 혹시, 탐정 뭐 그런 거?"

"그럴 리가요. 누나, 위화감이라는 건요, 정확히 뭐라고 콕 집어서 말할 수는 없지만, 무언가 이상하다는 걸 감각으로 아는 거예요. 극장주에 관한 소문도 비슷해요. 본능적으로 느끼는 거랄까요."

"그러니까… 극장주 장갑이 너무 커서 극장주 손에 안 맞는
거다?"

"…뭐, 맞지 않는 옷을 입었다는 점에서는 비슷하겠죠."

기면 기다, 아니면 아니다, 라고 말하면 될 것을 동구 이 아이는
왜 이렇게 변죽을 울리는 걸까요. 동구는 주변을 둘러보며 사람이
없는 걸 확인하더니 재미있다는 듯 두 번째 질문을 채근했어요.
그래서 모두가 궁금해하던 질문을 던졌죠.

"극장주는 돈이 왜 그렇게 많은 거야?"

극장주에 관한 소문은 항상 불분명했어요. 성별이나 인종이
뒤바뀌기도 했고, 친일파가 되거나 반일파가 되기도 했죠.
주거지도요. 언제는 극장 지하에 산다더니 또 언제는 극장 2층에
산다고 하더라고요.

그러나 재력에 관한 소문은 변하는 법이 없었어요. 그건 소문이
아닌 사실이었으니까요. 극장 재정이 적자일 때마다 극장주가 자기
사재로 극장 유지비를 댔거든요.

환상극장 직원 중에는 그의 재력을 의심하는 이가 없답니다.

다만 요즘에는 극장주가 돈을 아낀다는 소문이 돌더라고요.

"음, 많기는 한데…. 전처럼 쓰지는 않을 거예요. 그러니
극장주도 환상극장에 변화를 주려고 노력하는 거겠죠. 그래야
극장이 자력으로 살아남지 않겠어요?"

"극장주가 돈을 아끼기 시작했다는 소문이 사실이었단 말이야?
아니, 잠깐만. 극장주가 노력하는 게… 있었어?"

동구는 제 반문을 듣지 못한 척 말을 돌렸어요.

"원래는 골동품 사업으로 큰돈을 벌었어요. 한성부, 그러니까

경성 안에 묻혀 있던 유물을 아주 많이 알고 있거든요. 그걸 팔아서 돈을 벌곤 했는데, 요즘은 팔지 않아요. 그게 큰 문제가 되었다는 걸…. 도굴꾼이라니요. 다 들리거든요? 극장주가 그 말을 들었다면, 정말로, 아주 슬퍼했을 거예요."

음? 속으로만 생각한 줄 알았는데 제가 소리 내서 뱉었던가요?

제가 고개를 갸우뚱하는 사이, 동구는 다시 말을 이었어요.

"그때 팔았던 골동품이 다 외국으로 갔대요. 대영박물관 같은 외국 박물관의 수장품이 되었거나 돈 많은 외국인의 소장품이 되었다죠. 극장주가 그걸 알고는 매우 놀랐어요. 후회도 했고요."

동구가 목소리를 낮추더니 매표소 창구에 대고 속삭였답니다.

"이건 비밀인데… 극장주에게 그 사실을 알려 준 게 항일 단체래요."

이럴 수가. 항일 단체라니. 이 이야기는 더는 듣지 말아야 할 것 같네요. 알아서 잃으니 모르는 게 낫지요. 괜히 항일 단체 일에 휘말렸다가 목숨을 잃을 수는 없잖아요.

"그 이야기는 그만. 차라리 다른 이야기를 하자."

그러자 동구가 배꼽을 잡으며 웃더니 다른 이야기를 해 줬어요.

극장주가 가장 좋아하는 가면극이 있다고요. 사랑 이야기일 줄 알았는데 귀신 이야기더라고요? 영웅이 된 '고혼(孤魂)'?

고혼이 뭐냐면, 일종의 객사한 귀신이래요. 기근이 들었거나 전쟁으로 죽은, 외로이 남은 영혼이요. 옛날 사람들은 일종의 진혼굿처럼 고혼을 위한 공연을 했는데 그중에는 전쟁으로 목숨을 잃은 고혼을 영웅으로 만드는 가면극도 있었다고 하더라고요.

극장주는 그 공연을 제일 좋아했대요. 횟수를 셀 수 없을 정도로 많이 보았대요.

"재미있는 건요. 그런 제의극이 상연되고, 또 상연되면서…
고혼이 신이 된다는 거예요. 고혼에서 영웅으로, 영웅에서 신으로.
그게 공연의 힘이죠. 나중에는 신이 된 고혼이 인간과 함께 공연을
보고요."

동구는 제 눈을 빤히 보며 이렇게 말을 이었답니다.

"그래서 극장주가 사랑 공연을 올리는 거예요. 그러면 사랑이
진짜로 이루어지거든요."

"…"

"누나는요? 누나는 이루고 싶은 사랑이 없어요?"

사랑. 사랑이라….

그런 사람이 한 명 있기는 하지요.

*

극장이라는 말을 들으면 제일 먼저 뭐가 떠오르나요?

누군가는 무대 위의 배우를, 배우의 의상을, 배우의 분장을,
무대 위 조명을, 또 다른 배우인 소품을, 배우의 말과 몸짓을 만들어
내는 대본을, 이 모든 걸 하나로 엮어 주는 연출을, 아니면 또 다른
무언가를 떠올리겠지요?

저는 관객을 떠올린답니다.

저는 환상극장에서 일하게 된 뒤로 한 번도 공연을 본 적이
없어요.

티켓걸이니까요. 매표소 안 작은 창구 앞에 앉아 관객에게
돈을 받고 티켓을 주지요. 공연이 시작되면 판매한 티켓의 수를
세면서 정산하고요. 환상극장에 상연되는 공연이 정확히 무슨

내용인지, 어떤 배우가 무슨 역할로 어찌 연기를 하는지, 저는 알지 못한답니다.

하지만 관객만큼은 아주 잘 알고 있지요.

이건 비밀인데요. 소학교도 나오지 못한 제가 모던걸의 직업 중 하나라는 티켓걸로 취업할 수 있었던 건 사람을 유심히 보는 관찰력 덕분이었어요. 정희는 이런 저를 보고 신경이 과민하다고 놀려 댔지만, 극장주는 그렇지 않았어요.

그 사람은 오히려 저 같은 이를 찾고 있었답니다.

면접 날 극장주가 했던 질문을 저는 아직도 잊을 수 없어요. 극장 안 사무실로 오는 길에, 매표소와 사무실 사이에 있는 두 번째 기둥에 등을 기대고 있던 이의 모습이 어땠죠?

알고 보니 그 질문에 답을 한 사람이 저 한 명뿐이었대요.

제 답을 들은 극장주가 눈빛을 반짝이며 웃더니 합격이라고 하더군요.

그런데 그게 티켓걸과 무슨 상관이 있는 걸까요. 티켓걸이라면 빠른 손놀림과 정확한 계산 능력이 중요 역량이지 않겠어요? 궁금증을 이기지 못한 저는 출근 첫날에 대놓고 물었어요. 왜 하필 저를 뽑았냐고요. 그것도 따지는 듯한 말투였지요.

지금 와서 생각해 보니 얼굴이 다 화끈거리네요.

변명처럼 들리겠지만, 그때 저는 세상 물정을 잘 몰랐어요. 사회생활도 처음이었고요.

갑작스레 찾아온 좋은 기회도 의심할 수밖에 없었죠. 경성은 눈뜨고도 코 베이는 곳이잖아요.

그런데 극장주가 이렇게 답하더라고요. 무대 아래, 조명이 비치지 않는 객석에도 사람은 있다고요. 누군가는 그들의 공연을 봐

사랑의 큐피드

줘야 하지 않겠냐고요.

그때 저는 그 말을 듣고 조금 감동했던 것 같아요.

너도 네 인생의 주인공이라고, 네가 딛고 있는 곳이 무대이고, 네가 배우이자 연출이며 극작가라고, 삶이 어두울 때는 잠시 암전된 것뿐이라고, 곧 밝아질 테니 새로운 막이 오르기를 기다리면서 순비하면 된다고 말해 주는 듯했어요.

그래서일까요. 환상극장에서 일하게 된 뒤로 제 시선을 사로잡는 건 항상 관객이었어요.

매표소 창구 너머의 관객은 정말 재미있는 배우예요. 각자의 서사를 가지고 와서 자신만의 공연을 보여 주는데 그 모습이 천태만상이거든요. 그러면 저도 관객이 되어 울고 웃는답니다. 관객의 다정함에 웃고, 관객의 무례함에 울지요. 신파극의 악역 같은 관객을 마주할 때면 분노에 휩싸이기도 한답니다.

그리고 언제부터인가, 한 명이 제 눈과 귀에 콕 박히더라고요.

제게도 최애 배우가 생긴 게지요. 그것도 아주 귀엽고, 다정한 배우로요.

제가 이야기했던가요? 극장을 매일 찾는 사람은 별로 없다고, 특정 극단을 따라다니는 이는 있어도 특정 극장에 머무르는 이는 없다고요. 그런데 그런 사람이 아예 없는 건 아니랍니다. 환상극장에도 한 명이 있지요.

조성윤이라는 24세 남성이랍니다. 이름과 나이는 동구가 알려 줬는데 어떻게 알아낸 건지 모르겠어요. 동구는 요즘 탐정놀이에 빠진 것 같더라고요. 며칠 전에는 매표소 안까지 들어와 그가 미혼이고 애인도 없으며 가장 중요한 말을 편지로 전한다고 귓속말하는 거 있죠!

앞부분을 듣고는 솔직히 조금 혹했거든요. 근데 뒷부분을 들으니 마음속 무언가가 피시식 식더라고요. 이제는 그가 '24세 조성윤'이라는 것도 못 믿겠어요. 하긴, 애초에 그 말을 믿었던 제가 바보지요. 인쇄소 붙박이인 동구가 관객의 신상을 무슨 수로 알아내겠어요.

어쨌든 그는 극장에 매번 혼자 왔답니다.

극장 안 끽다점에 앉아 커피를 홀짝이면서 신문을 읽거나 고개를 살짝 들어 지나가는 사람들을 구경하곤 했지요. 그렇게 두세 시간을 보내다가 공연을 보면 집으로 돌아가고요.

이게 그의 일과라면, 그런 그를 구경하는 건 제 일상이랍니다.

요즘은 끽다점이 두 종류로 나뉜다지요? 차를 파는 곳과 차 마실 기분을 파는 곳으로요.

제게는 둘 다 아니에요. 제게 끽다점은 그의 무대랍니다.

그곳에서는 그가 신문을 읽다가 입꼬리를 올리며 만년필로 무언가를 표시하는 것을, 남몰래 분노하며 신문을 구기는 것을, 대체 무슨 기사를 읽은 건지 슬픔을 이기지 못해 잠시 허공을 노려보다가 슬그머니 눈물을 닦는 것을 볼 수 있으니까요.

그의 희로애락을요.

우리는 배우와 관객이 공연이 끝난 뒤 서로의 존재를 확인하듯, 공연 시작 전에 서로의 존재를 확인한답니다. 그는 악수를 청하듯 제게 매번 손을 건네지요. 정확히는 티켓을 사기 위해 작은 창구 안으로 손을 내미는 거지만, 저를 향해 내미는 거니 그게 그거 아니겠어요?

그러면 저는 그의 손바닥에 놓인 돈을 가져가고 티켓을 내려놓는답니다. 가끔은 그의 손바닥에 제 손가락이 닿기도 하지요.

사랑의 큐피드

그런 날이면 가슴이 설레어 밤에 잠도 잘 못 자요. 잠들기 전까지 피식피식 웃고요.

그리고 또 가끔은… 이건 누구에게도 말한 적이 없는 건데요.

그도 제 앞에서는 태도가 좀 묘해지는 것 같아요. 끽다점에서 보이던 모습과는 확연히 다르달까요. 쑥스러움을 닮은 감정이 얼굴에서 엿보이고요. 특히 그의 손바닥과 제 손가락이 맞닿은 날이면 귓불도 붉어져 있다니까요.

아마도 제 욕망이 빚어낸 착각이겠지만요.

그래도 이렇게 달콤한 착각이라면, 그것이 가짜라 할지라도 기꺼이 빠져들래요.

아아, 짝사랑이 이렇게 무섭답니다.

타닥타닥. 느릿하게 이어지는 구두 소리가 들리네요. 그제야 저는 상념에서 벗어났습니다. 지나가는 전차의 굉음이 모든 소리를 집어삼켜도 저 소리만큼은 구분할 수 있거든요.

그의 발걸음 소리니까요.

곧이어 구두 소리만큼 익숙한 소리가 들렸습니다. 하루에도 몇 번이나 되새김질했던, 이제껏 수십, 수백 번을 떠올렸던 목소리였죠. 그의 목소리요.

"안녕하세요. 한 장이요."

멀쑥한 손 하나가 창구 안으로 넘어왔습니다. 오랜 농사로 굳은살이 박인 제 손과는 비교도 되지 않는, 아주 말끔한 손이지요. 어쩜 손톱마저도 저렇게 단정할까요.

그 찰나의 순간에도 제 심장에는 온갖 감정들이 담겼답니다.

설렘에서 쑥스러움으로, 기쁨에서 주저함으로, 답답함에서 다시 흥분으로….

오락가락하는 감정들과 함께 심장도 쿵쿵 뛰었어요. 어쩌나 힘찬지 심장이 목구멍 밖으로 튀어나올 것 같았다니까요? 그래서 그가 제 마음을 눈치챌 수 없도록 얼굴에서 표정을 지우고는 조용히 티켓을 건넸답니다. 그를 짝사랑하는 이가 아닌, 평범한 티켓걸처럼 말이에요.

그러자 그의 목소리가 다시 들렸지요.

오늘도 어김없이, 다정한 말투였습니다.

"감사합니다. 좋은 하루 보내세요."

타박타박. 구두 소리가 느릿하게 멀어졌습니다. 저는 그의 느긋한 걸음걸이가 너무나 좋았답니다. 제게 천천히 다가와 제게서 천천히 멀어지니까요.

요즘은 이런 상상을 한답니다. 발코니석에 앉은 저와 건너편 발코니석에 앉은 그가 눈을 마주치고, 운명 같은 사랑에 빠지는 상상을요.

어쩌면 저는… 그를 매일 보는 것만으로는, 더는 만족할 수 없게 되었나 봐요.

*

"란주야."

"응?"

"너는 결혼 생각 없니?"

이때 저는 찐빵을 먹고 있었어요. 중국인이 거리에서 파는 건데 밀가루에 탄산과 기름, 흑설탕을 넣어서 만드는 빵이지요. 하나에 5전이지만, 맛이 제법 훌륭하답니다. 거의 매일 사 먹는 저와 달리, 정희는 입에도 대지 않아요. 저는 찐빵을 한 입 베어 물며 답했습니다.

"상대가 누구냐에 따라 다르겠지?"

그러자 정희가 눈빛을 밝히며 말하는 게 아니겠어요.

"괜찮은 사람이면 소개라도 받을래? 있잖아, 상덕 씨 친구 중에 위생경찰이 한 명 있는데, 사람이 참 괜찮아. 그 사람이 너를…."

"나 좋아하는 사람 있어."

"응?"

"나 좋아하는 사람 있어."

"뭐? 아니, 이렇게 중요한 이야기를 왜 이제야 해! 그 사람은? 그 사람도 널 좋아해?"

정희의 질문에 순간 말문이 막히더군요.

그는 저를 티켓걸로만 알 테니까요.

"아니. 그냥, 내가 혼자 좋아하는 거야."

정희는 아쉬움과 안타까움을 표정으로 드러내더니 제 어깨를 토닥이며 말을 이었답니다.

"짝사랑 정말 쉽지 않은데…. 뭐, 그래도 그 아픔마저도 기꺼운 것이 사랑 아니겠니."

아픔마저도 기껍다라. 맞아요. 그렇지요.

그러나 짝사랑은 조금 다르답니다. 시간이 지날수록 기쁨은 옅어지고 아픔만 깊어지지요.

그래서 저는 얼마 전에 큰 결심을 했답니다.

바로….

"환상극장에서 곧 유월회의 〈카르멘〉이 공연되는 거 알지? 공연 첫날에, 나 그 사람에게 고백할 거야."

저는 일주일 정도 매표소로 출근하지 않았습니다. 개막 전 무대연습 기간이라 공연이 없거든요. 그러니 티켓걸인 저도 매표소를 지킬 필요가 없지요. 대신 사무실로 출근해 티켓을 만들었답니다. 인쇄소에서 찍은 종이에 날짜를 적어서 묶음으로 만들어 두면, 공연 날 찢어서 건네주기만 하면 되거든요. 그래서 공연이 없을 때면 사무실로 출근해 티켓 묶음을 만들어 놓는답니다.

그도 공연이 없을 때는 환상극장을 찾지 않았어요. 하지만 지난주에는 공연이 없는데도 매일 픽다점에 왔답니다. 저는 그게 하나의 징조라고 생각하고 있습니다.

이번 고백이 성공할 거라는 징조요.

그리고 드디어 오늘이 〈카르멘〉이 공연하는 날이랍니다. 제가 고백을 할 날이지요. 고백은 언제 하는 게 좋을까요. 역시 공연이 끝난 뒤가 낫겠지요? 그렇다면 어디서 하는 게 좋을까요. 그를 맨 처음 봤던 매표소와 사무실 사이에 있는 두 번째 기둥? 극장 입구와 이어진, 화신백화점 뒷골목? 아니다, 여기는 아니에요. 최근에 살인 사건이 났으니까요.

일단은 상황을 지켜보다가 적절한 시간과 장소를 택해야겠습니다.

그때 누군가 매표소 창문을 두드렸답니다.

"깜짝이야!"

"무슨 생각을 하느라 사람이 왔는데도 몰라요?"

"사람이 아니라 귀신이겠지. 너는 어떻게 매번 기척 소리를 안 내니."

사랑의 큐피드

동구는 장난스레 웃더니 창구 구멍에 고개를 들이밀면서
말했어요.

"극장주가 말 좀 전해 달래요. 오늘 사람이 많을 거라고, 명함을
가져온 적이 있는 사람이면 1층 좌석을 내어 주고, 처음 가져오는
사람이면 발코니석을 내어 주라고요. 누나는 관객 얼굴을 잘
기억하니까 할 수 있죠?"

그러고 보니 얼마 전부터 극장주의 명함을 가져오는 이가
없었어요. 간만에 운명의 연인이 탄생하려는 걸까요? 예전 같았으면
그렇군, 하고 넘겼을 터인데. 지금은 느낌이 조금 다르네요.
어쩌면 그 운명의 연인이 내가 될지도 모른다는, 아주 작은 기대
때문이겠지요.

"알았어. 그렇게 할게."

"근데 누나… 오늘은 껌 없어요?"

얘는 참. 평소 늙은이처럼 굴다가도 이럴 때는 아이 같다니까요.
저는 가방에서 껌을 하나 꺼내서는 동구에게 건네주었어요.

"에? 오늘은 왜 쥬시후루도예요?"

"앞으로는 첫 번째 서랍에 스피야민트를 넣어 둘게. 괜히 모르는
사람한테 껌 달라고 조르다가 욕먹지 말고… 먹고 싶을 때마다
꺼내서 먹어. 누나가 너 껌 사 줄 정도는 버니까. 알았지?"

"역시. 절 챙겨 주는 건 누나뿐이라니까요. 그래서 저도 누나를
유독 아끼는 거죠."

"내가 널 아끼는 거겠지…?"

"근데 누나, 오늘 기분 좋은 일 있어요?"

"음… 누나가 오늘…."

고백할 거거든.

저는 쑥스러움에 뒷말을 삼켰습니다. 그래도 열 살짜리에게 이런 이야기를 할 수는 없으니까요. 사랑에 빠지면 누구든 붙잡고 소리치고 싶어진다지만, 그래도 어른이라면 자기 마음 정도는 어린아이 앞에서 감출 줄 알아야 하지 않겠어요?

그때 멀리서 타박타박 발걸음 소리가 전해졌습니다. 느릿느릿하게 저에게 다가오는 소리가요.

제가 입을 다물자 동구는 스리슬쩍 옆으로 빠지더니 곁눈질로 그를 확인했답니다. 그러고는 무슨 일인지 알겠다는 얼굴로 제게 눈짓하는 게 아니겠어요. 역시 극장주의 심복답네요. 눈치는 어쩜 이렇게 빠른지. 동구는 제가 그를 좋아한다는 걸 알고 있는 게 분명해요. 그러니 관심을 가질 만한 정보일 것 같다면서 자꾸 그에 대해 알려 주지요.

물론 의심스러운 정보만 가져오고 있지만요.

걸음 소리에 맞춰 제 심장이 쿵쿵 뛰었습니다. 천천히 다가온 그가 저를 보고 웃었답니다. 그런데 그의 표정이 평소와는 다르더군요. 어쩐지 슬픔이 깃든 듯한 웃음이랄까요. 연인과의 이별을 앞둔 이가 애써 지을 법한 웃음처럼요. 유달리 저를 자세히 보기도 했는데 마치 제 얼굴을 마음 깊이 새기기라도 하려는 것 같았습니다. 더는 볼 수 없어도, 기억해 낼 수 있도록요.

제가 그의 애인이었다면, 저는 이별을 직감했을 겁니다. 그러나 저는 그와 아무 사이도 아니었지요.

그러니 그의 웃음에 무엇이 깃들어 있는지를, 그 저의를 저는 알 수가 없었습니다.

곧이어 그가 매표소 창구 안으로 손을 내밀었습니다. 주먹 쥐었던 손이 펴지면서 손바닥이 드러났지요. 제 심장이 쿵 하고

사랑의 큐피드

내려앉았습니다.

그의 손바닥 위에는 검은 명함이 놓여 있었습니다.

*

그가 명함을 가지고 왔습니다. 오른쪽 발코니석으로 달라고
먼저 말하더군요. 저는 어쩔 수 없이 티켓을 내어 주었습니다. 그는
알았을까요. 그의 손바닥에 잠시 맞닿았던, 손가락 끝에 담겨 있던
저의 주저함과 두려움을요.

그는 평소와 달리 끽다점에 머물지 않았습니다. 곧장
발코니석으로 향했지요.

그가 극장 안으로 들어간 뒤 저는 일에 집중하려고
노력했습니다. 그러나 오만 생각이 떠오르더군요. 극장주는 정말로
사랑의 큐피드일까요? 성윤 씨는 이곳에서 운명적인 사랑을 찾게
되는 걸까요? 극장주의 명함을 들고 올 또 다른 사람과? 연인이
되었다던 그들은 진짜 연인이 맞을까요?

그냥 친해진 걸 수도 있잖아요. 아니면 모종의 목적을 가지고
연인인 척한다든지.

자기 자신을 위안하는 생각이 꼬리에 꼬리를 물면서
이어졌습니다. 결국에는 욕으로 끝났지요. 극장주 말입니다. 아니,
그렇게 매파 역할이 하고 싶으면 극장 직원부터 도와줘야 하는 거
아닌가요? 사내 복지가 이렇게나 엉망이라니.

시계 침은 째깍째깍 돌아갔고, 공연 시간은 다가왔습니다.
그리고 저의 기분은 점점 나아졌죠. 극장주의 명함을 들고 온 사람이
없었거든요. 놀랍게도 오늘은 만석이었습니다. 공연 시작 30분

전에 매진이라. 환상극장이 생긴 이후로 처음 있는 일일 것 같네요. 극장주가 고집하는 원칙 중 하나가 입석 금지거든요? 이제껏 만석이 된 적이 없었기에 있으나 마나 한 원칙이었지만요. 놀랍게도 오늘 드디어 제 역할을 해내네요. 매진이라고 적어 창구에 붙이자 뒤늦게 온 손님들이 아쉬움을 드러내며 돌아갔습니다.

저는 속으로 이렇게 빌었습니다.

명함을 가져온 이도 저 글자를 보고 돌아가기를, 부디 다른 날에 찾아오기를.

제 마음도 설렘과 긴장으로 다시 힘껏 뛰었습니다.

티켓 판매가 끝났으니 이제 정산의 시간입니다. 저는 고개를 숙이고는 손으로 돈을 세면서 머릿속으로 조금 다른 주판을 튕겨 보았습니다. 매표소를 지키고 있다가 공연이 시작되면, 맞은편 발코니석으로 가 볼까요? 그러면 공연 내내 그의 얼굴을 볼 수 있겠지요. 어쩌면 그도 저의 얼굴을 볼지도요. 그렇게 사랑에 빠질 수만 있다면….

그러나 매표소 안으로 불쑥 들어온 손에 제 생각은 빠르게 흩어졌답니다.

손바닥 위에 놓인 검은 명함.

순간 숨이 쉬어지지 않더군요. 고개를 들고 앞에 선 이를 본 저는 놀라고야 말았습니다. 거뭇한 얼굴에 자리 잡은 확고한 이목구비와 고집스러운 눈빛…. 이렇게 단단한 사람이라니. 매진이라고 적힌 종이를 봤는데도 아랑곳하지 않더군요. 주저함을 전혀 찾아볼 수 없는 눈빛이었답니다. 저는 본능적으로 알 수 있었습니다. 이 사람은 싸워서 쟁취하는 사람이라는 걸, 패배할지언정 절대 포기하지 않는 이라는 걸요.

사랑의 큐피드

아마 사랑에도 그러하겠지요.

티켓을 움켜쥔 그녀가 극장 안으로 들어가는 것을 보면서 저는 자리에서 일어났습니다. 포기할 때는 포기하더라도 그에게 제 마음을 전해야겠다는 생각이 들더군요. 그것이 용기인지 오기인지는 알 수 없었습니다. 몇 년 전 보따리 하나만 들고 상경했을 때도 비슷한 마음이었던 것 같네요. 가끔은 그런 마음가짐이 삶을 바꾸기도 하거든요.

그때 부렸던 객기 덕분에 티켓걸로 취업해 경성에 자리를 잡을 수 있었던 것처럼요.

멀지 않은 곳에 있는 동구가 보였습니다. 저는 큰 소리로 동구를 불렀습니다.

"동구야!"

"왜요?"

"이리 와 봐!"

저는 득달같이 달려온 동구에게 서랍장을 가리키며 저기 스피야민트가 있다고 했습니다. 사실 오늘 아침에 넣어 둔 거거든요. 퇴근할 때 깜짝 선물로 동구에게 주려고요. 고백에 성공하면 기쁨을 나누는 선물이 될 터이고, 고백에 실패하면… 동구 한 명이라도 기뻐해야 하지 않겠어요?

스피야민트라는 말을 들은 동구의 얼굴에 화색이 돌더군요.

"정말 미안한데. 나 대신 매표소 좀 지켜 줄래?"

"예?"

"매진이라 티켓은 안 팔아도 돼. 그냥 자리만 지켜 줘, 어? 부탁할게! 혹시라도 극장주가 날 찾으면, 화장실 갔다고 해!"

그러고는 다급하게 매표소 밖으로 뛰쳐나갔습니다. 동구가 큰 소리로 란주 누나, 라고 부르는 게 들렸지만, 뒤를 돌아볼 수 없었어요. 후다닥 달려 극장 안에 있는 계단으로 향했답니다. 2층 발코니석으로 가려면 계단을 올라야 했거든요.

그런데 갑자기 누가 저를 붙잡는 게 아니겠어요?

저는 깜짝 놀라 소리를 지를 뻔했습니다.

"쉿."

키가 크고 얼굴도 훤칠한 남자였습니다. 저는 곧 눈앞의 사람을 알아보았답니다. 찐빵 살 때 자주 마주쳤던 사람이네요. 같은 동네에 사나 봅니다. 하지만 그게 뭐가 중요하겠어요. 제게는 갑작스레 나타난 괴한인 것을. 저는 재빠르게 주변을 살펴보았습니다. 아직 공연이 시작하지 않아 입장하지 않은 관객이 많았습니다. 사람이 많으니 저는 안전했습니다.

마음이 놓이니 짜증이 솟아나더군요.

"뭔데요?"

이번에는 남자가 주변을 살펴보더니 나지막이 말을 뱉었습니다.

"혹시 정희 씨에게 제 이야기를 들은 적이 없으신가요? 상덕 군의 지기인데 종로경찰서에서 일하는 진무혁이라고 합니다. 위생 행정을 도맡고 있지요."

위생경찰?

그러고 보니 정희가 소개받을 생각이 없냐면서 위생경찰 이야기를 했던 것 같네요.

"그런데 여기는 어쩐 일이시죠? 저는 소개받지 않겠다고 했는데요."

"…알고 있습니다. 여기서는 좀 곤란할 것 같은데요. 잠시

사랑의 큐피드

사람이 없는 곳으로 옮길 수 있을까요?"

제가 미쳤다고 괴한과 함께 한적한 곳으로 가겠어요?

하지만 갑작스레 다가와 제 귓가에 속삭이는 말에 저는 그를
힘껏 붙잡으며 계단 위로 올라갔습니다.

"환상극장에 항일 단체가 잠입했다는 제보가 들어왔습니다."

이럴 수가. 이 무슨 철밥통이 쨍그랑 깨지는 소리인가요. 절대
남이 들어서는 안 된다는 생각에 그를 붙잡고 계단 위로 올라갔지요.
그곳은 적당히 안전하면서도, 알맞게 은밀한 곳이었습니다.
원래 제 계획은 계단을 오르자마자 좌측에 있는 문으로 들어가
발코니석으로 가는 거였는데…. 일자리를 잃을지도 모르는 위기
상황이니 고백은 잠시 제쳐 둬야겠습니다.

"그게 무슨 말씀이죠?"

제가 얼굴을 바짝 들이대며 확연히 낮아진 목소리로
되물었더니 남자가 얼굴을 붉히며 시선을 피하더군요. 그러고는
다시 주변을 살피며 말했답니다.

"경찰서에서 우연히 들었습니다. 오늘 이곳에서 항일 단체
모임이 있다고요. 확실한 정보인 듯했습니다. 경찰들이 곧 이곳으로
올 겁니다. 그들은 얼굴을 알고 있어요. 이곳에서 요주의 인물을 한
명이라도 발견한다면… 이곳은…."

뒷말은 굳이 잇지 않아도 알 수 있었습니다.

저는 남자의 낯빛을 살피다가 이렇게 물었지요.

"그걸 제게 왜 알려 주시는 거예요?"

"란주 씨가… 걱정되니까요. 정희 씨와 상덕 군을 통해 란주
씨 이야기를 많이 들었습니다. 그래서 친해지고 싶었고요. 친,
친구로서요…. 혹시라도 취조를 받게 된다면, 저를 안다고 하십시오.

도와드리겠습니다. 제가 내지인 경찰이 아니라 힘은 별로 없지만, 그래도 란주 씨를 돕고 싶습니다."

"…감사합니다."

저는 잠시 고민했습니다. 10년 전 열혈단 사건 때 환상극장은 존폐 위기를 맞았습니다. 극장주의 엄청난 재력이 아니었다면, 버티지 못했겠지요.

그렇다면 이번에는… 이번에는 얼마나 버틸 수 있을까요?

골동품을 팔 수 없는, 자본 줄이 막힌 상황에서?

환상극장에 잠입했다는 항일 단체는 대체 뭐고요. 일제 경찰이 알아챌 정도라면, 극장에서 일하고 있는 저도 틀림없이 그 수상함을 눈치챘을 텐데 말입니다.

혹시 유월회?

그때 무혁이라는 사람이 제게 물었습니다.

"혹시 몇 달 전부터 관객을 가장해 특정한 사람들이 이곳에서 친분을 쌓지 않았습니까? 항일 인사들을 엮어 주는 접선 장소로 이용되었다는 걸 보니 혼자 왔다가 여럿이 되어서 나갔거나, 함께 이곳을 다시 찾았을 겁니다."

혼자 와서 둘이 되어 나간 사람들, 연인이 되어 다시 이곳을 찾은 사람들.

아… 극장주의 명함을 가져온 사람들이네요!

그러자 또 다른 생각이 우르릉 소리를 내며 벼락처럼 쏟아졌습니다.

성윤 씨도, 그 사람도 명함을 가지고 왔으니까요.

"접선지로 아무 극장이나 고르지는 않습니다. 틀림없이 총괄자가 있을 겁니다. 관객을 가장해 환상극장에 머물면서 모든

걸 준비했던 사람이요. 최소 반년, 어쩌면 몇 년 전부터 이곳에 왔을
겁니다."

이번에는 머릿속이 새하얘졌습니다. 그런 사람이 정말로
있었거든요. 환상극장에 매일 머무르는 성윤 씨요. 그가
독립운동가라니. 그리고 일제 경찰이 이곳으로 오고 있다니. 경찰이
그를 알아볼까요? 그래서 잡혀가기라도 한다면, 그는 어찌 되는
거죠?

"알고 계신 게 있으시다면, 이따가 경찰이 왔을 때 솔직히
말씀해 주세요. 그러면 그들의 죄를 증언하는 증인이 될 터이니
무사히 피해 갈 수 있을 겁니다. 그게 가장 확실한 방법이에요. 란주
씨…."

혼란함에 머리가 다 어지럽더라고요. 그때 시야 끝에 익숙한
장갑이 보였습니다. 극장주의 장갑이요. 곧이어 시야 안으로
극장주가 완전히 들어왔죠.

이 사람의 말을 극장주가 듣는다면, 극장주는 어떻게 나올까요?
자기는 모르는 일이라며 끝까지 잡아뗄까요?

아니면 자기 것을 지키기 위해 기꺼이 성윤 씨를 내어 줄까요?

고민은 길지 않았습니다.

저는 무혁 씨의 손을 붙잡고는 곧장 앞으로 달려갔습니다.
함부로 들어갔다가는 극장주의 분노를 살 거라는, 동티를 부른다는
그곳의 문을 조심스레 열었지요. 축음기를 틀었는지 은은하게
전해지던 노랫소리가 분명해졌습니다. 열린 문 사이로 선반마다
놓여 있는 골동품들과 중앙에 있는 커다란 가면도 보였고요.

가면의 뻥 뚫린 눈이 저를 보고 있는 것 같아 조금 섬뜩했습니다.

하지만 다른 방법이 없었습니다.

서둘러 무혁 씨를 사무실 안으로 밀어 넣을 수밖에요.

왜 하필 이곳으로 들어왔냐고요?

극장주와 마주치지 않기 위해서요!

이곳에 와 본 적은 없지만, 동구의 말을 들은 적은 있거든요. 극장주 사무실 안에 있는 창문으로 나가면 바로 인쇄소 지붕이고, 지붕을 타고 내려가면 인쇄소 1층이라고요.

빙 돌아가기 귀찮아서 이렇게 창문으로 나간다고 하더라고요. 그러니 지금으로서는 저기 있는 저 창문이 극장주와 마주칠 리 없는, 유일한 탈출 통로인 셈이었습니다.

조심스레 문을 닫은 뒤 빠르게 걸음을 옮겨 사무실 창문에 손을 얹었습니다. 그러고는 다급하게 말했지요.

"미리 알려 주셔서 감사해요. 근데 정말 죄송한데요. 여기로 좀 나갈까요? 제가 지금 근무지를 이탈해서 고용주와 마주치면 좀 곤란하거든요. 근무 중 데이트했다는 오해를 살 수도 있고, 나중에 경찰들이 몰려왔을 때는 제가 신고했다고 생각할 수도 있으니까요. 여기 창문으로 나가면 바로 인쇄소예요."

창문을 활짝 열자 삐걱거리는 계단 소리가 들리더군요. 극장주가 계단을 올라오고 있는 게 분명했습니다. 서둘러야 했어요. 제가 창문 밖으로 먼저 뛰어내리자, 남자는 순순히 제 뒤를 따랐습니다. 창문을 닫지 못해 아쉬웠지만 어쩔 수 없었습니다.

극장주가 동구가 그랬다고 생각하기를 바랄 수밖에요.

지붕 밑이 인쇄소 문 앞이더군요. 저는 허리를 굽히며 인사한 뒤 빠르게 작별을 고했습니다.

"저는 이만 가 봐야겠어요. 다시 한번 감사드릴게요."

"아니, 저…."

사랑의 큐피드

"그러면 다음에 뵈어요!"

뒤도 돌아보지 않았습니다. 시간이 없었거든요.

공연이 시작되기 전에, 경찰들이 오기 전에, 서둘러 성윤 씨를….

빠르게 인쇄소에서 벗어나 극장으로 달려갔습니다. 매표소가 비어 있더군요. 동구가 그사이 다른 곳으로 갔나 봅니다. 하지만 지금은 빈 매표소를 신경 쓸 때가 아니었습니다. 극장 안으로 들어가 1층을 가로질렀고, 계단을 올랐습니다. 계단 위에 울려 퍼지는 제 발걸음 소리가 경찰들의 분주한 걸음 소리처럼 들리더군요. 빠르게 저에게 다가와 빠르게 멀어지겠지요. 그를 데리고서요.

저는 계단 끝 좌측에 있는 입구로 들어갔습니다. 2층 발코니석과 이어진 곳으로요. 곧이어 그의 뒷모습이 보였습니다. 매번 저에게서 천천히 멀어지던 뒷모습이지요.

저는 그의 뒷모습을 평생 잊을 수 없을 겁니다.

저는 침착하게 그의 옆자리에 앉았습니다. 그가 고개를 돌려 저를 보더군요. 그의 목덜미가 뻣뻣하게 굳는 것이, 그의 얼굴이 당혹으로 물드는 게 보였습니다. 저는 밀어를 나누는 연인처럼 바짝 다가가 그의 귓가에 속삭였습니다.

지금 그가 어떤 위험에 처했는지를, 누가 달려오고 있는지를 말이에요.

그것은 제 이별의 노래이기도 했습니다.

*

일주일 전, 〈카르멘〉의 첫 공연은 성황리에 막을 내렸습니다. 그리고 제 사랑도 막을 내렸지요. 이제 다시는 그를 볼 수 없을 겁니다.

그래도 위안이 되는 것은, 저의 짝사랑은 그에게 도움을
주었다는 겁니다.

그는 어쩌면… 어쩌면 그는… 다시는 저를 잊지 못할지도
모릅니다.

그가 기억하는 저는 자신을 몰래 짝사랑하던 사람이나
환상극장의 티켓걸이 아닌, 자신을 도와준 사람일 테니까요.

"누나."

동구가 매표소를 찾아왔습니다. 이것 좀 읽어 보라며 신문을
건네주고는 시답잖은 말을 하며 제 기분을 풀어 주려고 했지요.
동구는 제 실연을 눈치챈 것 같았습니다. 저는 상심에 빠져 있었고,
성윤 씨도 더는 극장을 찾지 않았으니까요. 성윤 씨가 보이지 않는
건 사실 저 때문이 아니라 일제 경찰 때문이지만, 동구는 그걸
모르고 있지요.

저는 쉴 새 없이 이어지는 동구의 실없는 소리를 듣다가
신문을 흘깃 보았습니다. 신문지 첫 면에 인쇄된 사진이 시선을
잡아끌더군요. 저도 아는 얼굴이 보였습니다.

거뭇한 얼굴에 자리 잡은 확고한 이목구비와 고집스러운
눈빛….

김명시. 극장주의 명함을 가져왔던 그녀의 이름은
김명시로군요.

조선공산당… 적색노동조합 조직… 평북경찰부의 활동…
북평으로 피신하였다가 도보로 경성에 이르러 밀고로 인하여…
수색….

제 직감이 틀리지 않았었네요. 그녀는 정말로 싸워서 쟁취하는

사람이었습니다.

　　노동자를 위해 싸우고, 나라를 위해 싸우던 혁명가였지요.[2]

　　제 말을 들은 성윤 씨가 황급히 발코니석에서 나가자, 건너편 발코니석에 있던 이 사람도, 1층 객석에 있던 이들도 분분히 극장을 빠져나갔습니다. 무언가 이상하다는 걸 눈치챈 거겠지요. 얼마 지나지 않아 경찰들이 극장에 들이닥쳤고, 관객들의 얼굴을 빠짐없이 확인했습니다. 감시 중이거나 수배 중인 이를 찾지 못했는지 자기들끼리 쑥덕거리다가 극장을 떠났지요.

　　성윤 씨가 안전해졌다는 걸 확인해서 그런 걸까요?

　　성윤 씨와 다른 사람들이 어쩌다가 극장주의 명함을 얻은 건지 궁금해지더라고요.

　　저는 주변에 사람이 없는 것을 확인하고는 매표소 창구에 머리를 바짝 대며 말했습니다. 건너편에 있던 동구도 눈치껏 다가오며 귀를 기울이더군요.

　　"근데 있잖아. 극장주는 어쩌다가 자기 명함을 그 사람들에게 준 거야?"

　　정확히는 그 사람들이 아니라 항일 단체 사람들이지만, 이 이야기를 굳이 동구에게 해 줄 필요는 없겠지요.

　　"아… 세 번째 질문? 그 명함은 제가 성윤 아저씨에게 준 거예요."

　　"뭐?"

2　'백마 탄 여장군' '조선의 잔다르크'라고 불리던 독립운동가이자 혁명가로 약 20년간 항일 무장 투쟁을 했다. 사회주의 계열 운동가라 수십 년간 제대로 평가받지 못하다가 2022년이 되어서야 독립유공자로 지정되었다.

"극장주가 관객을 모을 방법을 고민하기에 제가 묘책을 짜낸 거죠. 성윤 아저씨는 매일 극장을 찾는 단골이고, 극장주도 그분에게 신세를 진 적이 있어서 보답하고 싶다고 했거든요. 성윤 아저씨라면 아는 사람도 많을 것 같았고요. 그래도 텅 빈 공연장보다는 초대권으로 보러 온 공짜 손님이라도 많은 게 낫지 않겠어요? 어차피 다른 관객들이 보기에는 다 같은 손님이니까요."

저는 고개를 끄덕인 뒤 아무 말도 하지 않았습니다. 그저 상념에 빠질 뿐이었지요.

동구는 그 모습을 잠시 지켜보다가 기지개를 켜더니 턱으로 신문지를 가리키며 말했습니다.

"누나. 극장주가 자기가 내다 팔았던 골동품들이 사실은 해외로 팔려 나가고 있었다는 걸 알게 되었다고, 그걸 알려 준 이가 항일 단체 사람이라고 했잖아요. 근데 그거 직접 들은 게 아니라 편지를 받아서 알게 된 거래요."

"…."

"신문지에 있는 글자를 오려서 붙였더라고요. 보통은 누군가를 협박할 때 그 방법을 쓴대요. 재미있지 않아요? 그런데 항일 열사들이 자기 동지들에게 보낼 때는 다른 방법을 쓴다고 하더라고요. 평범한 신문지를, 신문지를 그냥 통으로 보내는 거죠. 그건 사실 페놀프탈레인을 이용한 암호 서신이래요. 냄새도 없고 색도 없는 페놀프탈레인을 산성인 신문지에 발라서 표식을 남기는 건데, 알칼리 성분이 있는 액체를 그 위에 바르지 않는 이상 형태가 드러나지 않거든요. 그렇게 외부에는 들킬 걱정이 없는, 아주 안전한 서신을 보내는 거죠. 어때요? 신기하죠?"

동구는 나이도 어린, 인쇄소에만 있는 사환이면서 어떻게 이런

걸 알고 있는 걸까요? 저는 동구와 대화를 나눌 때마다 의아함에
빠지곤 했지만, 알고 보면 별거 아니었습니다. 다 극장주가 가르쳐
준 거였거든요.

"근데 있잖아요. 성윤 아저씨도 신문을 자주 가져왔잖아요.
조간신문으로요. 끽다점에 앉아 신문을 읽으면서 사람들을
구경하곤 했죠. 그런데 가끔 보면 기사를 읽는 것 같지 않더라고요.
뭐랄까요. 단어를 찾는달까요? 읽는 순서도 이상했고요. 그렇게
한참을 들여다보다가 만년필을 꺼내서는 동그라미를 치곤 했는데,
그런 날이면 꼭 극장에 신문을 버리고 가더라고요."

그러고는 의미심장한 눈빛으로 저를 보는 게 아니겠어요?

"누나, 제가 가져다줬던 신문들요. 안 버리고 매표소 구석에 잘
놨죠? 그거 사실 성윤 아저씨가 두고 갔던 신문들이에요. 제가 매번
챙겨 두었거든요. 그런데 아무리 훑어봐도 만년필로 동그라미를 친
부분을 찾을 수가 없더라고요. 안에 잉크가 없었던 걸까요?"

"…."

"저는 그게 사실 연애편지라고 생각했거든요. 누나에게 주고
싶었던 연애편지."

"나에게? 그걸 네가 어떻게 알아?"

"에이, 누나. 제가 살아온 세월이 있는데. 제 연륜을 너무
무시하시네요."

열 살짜리에게 연륜은 무슨.

하지만 제 시선은 무의식적으로 매표소 구석으로 향했습니다.
몇 달은 쌓여 있던, 신문 더미로요. 혹시나 하는 마음이 들더라고요.

그 작은 마음이 순식간에 자라서는 제 다른 마음들을 남김없이
집어삼켰습니다.

　지식인 친구가 곁에 있다는 것만큼 장단점이 분명한 일도 없을 겁니다. 양잿물이 알칼리성을 띤 액체라는 걸 배울 수 있다는 게 장점일 것이고, 실연했다는 하소연에 짝사랑은 연애가 아니라서 실연이라고 할 수 없다는 말을 들어야 한다는 게 단점이겠지요.

　저는 극장 사무실에서 양잿물을 조금 얻어 왔습니다. 극장을 청소할 때 쓰는 것이지요. 사무실 직원인 원경이 화상을 입을 수 있으니 조심 또 조심해야 한다고 신신당부하더군요. 저는 몰래 무대 뒤로 넘어가 붓도 하나 훔쳐 왔습니다. 무대를 그릴 때 사용하는 붓인데 혹시 모를 수정을 대비해 유월회가 여분으로 남겨 놨더라고요.

　저는 양잿물에 붓을 적셔 신문지에 바르기 시작했습니다.

　첫 번째 면을 발랐을 때, 두 번째 면을 발랐을 때, 그리고 세 번째 면을 발랐을 때도 신문에는 변화가 없었습니다. 짙은 색으로 젖을 뿐이었지요.

　저는 실망했지만, 혹시나 하는 마음에 계속 양잿물을 발랐습니다.

　그리고 네 번째 면에서 드디어 붉은 동그라미 두 개를 발견했지요. 남은 면도 하나씩 적셨더니 동그라미가 모두 나타났습니다. 하나, 둘, 셋, 넷, 다섯… 열하나.

　동그라미에 담긴 글자 열한 개를 순서대로 이으면 의미 없는 문장이 되었지만, 저는 약간의 고민 끝에 순서를 바꿔서 의미 있는 문장을 만들어 냈습니다.

　그 의미가 제 욕망인지 그의 바람이었는지는 확인할 수

사랑의 큐피드

없지만요.

당신의 명(名)을 알고 싶습니다.

이번에는 다른 신문의 면을 남김없이 적셨습니다.

란주. 미(美) 명(名)입니다.

또 다른 신문들도요.

작야(昨夜)에는 꿈에서도 당신을 보았습니다.

인사말을 건네도 될까요.

환한 웃음. 선한 마음. 긍정적인 사람.

이건 어쩌면 이 순서일 수도 있겠네요.

환한 웃음. 긍정적인 마음. 선한 사람.

그리고 마지막 신문에서는, 그가 극장주의 명함을 가져오기 전날에 두고 갔던 신문에서는, 이 문장을 만들어 낼 수 있는 글자들을 찾았습니다.

사랑합니다.

이 말이 그의 목소리라는 소리를 갖추면서 머릿속에서 울려 퍼졌습니다. 그날 그가 보여 주었던, 쓸쓸한 미소도 함께요. 그건 이별을 앞둔 연인이 보여 줄 법한 미소였지요.

서로의 마음이 서로를 향해 있는 게 연인이라면, 우리는 그날 정말 이별한 것입니다.

눈물이 터져 나왔습니다. 저는 매표소 안에서 아주 오래 울었습니다. 그 눈물이 무엇 때문인지는 저도 잘 모르겠습니다. 짝사랑이 아니라는 점에 안도한 건지, 그가 저를 사랑하고 있다는 점에 행복을 느낀 건지, 그런 그를 다시는 볼 수 없기에 슬픔에 빠진 건지.

어쩌면 다일 수도 있겠지요.

*

이번에는 정말로 실연을 하였습니다. 짝사랑이 실패했을 때와는 조금 다른 아픔이네요.

어찌 다르냐고요? 글쎄요. 저도 잘은 모르겠습니다.

확실히 전보다는 웃음이 줄어든 것 같네요. 그때는 쓸쓸해도 웃을 수 있었거든요.

정희는 자세한 사정을 몰랐지만, 그래도 제가 전과 달라졌다는 걸 눈치챈 것 같았습니다. 비싼 우이스키까지 사 와 술을 권하더군요. 다 마시고 잊으면 된다면서요.

먼저 술에 취한 사람은 제가 아닌 정희였지만 말입니다.

"아픔마저도 기꺼운 게 사랑이라지만, 마조히스트도 아니고 대체 왜 그러니. 너, 남자를 잊을 때 제일 좋은 게 뭔지 알아? 바로

사랑의 큐피드

다른 남자야. 내가, 내가 무혁 씨 이야기했었지. 위생경찰. 그 사람 좋은 사람이야. 어, 심지어, 어? 그 사람이 널 좋아한다니까? 몰랐지? 무슨, 찐빵 어쩌고 그러던데. 맨날 널 봤었다고."

"알았으니까 잠이나 자. 너 취했어."

"아니, 내가 농담하는 거 같아? 아니야. 그 사람 너 진짜 좋아해. 내가 소개해 주겠다고 했을 때, 네가 그 사람을 만났으면, 지금쯤 청혼을 받았을걸. 그 사람은… 상덕 씨랑은 달라. 으아, 윤상덕, 이 개새끼, 왜 청혼을 안 해! 비싼 구두만 주면 다야?!"

그러고는 짜증을 내며 요 위에 드러눕는 게 아니겠어요.

정희의 술버릇이 수면이라 천만다행이었습니다.

"야, 너는, 네가 좋아하는 사람을 만나잖아? 그럼 주저하지 마. 어? 당장 달려가란 말이야! 거절당하든, 싸우고 헤어지든, 이혼하고 돌아오든, 주저하지 말아야 해."

아무래도 마지막 말은 제가 아닌 상덕 씨에게 하는 말 같네요.

정희는 허공을 삿대질하며 한참을 욕하더니 잠에 빠졌습니다.

다음 날 오후 2시. 저는 정희의 마지막 말을 곱씹으며 출근하고 있었습니다.

환상극장은 화신백화점 뒤에 있는 골목에 있습니다. 밤에는 가로등 덕분에 그나마 빛이 있지만, 낮에는 그림자로 뒤덮여 유독 어둡지요. 괜히 괴담의 온상지가 된 게 아니랍니다. 게다가 지금은 공연 시간도 아니라서 사람을 더더욱 찾아볼 수 없었습니다. 아주 고요했지요.

뒷골목에 진입해 걷고 있는데 저 멀리서 익숙한 발걸음 소리가 들린 것 같았습니다. 제게 천천히 다가오고, 천천히 멀어졌던 소리와 닮았지만, 좀 더 **빠른** 듯했지요.

　빠르게 멀어지는 소리에 고개를 들어 사람을 찾아보려 했지만, 저 멀리 누군가가 골목 밖으로 나가는 것만 설핏 보일 뿐이었습니다.

　저는 텅 빈 거리를 응시하다가 다시 걸음을 옮겼습니다. 가방에서 열쇠를 꺼내 매표소 문을 열었고, 안으로 들어가 가방을 내려놓았습니다. 외투를 벗고 자리에 앉았더니 창구 너머에 무언가가 있는 게 보이더군요.

　신문이었습니다.

　저는 유리로 된 작은 창문을 드르륵 열고는 손을 뻗어 신문을 움켜쥐었습니다. 신문지를 펼쳐 내용을 훑어보았지요. 오늘 새벽에 발행된, 아주 평범한 신문이었습니다. 아무것도 적혀 있지 않았지요.

　당장 매표소에서 뛰쳐나가 사무실에서 양잿물을 가져왔습니다. 어찌나 서둘렀던지 양잿물 몇 방울이 손에 튀면서 화상도 입었지요. 저는 전에 썼던 붓을 서랍에서 꺼냈습니다.

　신문지 편지를 읽었던 다음 날, 퉁퉁 부은 눈으로 유월회 사람들을 찾아가 사과를 건넸답니다. 양잿물에 붓이 상했거든요. 더는 그림을 그릴 수 없을 정도였지요. 몰래 붓을 훔쳐 간 데다가 망쳐 놓기까지 하다니. 이건 정말 저답지 않았습니다.

　하지만… 하루 전으로 돌아가더라도 저는 똑같은 선택을 했을 겁니다.

　배상하겠다는 말에 박도진이라는 분이 그냥 가져가라고 하더군요. 선물로 주는 거라고요. 그렇게 가져온 붓은 매표소 쓰레기통 대신 서랍 안에 놓이게 되었습니다.

　언젠가, 혹시라도 언젠가 그가 편지를 주고 갈지도 모른다는 기대 때문이었지요.

사랑의 큐피드

어제 마시다 남겼던 찻물을 손에 부어 응급처치를 한 뒤, 양잿물에 붓을 적셨습니다. 그러고는 신문에 칠을 했지요.

곧이어 시야가 흐릿해졌습니다. 쏟아진 눈물이 신문지를 더 짙게 적셨습니다.

성윤 씨는, 하고 싶은 말을 담을 수 있는 글자를 찾고, 또 찾았었나 봅니다.

한 면에 하나, 아니면 두 면에 하나, 동그라미가 나왔습니다.

울지 말아요.

더는 동그라미에 가둘 글자가 없었던 걸까요. 아니면 더는 주저하지 않았던 걸까요.

드디어 그의 필체가 나타났습니다.

전해질 리 없는 작별을 전합니다. 저는 오늘 기차를 타고 만주로 떠납니다.

감사했습니다. 부디 당신의 미래가 좋은 하루로만 채워지기를.

그리고 혹시라도 그대의 눈물이 그 신문 때문이었다면,

제 편지를 받아 보았다면,

저를 생각하고 있다면,

그는 뒷말을 잇지 못했습니다. 하지만 저는 그의 뒷말이 무엇인지 알고 있었지요.

저는 신문지를 접어 가방에 넣고는 뺨에 흐르던 눈물을

닦았습니다. 그런 뒤 매표소 문을 박차고 나갔지요. 마침 인쇄소를 나서던 동구가 제 모습을 보고 눈을 동그랗게 뜨며 말했습니다.

"누나, 무슨 일이에요?"

저는 환히 웃으며 어젯밤 정희가 해 줬던 말을 들려주었습니다.

"좋아하는 사람을 만나러 갈 거야!"

좋아하는 사람을 만날 수 있다면, 당장 달려가야지요.

*

오후 2시 반. 사무실 직원 원경은 제시간에 출근했습니다. 그녀의 출근길 풍경은 매번 같았답니다. 어두운 뒷골목을 지나 한참을 걷다 보면 인쇄소가 나오고, 조금 더 걸으면 매표소가 보이지요. 티켓걸인 란주가 웃음으로 그녀를 맞아 주고요.

이런, 오늘은 조금 다릅니다. 안에 극장주가 앉아 있군요.

원경은 너무 놀라 그대로 멈춰 섰습니다. 곧이어 어색한 목소리가 나왔지요.

"안녕하세요."

서랍을 열며 무언가를 찾던 극장주가 고개를 들어 원경을 보았습니다.

"오, 정시에 출근했군요."

극장주는 서랍에서 껌을 꺼내서는 찬찬히 포장지를 벗겨 냈습니다. 그러고는 입 안으로 껌을 밀어 넣었지요. 두 눈을 감으며 오물오물 씹는 걸 보니 그 맛을 음미하는 것 같았습니다.

매표소에 앉아 껌을 씹고 있는 극장주라니!

원경은 이게 무슨 일인지 가늠도 되지 않았습니다.

사랑의 큐피드

"저기, 란주 씨는 어디로 갔나요?"

"아, 란주 씨요. 란주 씨는 환상극장에서 운명적인 사랑에 빠졌답니다. 그래서 일을 그만뒀지요. 아무래도 새로운 티켓걸을 찾을 때까지 제가 대신 일해야겠네요."

"란주 씨가 일을 그만뒀다고요?"

"티켓걸을 모집한다는 공고를 내 주세요."

"예? 네, 알겠습니다."

원경은 속으로 이상한 일이라고 생각했습니다. 갑작스레 일을 그만둘 사람처럼 보이지는 않았거든요. 요 며칠 이상하긴 했지만요. 매표소에서 한참을 울지 않나, 앞에는 젖은 신문지까지 수북이 쌓여 있지 않나. 그날 공연을 보러 왔던 관객 대다수가 그녀의 눈물을 보았을 겁니다. 정말 무슨 일이 있었던 걸까요?

고개를 갸우뚱거리며 잠시 생각을 해 보던 원경은 뒤늦은 깨달음에 목소리를 높였습니다.

"란주 씨 일을 대신하시겠다고요? 티켓걸을요?"

극장주는 오른손으로 턱을 괴더니 책상 왼쪽에 놓인 티켓 뭉치를 왼손으로 집으며 말했습니다.

"극장에 관해서라면 그게 무슨 일이든, 누구의 일이든 모르는 게 없답니다. 그러니 걱정할 필요는 없어요. 특히나 매표소라면, 최근에 경험도 쌓았지요. 란주 씨를 도와 매표소를 지킨 적이 있거든요."

원경은 경악한 얼굴로 극장주를 보았습니다. 하지만 이만 가 보라는 극장주의 손짓에 즉시 사무실로 걸음을 옮겼지요. 굳이 극장주의 명을 어길 필요는 없으니까요.

원경은 극장주를 무서워하는 직원 중 한 명이었습니다.

사실 극장주를 두려워하지 않는 이는 거의 없었습니다. 그건 인간에게 있어서 일종의 본능과도 같답니다. 인간은 자신과 다른 존재를 본능적으로 감지하고, 초월적 존재인 신을 두려워하지요. 그래서 신은 가장 약한 이의 모습으로 인간 앞에 나타나곤 한답니다. 자신의 정체를 감추면서 인간과 함께 더불어 살아가는 방법을 찾아낸 거랄까요.

하지만 신도 간과했던 부분이 있었습니다.

인간은 자신보다 약한 이에게 호의적이지 않거든요.

특히 경성에서는요. 일본인은 조선인을, 남성은 여성을, 조선인은 중국인을, 도시인은 지방인을, 지식인은 문외한을, 강한 자가 약한 자를 경시하고 억압하는 일이 너무나 많았습니다.

그렇기에 극장주는 란주를 아꼈습니다. 극장주의 다른 면모를 알아보는 이는, 인쇄소 사환으로 일하는 어린아이에게 관심을 기울이는 이는 정말 적었거든요.

보세요. 서랍 안에 가득 들어 있는 스피아민트를요.

가격이 문제가 아니지요. 이건 정성이랍니다.

게다가 란주는 극장주를 사랑의 큐피드로 만들어 주었습니다. 란주가 내준 소문 덕분에 관객도 크게 늘었죠.

그러니 사랑의 큐피드라는 소문에 걸맞도록, 그녀의 사랑을 힘껏 도와줘야지요.

극장주의 시야에 다시 텅 빈 거리가 담겼습니다.

그의 시야에는 항상 환상극장이, 이 거리가, 경성이, 그리고 이곳을 살아가는 사람들이 담겨 있답니다.

어딘가로 달려가는 란주의 뒷모습이 극장주의 두 눈에 보이네요. 벌써 경성역에 도착했군요. 이대로 조금만 더 달려간다면, 역사 안 긴 의자에 앉아 신문에 만년필로 동그라미를 그리고 있는,

사랑의 큐피드

이제는 전할 수 없는 편지를 쓰고 있는 성윤을 보게 될 겁니다.

재회한 두 사람이 기차를 타고 경성을 떠난다면 더는 극장주도 그들의 모습을 볼 수 없겠지요. 관객이 막이 내려간 무대를 볼 수 없는 것처럼요.

그래도 그 뒤를 그려 볼 수는 있지 않겠어요?

극장주는 그들의 행복한 미래를 그려 보았습니다.

또 모르지요. 그래도 신은 신이니까요. 그의 상상이 두 사람의 미래를 축복할 수도 있잖아요.

뚜벅뚜벅. 발걸음 소리가 들리네요. 성윤에게 다가가는 란주의 발걸음이랍니다.

빠르게 그에게 다가가 다시는 멀어지지 않을 소리지요.

빛이여 빛이여

한컨

배경

1920년대 중반. 극단 유월회의 연극〈카르멘〉재연 10년 전.

등장인물

송혜화(20대 중반, 여)　유월회의 초연작〈카르멘〉의 '카르멘'
　　　　　　　　　　　　역을 맡은 주연 배우. 열혈단 단원.

비아(20대 중반, 남)　유월회의 조명, 미술 스태프. 열혈단 단원.

극장주(성별, 나이 미상)　환상극장의 극장주를 비롯하여 경찰,
　　　　　　　　　　　　열혈단 단원 등 멀티 배역을 맡는다.

무대

공연 시작 전에는 붉은 벨벳 커튼으로 무대가 가려져 있다.

무대 바닥에는 회전무대가 설치되어 있다.

무대 배경에는 비아가 그림을 그릴 수 있도록 대형 캔버스가
벽처럼 부착되어 있다.

노란 조명과 빨간 의상과 푸른 그림자가 잘 보일 수 있도록

무대장치는 최소화한다.

서막

화려한 경성의 밤거리를 비추는 가로등을 따라, 현실을 지나 환상을 찾아 허상을 좇아, 종로경찰서 맞은편 화신백화점 뒤편. 백화점 정면에선 네온사인에 가려 보이지 않는, 그러나 몸을 돌려 한 발 내디디면 무덤가의 도깨비불처럼 드러나는, 지하로는 1층 지상으론 2층 규모의 붉은 벽돌로 지어진 1500석 대극장. 오늘 밤 극장의 붉은 커튼이 열리면 개관 기념 공연의 막이 오른다.

극장의 첫 공연은 극단 유월회의 〈카르멘〉. 동경에서 돌아온 젊은 유학생들이 식민지 백성들의 눈물이나 질질 짜내는 신파극은 궁상맞다며 서구에서 도입했다는 새로운 극, 일명 '신극'. 과연 이 시대에 어울리는 창작진. 의병도 만세도 봄날의 꿈처럼 지나가고, 만세운동으로 쟁취한 건 독립이 아니라, 총독부가 입술의 꿀 코끝의 꽃처럼 감질나게 허가해 준 예술, 출판, 언론. 그 손톱만 한 '문화'에 감지덕지하면서 오늘은 여기서 신문이 내일은 저기서 잡지가 나오는 시대. 이 치열한 언론계에서 독자의 관심을 끌려면 시국 비판, 정론 집필만 빼고 뭐라도 해야 할 판이니 신생 언론 〈제국일보〉에선 신규 구독자에게 공짜 표를 끼워 주고, 극장은 〈제국일보〉에 광고를 하고. 누구는 만세 부르다 태형 맞은 자리가 덧나서 죽었다더라 누구는 사회주의라는 요상한 사상에 물들었다더라 누구는 지주에 소출을 다 뺏기고 소작쟁의를 하다가 감옥에 갔다더라는 귓가의 이명을 애써 못 들은 척 쉬쉬하면서.

빛이여 빛이여

이러한 시대에 유학하고 돌아와 봤자 경성에 마땅히 취직할 괜찮은 직장이 없으니 창작열은 무료함에서 나오는 법이라 예술을 하는 엘리트들, 고매한 예술을 몰라보는 우매한 민중을 계몽하고 싶은 예술가들이 조직한 극단과 신극.

무작정 만세만 불러 봤자 소용없다며 실력을 기르자는 애국지사들과 사칙연산과 글자 정도는 알고 칼 찬 교사에 복종하는 국민을 길러 내자는 총독부의 셈이 맞아떨어진 기묘한 합산으로 전국에 소학교가 늘어나고, 그러니 신문도 연극도 즐길 수 있는 기초 교육을 받은 관객이 늘어나고. 객석을 가득 채운 관객들은 카페에서 시간 죽이던 레디메이드 인생, 그 카페의 여급, 예술과 유행에 관심 많은 재주 많고 설움 많은 기생, 여학교를 졸업하고 가정부인이 된 신여성, 낙타가 바늘귀를 통과하는 입시에 합격한 학생, 일본인 사장 밑에서 사환 노릇 하는 우등 졸업생, 땅을 뺏기고 무작정 상경한 소작농, 설렁탕을 사 가던 인력거꾼, 그냥 지나가다 들른 사람들. 모두들 '공짜라면 양잿물도 마신다'는 조선 사람들답게 〈제국일보〉에서 뿌려 댄 공짜 표에 혹해서 온 사람들. 답답하고 갑갑한 시대를 버티는 사람들.

유월회는 서운하겠지만, 관객들이 궁금해하는 건 뭔지도 모르는 신극 따위가 아니라 신비에 싸인 극장주. 어느 날 갑자기 경성에 나타나 극장을 지은 순간부터 그림자처럼 그를 따라다닌 소문들, 시선들. 신문과 잡지와 거리에서 저마다 떠들어 대는 루머와 가십. 모두 진실일 수도 모두 허구일 수도 있는 이야기들. 극장 밖에서 극장주를 본 사람은 아무도 없고, 무대 위 조명 아래서 분장을 하고 의상을 입으면 노인도 아이도 여자도 남자도 짐승도 괴물도 귀신도 될 수 있으니.

모두가 이토록 궁금해하는 극장주는 누구인가. 어디서 왔는가. 경성에 오기 전엔 뭘 했는가. 100명이 모이면 100명이 다 다른 수군거림. 조선 팔도 어느 지방 방언도 아닌 고향을 짐작할 수 없는 말투, 외국어 악센트가 섞이지 않은 억양, 성별과 나이를 알 수 없게 낮지도 굵지도 높지도 가늘지도 않고 적당히 듣기 좋은 목소리. 누구는 "요새 모던보이라는 놈팡이들이 계집애같이 장발을 하고 다니는 꼬락서니를 봐. 나라가 망하니 사내가 사내답지 못하고 아주 말세야 말세. 단발령 전으로 돌아가서 아주 상투를 틀겠어. 쯧쯧" 하고 혀를 차고 누구는 "요새 신여성들이 단발을 하다 하다 못해서 이제는 아예 귀밑으로는 머리카락이 보이지 않을 정도로 짧게 치는구나. 세상이 더 망하면 여자들이 아주 삭발을 하고 다니겠어. 떼잉"이라며 혀를 갈기는 헤어스타일.

겹겹이 껴입어 몸매를 드러내지 않는 옷차림. 프러시안블루, 코발트블루, 애시블루, 마린블루, 세룰리안블루, 세상의 모든 블루를 모아 톤 온 톤으로. 피를 닦을 수 있는 행커치프. 교수대 올가미 같은 실크 넥타이. 취조실 전구 아래 차르르 빛나는 비로드 조끼. 조끼 주머니엔 째깍째깍 죽음을 재촉하는 회중시계. 쟈켓 안주머니는 심장 위치에. 권총을 빠르게 꺼낼 수 있게. 언제 어디서 체포당할지 모르니 평시에나 수면 시에나 입어야 하니까 구겨지지 않고 움직이기 편하게. 구두는 들키지 않게 접근하고 잡히지 않게 도주해야 하니 소리 나지 않는 부드러운 밑창. 이 극장의 무대의상을 제작하는 보헤미안 양복점에서 치수를 재어 몸에 꼭 맞는 의상.

사시사철, 한여름에도 끼고 다닌다는 장갑. 열 손가락보다 더 많은 추측들. 독립운동을 하다가 고문을 당해서 손톱이 모두 빠졌다는 얘기도 있고, 약지를 잘라 혈서를 썼다고도 하고, 일본

폭력 조직에서 탈퇴하려고 새끼손가락을 잘랐다고도 하고, 약혼자가 죽고 나서 절대 결혼하지 않으려고 왼손 약지를 잘라 버렸다고도 하고, 총을 쏘지 않으려고 검지를 잘랐다고도 하고, 열 손가락에 낀 다이아 반지를 감추려고 한다고도 하고.

성실과 근면으로 착실히 저축할 수 없는 시대에 노름과 도박에 한탕을 노리는 사람들이 극장주의 국적을 놓고 벌이는 한판 내기. 독립운동을 하던 조선인과 노서아인의 혼혈로 독립운동 단체의 비밀 지령을 받고 연해주에서 왔다는 데 판돈을 걸고. 중국인과 조선인 사이에서 태어나서 만주에서 기차를 습격해서 금괴를 탈취하던 비적은 확률이 얼마나 될지. 미국 서부에서 조선인과 서양 선교사 사이에서 태어났는데, 보안관을 죽여서 거액의 현상금이 걸려 있다더라. 그런데 현상금 사냥꾼과 짜고 쳐서 현상금의 절반을 차지한 후 현상금 사냥꾼을 배신해서 나머지 절반도 차지하고 조선으로 도주한 범죄자는 어떨까. 판을 정리하는 꾼이 종합해 보면, 조선인인 것 같기도 하고 아닌 것 같기도 해서 조선인과 외국인이 반반 섞인 걸로. 이번 판은 나가리. 판돈은 각자 주머니로.

오래된 폐가에 귀신이 붙듯이 신식 극장에는 소문이 떠돈다. 서대문형무소에서 수인들이 강제 노역으로 찍어 낸 붉은 벽돌을 싸게 공급받아 지은 극장 지하에 비밀 독립운동 기지가 있다는 말도 있고, 반대로 서대문형무소에 보낼 수도 없는 아주 흉악한 죄인을 몰래 감금하는 비밀 감옥이 있다는 풍설도 있고, 하여튼 뭐가 있는진 몰라도 극장주가 지하에 귀중하고 무서운 걸 숨겨 두고 있어서 밤낮으로 극장을 떠나지 못한다고들 수군수군.

극장 옆 인쇄소에서 위조지폐를 찍어서 그 돈으로 극장 건물을 올렸다고도 하고, 독립운동 단체 회원을 모집하는 전단을 찍는다고도 하던데, 정상적으로 티켓과 리플릿을 인쇄한다는 생각을 하기엔 터무니없이 싼 대관료. 이 크고 훌륭한 대극장을 30원에 대관해 준다고 하니 벌써 경성 공연계가 들썩여서 일반 관객들도 쑥덕쑥덕. 그와 비례해서 늘어 가는 흉흉하고 어이없는 뒷말들. 커피가 10전, 삐루가 40전인 데 비하면 꽤 저렴한 극장 대관비 30원. 대관 조건은 하나. 극장주의 심사를 거쳐 극장주의 취향에 맞는 공연만 무대에 올릴 수 있다. 문화 애호가들 분석으로는, '에로그로'는 아니지만 평범한 편도 아니라고.

드디어 관객들과 극장주와 극단과 모두가 기다리던 〈제국일보〉의 정 사장이 일부러 조금 늦게 등장해서 가장 좋은 자리에 앉는다. 예술의 후원자, 친일 언론의 사주, 오늘의 귀빈. 극장주는 정 사장 옆자리에 앉는다. 무대의 붉은 커튼이 열리고 조명이 환하고 관객들이 환호한다.

잠깐, 그래서 극장주는 대체 누구인가. 그것은 막이 내리고 조명이 꺼지고 관객들이 극장을 나서면 알게 될 것이다.

1막

1장
극장

관객석이 어두워지고 막이 오른다. 무대 한가운데 새빨간 원피스를 입고 피처럼 붉은 구두를 신은 주연배우 송혜화가 노란 조명을 정면에서 받고 있다. 강한 조명 덕에 송혜화의 얼굴이

빛이여 빛이여

마치 회화처럼 평면적으로 보인다. 혜화의 뒤에 푸른색 그림자가 드리워진다.

극장주와 똑같은 의상을 입은 미술 담당 스태프 비아가 무대 뒤에서 조명을 들어 귀빈석의 〈제국일보〉 사장을 비춘다. 눈이 부신 사장이 팔을 들어 눈을 가린다.

관객석의 극장주가 심장을 꺼내듯 쟈켓 안주머니에서 권총을 꺼내 혜화에게 던진다. 혜화가 오른손으로 권총을 받아 잡고 망설임 없이 그대로 거사의 타겟인 〈제국일보〉 사장을 향해 발사한다.

(총소리 효과음) 탕.

비아가 쟈켓 안주머니에서 심장 대신 권총을 뽑아 떨리는 두 손으로 잡고, 쏜다.

(총소리 효과음) 탕.

비아가 권총의 작은 반동에 놀라 크게 휘청이며 두어 걸음 뒷걸음질친다. 비아의 총탄에 심장을 정확하게 관통당한 송혜화가 쓰러지고 무대에 피 웅덩이가 고이고 〈제국일보〉 사장이 피를 흘리며 기괴하게 목이 꺾인다.

비아   (의지할 곳이 작은 총밖에 없는 듯 여전히 양손으로
        권총을 잡은 채 벌벌 떨면서 시선은 송혜화에게
        고정하고) 도망쳐야 해. 달아나야 해. 그러기로 했잖아.
        계획된 거사와 정해진 각본. 상황이 주어지면 배우들이
        즉흥으로 대사를 만들어 내는 '구찌다테'식 즉흥연기가
        신극엔 없어. 신극은 대본을 문학으로 공연을 예술로.

정교한 설계, 반복된 숙련. 대본에 있는 지문 따라 행동해. 만약 잡히면 대본에 있는 대사만 암기해. 공연이 끝나고 관객이 나가고 조명이 꺼지고 분장을 지우고 의상을 벗고서 극장을 떠나야 해. 그런데 그럴 수 있을까.

비아, 총을 툭 떨어뜨리고 양손으로 심장이 있는, 총을 넣고 다녔던 왼쪽 가슴을 움켜쥔다.

극장주가 장갑 낀 손으로 행커치프를 뽑아 얼굴에 튄 피를 쓱쓱 닦아 낸다. 관객들은 처음에는 총소리가 음향효과인 줄 알고 손뼉을 치다가 이내 우왕좌왕 갈팡질팡 대혼란에 빠져 뒤엉키며 극장 밖으로 빠져나간다. 비아, 열린 극장 문으로 들어오는 빛이 눈부신지 〈제국일보〉 사장이 죽기 전에 했던 동작처럼 팔을 들어 눈을 가린다. 무대가 암전된다. 관객들이 빠져나가고 죽은 〈제국일보〉 사장도 없어지고 극장 문이 닫힌다.

무대에 조명이 들어온다. 공연은 끝나고 관객석은 비어 있다. 무대 위에는 노란 조명 아래 푸른 의상을 입은 비아가 피범벅이 되어 피 묻은 의자에 앉아 있다. 스포트라이트가 비아의 머리 위로 수직으로 떨어져 그림자가 보이지 않는다. 눈을 감은 비아의 젖은 속눈썹 끝에서 물, 땀, 피, 혹은 눈물, 혹은 피눈물이 뚝뚝 떨어진다.

비아 (낮고 작은 그러나 또렷한 목소리로) 아파, 아파, 아파.

송혜화, 피에 젖은 붉은 원피스를 입은 모습으로 마리오네트를

빛이여 빛이여

조종하듯 극장주 뒤에서 이리저리 손짓한다. 극장주, 피 묻은
행커치프를 원래대로 접어 쟈켓에 꽂아 넣고 키스할 듯 비아의 입술
끝에 얼굴을 들이댄다. 비아, 거울을 보듯 극장주를 마주 본다.

비아　(마른 입술을 달싹이며) 나를 구해 줘 죽여 줘 구해 줘
　　　죽여 줘….

극장주　(감정을 알 수 없는 어조로) 말해. 송혜화를 왜 죽였지?

비아　(대사를 암기하듯 어색하게) 죽은 송혜화가 전부 다….
　　　(눈을 감고 이를 악물고 입술을 꾹 다문다.)

극장주　왜, 너도 송혜화가 이전 의거에서 죽은 애인에게 했던
　　　대로 죽은 송혜화에게 다 덮어씌우고 빠져나가려고?

송혜화　(관객석을 등지고) 말해. 찢어진 심장처럼 새빨간
　　　립스틱을 바른 내 입술을 보면서. 찢어지는 네 마음을
　　　보면서 내가 입술이 찢어져라 입꼬리를 당겨 올리며
　　　묻잖아. 말해 봐. 왜 나를 죽였지.

비아　(송혜화의 목소리에 감고 있던 눈을 뜨며) 아니야,
　　　아니야. 모두 연극이었어. 무대에서 눈물로 울며 죽어도
　　　커튼콜 때 환하게 웃으며 살아서 관객들에게 인사하는.
　　　(차마 송혜화를 만지지는 못하고 손만 뻗으며) 이건 특수
　　　분장이야… 피가 아니야… 물감이야….

극장주　(빈정대며) 그럼 〈제국일보〉 정 사장이 죽은 것도
　　　연기였나?

송혜화　그것은 대단히 연극적인 방식의 처형. 친일 언론인에게
　　　어울리는 대중적인 경고. 볼거리를 원하는 구경꾼들
　　　앞에서의 공개적인 처단.

극장주   송혜화가 〈제국일보〉 사장을 쏜 것과 거의 동시에 네가
          송혜화를 쏘았어. 열혈단에 포섭된 지 얼마 되지 않아
          제대로 된 훈련도 못 받고 오직 이번 거사를 위해 급하게
          투입된 네가 어떻게?

비아   철저한 암기와 수없는 연습과 실제 공연 같은 리허설.
          무대에서 실수하지 않는 비결은 오직 그뿐.

송혜화   (비아를 등지고 관객석을 향하며) 대본대로 대답해.

비아   (힘없이 축 늘어지며) 대본대로? 나는 배우가 아니야.
          나는 소품과 조명과 배경 담당. 암전된 무대 위에서
          가려진 무대 뒤에서 소리 없이 움직이는 스태프.

극장주   (귀엣말하듯 비아의 귓가에 비밀스레) 송혜화가 죽지
          않았다면 이 자리에 너 말고 송혜화가 있겠지. 그때처럼
          송혜화가 거사 후에 자결하지 않을까 봐, 송혜화가
          정 사장 살해에 연관된 열혈단 단원 명단을 다 불까
          봐 열혈단은 일부러 네게 아무것도 알려 주지 않고
          햇병아리인 네가 송혜화를 제거하게 한 거야. 송혜화가
          정 사장을 죽이고 네가 송혜화를 죽이는 것까지가
          작전이었던 거야. 너는 그 후에 극장의 '관계자 외
          출입 금지' 통로로 빠져나가면 되고. 만약 네가 이렇게
          잡히더라도 죽은 송혜화가 계획부터 실행까지 혼자
          다 했다고 우기고 너는 아무것도 모르는 척하면 되고.
          열혈단은 두 번 실수하고 싶진 않았지. 그때처럼
          실패하지 않으려고. 열혈단에서 너는 한 발의 총알에
          불과했어. 쏘고 나면 버리는.

송혜화   (극장주가 댄 쪽이 아닌 다른 쪽 귓가에) 열혈단은

너를 속이려 했어. '송혜화는 밀정이야. 그러니 망설임
없이 송혜화를 쏴'라고. 너는 열혈단에 농락당한 거야.
그러니까 내가 알려 준 대로 자백해. 대본 그대로.
즉흥연기 없이.

극장주　그러니까 너를 우롱한 열혈단 놈들 이름을 대라고. 너랑
송혜화 말고 또 누가 극단에 잠입했지?(찡긋 눈짓하며
자신을 가리키고 곧바로 아무 일도 없었던 척한다.)

비아　(극장주를 못 본 척) 열혈단은 점조직이라 같은 작전에
투입된 단원 외엔 몰라. 아무것도. 브리프케이스를 통해
지령을 전달받을 뿐.

극장주　한번 무대 위에 오르면 극이 끝날 때까지 내려갈 수 없어.
지연 입장도 중도 퇴장도 안 돼. 일단 시작하면 멈출 수
없어. 연극을 하는 동안엔 과거도 미래도 없어. 현재를
박제하지. 거사도 연극처럼. 잘 짜인 각본대로. 소품이
망가져도 대사를 잊어도 진행해야 해. 너는 이 연극이
끝나기 전까지 여기서 나갈 수 없어.

　송혜화, 무대 뒤에서 의자를 끌어와 비아와 마주 보고 비아와
같은 자세로 앉는다.

송혜화　나는 무대 위의 너. 너는 무대 뒤의 나. 연기해. 무대
위에서. 의거를 감행해. 무대 뒤에서. 대답해. 나를
어떻게 죽였지?

비아　혜화 네가 요구했지. 너의 미세한 표정까지 다 보이도록
감출 수 없게 도망칠 수 없게 피할 수 없게 가장 강한

조명을 너의 얼굴에.

비아, 혜화의 얼굴을 마주 본다. 혜화와 비아는 거울을 보듯
서로의 행동을 똑같이 따라 한다.

송혜화   그리고 내 눈이 밝은 조명에 익숙해지면 그 조명을
　　　　　관객석으로. 타겟이 잘 보이게. 그 타겟이 눈이 부셔서
　　　　　아무것도 할 수 없도록. 그 틈에 타겟의 심장을 정조준.

비아   그리고 그 총성이 사라지기 전에 내가 너의 심장을…
　　　　　그것은 너의 오랜 소원. 나의 외론 사랑. 말이 아닌 고백.
　　　　　너의 과거. 나의 미래. 그때 네가 있던 자린 지금 내가
　　　　　있는 이곳. 그때 너는 지금 나처럼 무대 뒤에. 지금 나는
　　　　　그때 너 대신 무대 위에.

송혜화, 비아에게 손을 뻗는다.

송혜화   말해. 찢어진 상처에서 흘러나오는 피처럼 찢겨진 옷
　　　　　사이로 보이는 맨살처럼 어쩔 수 없이 새어 나오는
　　　　　진심을 말해 봐. 나를 왜 죽였지.

비아, 송혜화에게 손을 뻗는다.

비아   내가 열혈단을 이용했어. 죽기 위해. 목을 매거나
　　　　　키니네를 마시거나 한강철교에서 투신하거나 철로에
　　　　　드러누울 용기가 없어서. 나의 죽음은 데카당스한

형태의 자살. 나는 무죄 아니면 사형.

송혜화, 비아의 손을 잡지 못하고 손끝만 겨우 닿는다. 비아가
송혜화의 손을 깍지 껴서 잡는다.

송혜화   네가 죽은 이유 말고. 나를 왜 죽였지.

비아   너의 연극을 끝내기 위해. 커튼콜에서 관객에게
     인사하려고. 모든 연극은 커튼콜을 해야 조명을
     끄고 막을 내릴 수 있으니까.

비아, 송혜화   (동시에, 서로를 간절하게 보며) 나를 감옥에 보내지
     마. 제발….

극장주, 비아와 송혜화 사이에서 둘의 손을 떼어 놓는다.
송혜화가 서 있는 자리를 비추던 조명이 꺼진다. 송혜화는 어둠 속에
있어 관객에게는 보이지 않는다.

극장주   비아를 창문도 변소도 없고 몸 하나 누이지 못하는
     어둡고 좁고 갑갑한 네모난 먹방으로. 감옥 바깥 경성은
     아주 활기차고 시끄럽고 요란하고 화려하고 반짝이고
     감옥 안은,

무대 암전되어 비아와 극장주도 보이지 않는다. 관객들에게는
비아의 목소리만 들린다.

비아   아무것도 보이지 않고 들리지 않는 감옥 안에서 할 수

있는 건 회상과 상상뿐. 이것은 관객 없는 방백. 고백 같은 독백. 혼자 하는 이인극. 둘이 하는 일인극. 혜화와 나의 1인 2역과 2인 1역. 비명과 신음으로 가득 찬 무언극. 절대 누구에게도 하지 않을 이야기.

2막

1장
경성으로 가는 기차 안

재와 먼지를 뒤집어쓴 듯 흑도 백도 아닌 애매한 경계의 중간색인 회색. 얼티미트그레이, 애시그레이, 스틸그레이, 시셸그레이, 에보니그레이, 세상의 모든 회색을 톤 온 톤으로 맞춘 스리피스 정장을 갖춰 입은 비아, 중절모로 얼굴을 가리고 넥타이를 바짝 매고 잔뜩 긴장한 채로, 누가 봐도 수상하게 브리프케이스를 품에 꼭 안고 경성행 기차에 앉아 창밖도 보지 못하고 초조하게 눈동자만 굴리고 있다. 졸업을 한 학기 남긴 미술대학 유학을 그만두고 귀국하는 길이다.

붉은색 기모노를 입고, 비아와 똑같은 브리프케이스를 들고, 기모노와는 어울리지 않는 빨간 구두를 신은 송혜화가 또각또각 다가와 비아의 옆자리에 앉는다. 비아의 브리프케이스에 송혜화의 브리프케이스(briefcase, 서류 가방)를 브리프(brief, 잠시)하게, 부딪는 첫인사.

빛이여 빛이여

송혜화 (스스럼없이 친근하게 비아 곁에 붙어 앉아 정말
　　　　　　여행이라도 가는 듯 들뜬 목소리로 쾌활하게) 내가 좀
　　　　　　도와줄까요? 기모노를 입으면 일본인으로 오인당해
　　　　　　편하답니다. 그리고 혼자보다는 가족 승객이 일본
　　　　　　경찰의 주목을 받지 않지요. 그러니 이 기차 안에선 내
　　　　　　남편이 되어요. 우린 일본에서 만나 자유연애로 결혼한
　　　　　　신식 부부예요. 우리 사이엔 사랑의 결실인 귀여운
　　　　　　아기도 있지요. 우리가 귀국한 이유는,

비아는 그 순간, 브리프케이스는 그대로 두고 이대로 혜화의
손을 잡고 무작정 다음 역에서 내려 방을 얻고 살림을 차리고 아무
일 없는 낮을 보내고 저녁이면 혜화를 닮은 빨간 원피스 입은
딸아이를 무릎에 앉히고 오물거리는 조그만 입에 밥을 떠먹이는
삶을 상상해 본다.

그러나 그 순간 그 상상을 산산조각 내기 위해, 비아의 시야에,
프러시안블루, 코발트블루, 애시블루, 마린블루, 세룰리안블루,
세상의 모든 블루를 모아 톤 온 톤으로 몸에 맞게 재단한 슈트를
입고 장갑을 낀 극장주가 점점 다가온다. 극장주는 칸칸마다 가상의
승객들을 몸수색하는 마임을 하며 일본 경찰을 연기한다.

비아는 다가오는 극장주를 빤히 본다. 전에 어디선가 본 적 있는
차림새인데… 극장주도 비아를 알아보고 윙크한다. 비아에겐 달리
선택지가 없다. 고개를 끄덕끄덕. 비아의 귓가에 닿는 혜화의 붉은
입술. 덜컹이는 기차. 덜컥이는 심장.

송혜화 (실룩이는 입가로 비어져 나오는 웃음을 참으며
　　　　　 비아에게 은밀히) 옷을 벗어 줘요.

비아　　(당황하기도 하고 부끄러워하기도 하고 어쩐지
　　　　　 수줍어하기도 하면서) 다요? 여기서요?

송혜화 (풋 하고 풋사과처럼 웃으며) 아니. 쟈켓만.

　송혜화, 비아가 벗어 건넨 쟈켓을 뭉쳐 강보에 싸인 갓난애
어르듯 품에 안고, 여전히 긴장한 채 앞만 보는, 아니면 다른 감정을
숨기려고인지 혜화를 보지 않는 비아에게 기댄다.

송혜화 이게 신파극의 '구찌다테'식 연기라는 거예요. 장면과
　　　　　 상황을 주면 배우들이 즉흥으로 연기하는. 지금
　　　　　 경성에선 신극 운동이 일어나고 있어요. 신파극과는
　　　　　 다른 새로운 극. 신극의 연기는 신파극과는 확연히
　　　　　 다르지요.

　일본 경찰을 연기하는 극장주는 비아와 혜화를 지나쳐 간다.
방심한 비아가 한숨을 내쉬는데… 앞 칸으로 갔던 극장주가 다시
돌아와 비아와 혜화를 향해 다가온다.

송혜화 (장난스레 눈을 빛내며) 이번엔 당신이 연기할 차례.

　극장주가 혜화의 품에서 뭉쳐진 쟈켓을 빼앗아 던지자 혜화가
와락 울음을 터뜨리며 비아의 품에 얼굴을 묻고 어깨를 들먹인다.

빛이여 빛이여

비아   (방백) 내 심장 소릴 듣고 있나. 웃고 있나 울고 있나.
      어색한 손으로 그녀를 더 깊이 내 품에 묻고서 갈 곳
      잃은 손으로 괜히 그녀의 팔만 주물럭거리고.(유학 시절
      익힌 유창한 일본어로) 아내가 아이를 잃어 마음에 병을
      얻었습니다. 집에 있으면 자꾸 아이 생각이 난다 하여
      낯선 조선으로 요양 겸 여행하러 가는 길입니다. 아내를
      안정케 하려면 뭐든 품에 안을 게 필요한데, 그걸 그렇게
      아무 말씀 없이 빼앗아 버리시면….

    비아의 눈앞에 떠올랐던 빨간 원피스 입은 아이가 비아의
무릎에서 일어나 어디론가 포르르 뛰어가 버린다. 마치 쟈켓을 뺏긴
비아를 원망하듯이. 비아는 망연히 아이의 뒷모습만 본다. 점점
가슴이 뻐근하고 울컥 울음이 올라온다.

    극장주, 미친 아내를 달래는 불쌍한 남편인 척하는 비아를
흘긋거린다. 다 알고 있다는 듯 브리프케이스를 열라고 손짓한다.
비아가 브리프케이스를 연다. 안에는 스케치한 종이들이 가득하다.
극장주는 스케치를 들여다보고는 닫으라는 뜻으로 브리프케이스를
툭 치고 지나간다.

비아   (브리프케이스를 닫고 쟈켓을 주워 입으며) 운이 좋았지.
      이번엔 정말로. 나의 가짜 아내.
송혜화 (장난스레 웃으며 얼굴을 비비느라 비아의 옷에 묻은
      박가분을 털며) 경성에 도착하거든 보헤미안 양복점에
      가서 옷이나 한 벌 맞추어요. 대금은 이미 지불되었으니.

비아, 혜화의 말이 의미하는 바를 알아채고 얼굴이 굳어진다.

송혜화 (비아의 표정을 보고도 못 본 척하며 명랑하게) 미술
　　　　하는 분이신가요?

비아　　지금은 아닙니다. 일본에서 미술대학에 다녔지만.

송혜화 왜 그만두셨나요?

비아　　화가로 살려면 조선미술전람회에 출품해서 입선해야
　　　　하는데, 그러려면 '조선 색'이 살아 있는 그림을 그려야
　　　　하지요. 황토색 피부에 조선옷을 입은, 아니 헐벗은.
　　　　조선에는 그렇게 살결을 그을릴 태양이 없어요. 그건
　　　　남양군도의 햇빛이지요. 조선 사람의 피부색은 그렇지
　　　　않습니다. 사람들은 그걸 '토속적'이라고 하지만,
　　　　아니요, 그건 조선이 아직도 미개하다는 도상이지요.
　　　　나는 그런 그림을 그리기 싫습니다. (방백) 아니다.
　　　　나는 도망쳤다. 졸업하려면 졸업 작품으로 자화상을
　　　　그리거나 자소상을 조각해야 했다. 나는 거울을 볼
　　　　수 없었다. 어두운 시대의 무력한 예술가. 고국에선
　　　　소학교만 겨우 졸업한 또래들이 독립운동하다가 감옥엘
　　　　가는데 나는 아비 돈으로 유학하며 불만만 많은 배부른
　　　　도련님. 졸업하면, 선전에 입선하지 않은 화가는 경력이
　　　　없어서 그림을 팔 수 없는데, 나는 누구를 위해 무엇을
　　　　그려야 할까. 이런 내 모습을 정직하게 마주하고 그림을
　　　　그릴 수는 없었다.

송혜화 브리프케이스 안의 스케치들은 무엇이었나요?

비아　　그건 언젠가 그리고 싶은 그림입니다. 구라파에

'인상파'라는 미술 사조가 있지요. 햇빛을 받아 시시각각 변하는 풍경을 그리는. 나도 인상파처럼 노란 햇살 아래 빨간 옷을 입은 여인과 푸른 그림자[1]를 그리고 싶은데, 조선이나 일본에는 구라파의 찬란한 태양 빛이 없어요. 그건 자유의 빛이니까요. (방백) 그러나 나는 알아.

구라파에도 자유는 없어. 해가 지지 않는 영국에도, 문명 과학 진보를 자랑하며 식민지인들을 짐승처럼 박람회에 전시하는 불란서에도.

송혜화 (비아의 방백을 들은 듯한 눈빛으로 비아를 보며) 나는 경성에서 입단 시험을 쳐서 단원이 되려고요.

비아 …단원이라니, 열혈단 같은 거요?

송혜화 (제법 여배우처럼 매혹적인 미소를 지어 보이며) 아니, 연극 극단의 단원 말이어요. 이번에 창단하는 '유월회'라는 극단에서 '신극'을 한다며 여학생 출신 배우를 찾는다 해서. 여학생 출신 배우라면 이지적인 느낌을 주겠지요. 그 극단에선 희곡을 문학으로 연극을 예술로 만들고. 극본대로 연기하고. 조선 민족을 계몽하고 각성시키려고 조선이 처한 현실을 반영한 사실주의적인 창작극과 문학작품을 각색한 문예극과 조선처럼 영국의 지배하에 있는 아일랜드의 희곡을 번역하여 번안극을 하려 한다고 해요.

비아 (괜히 꿈꾸는 듯한 혜화의 관심을 끌려고 어린애처럼

---

1   오지호, 〈남향집〉, 캔버스에 유채, 1939 참고.

자기 낯짝에 침 뱉듯 비아냥대며) 아, 그 동경 유학생
도련님들이 작당한 구락부? 또 '민족의 현실' 운운하며
고학생이 고생하다 죽는 연극이나 하려고? 유학생
고생이라 해 봤자 아예 학교 문턱도 못 넘는 수많은
청년들에겐 배부른 투정인데. 게다가 아직 조선
관객들의 수준이 신극을 따라잡을 수 있을까. 관객
드는 꼴을 보면 재연은 힘들 터인데. 언제까지 어디서
제작비를 충당해서 얼마나 가겠다고.

송혜화 (비아의 뻔한 수를 알아채고 여유롭게) 신설 극장 개관
공연이라 대관비가 저렴하고, 〈제국일보〉에서 제작비를
투자받고, 대신 〈제국일보〉 구독자에게 초대권을
준다고 하지요.

비아 (여전히 뻗대며) 〈제국일보〉? 아, 독립투사들을 '폭탄
현행범'이라고 쓰는 간악한 모리배? 연극이 흥행에
실패하면 〈제국일보〉 사주 재산을 빼먹는 격일 테니
결과적으로 해방운동인가. 조선 민족을 위한 극을
하겠다는 단체가 친일 어용 언론에게 투자받는
꼴이라니. 그래도 극단에 갈 겁니까?

송혜화 (담담하게) 그래도 난 배우가 될 거예요. 극단에서 하고
싶은 연기가 있어요. 그쪽도 극단으로 와요. 극단에서
배경과 조명과 무대를 담당할 무대장치부를 구하고
있어요. 구라파의 태양은 아니지만 노란 조명 아래
빨간 의상을 입은 여배우에게 파란 그림자를 드리울 수
있을걸요.

빛이여 빛이여

비아와 혜화, 기차에서 내려 경성역에서 똑같은 브리프케이스를
들고 헤어진다.

송혜화   (손을 내밀며) 나는 '송혜화'예요.
비아   (잠시 멈칫, 하다가 악수하며) 나는 '비아'. 아닐 비, 나 아.
          나는 내가 아니고 싶어요.

혜화는, 잠깐 비아의 아내였던 혜화는 먼저 총총 사라져 가고,
비아는 오랫동안 서서 그 뒷모습을 음미하고. 아무도 듣지 않는
독백으로.

비아   극단에서 봐요.

비아는 자신이 혜화의 직업, 꿈, 가족 등에 대해 아무것도
모른다는 것을 안다. 앞으로도 영영 알 수 없으리란 괴로운 사실도.
배우란 조명 아래 분장하고 의상을 입은 배역으로만 존재할 뿐.

회전무대가 돌아간다. 비아, 회전무대에서 제자리걸음하면
무대는 경성의 '보헤미안 양복점'이 된다.

2장
보헤미안 양복점

비아, 브리프케이스 손잡이를 두 손으로 힘주어 잡은 채

보헤미안 양복점에 들어선다. 극장주, 재봉틀 앞에 앉아 있다가
고개만 돌려 비아를 본다.

> 극장주 사장은 잠시 자리를 비웠습니다. 이런 일을 할 때 늘 그래
> 왔듯이. 이미 다 들으셨겠지만.
> 비아 '비아'라고 합니다. 이미 알고 계시겠지만.

비아는 브리프케이스 손잡이를 꽉 쥔 채 곧장 탈의실로 간다.
탈의실의 원형 바닥 절반은 가벽으로 나뉘어 있다. 탈의실을 반으로
분할한 벽을 밀자 회전무대처럼 돌아가는 탈의실. 밖으로 연결된
비밀 통로.

탈의실 회전무대가 반 바퀴 돌자 가벽을 사이에 두고 비아와
브리프케이스를 든 송혜화가 등을 진다. 스케치 아래 자금을 숨겨
둔 비아의 브리프케이스는 똑같이 생긴 송혜화의 브리프케이스로
교환된다. 송혜화는 자금과 스케치까지 가져가고 비밀 통로로
나가고. 송혜화가 퇴장하자 회전무대가 반 바퀴 돌아 비아가
다시 입구로 나간다. 비아와 송혜화는 서로 마주치지 않고
브리프케이스를 교환한다. 그것이 열혈단의 비밀 유지 방식. 비아가
브리프케이스를 열자 들어 있는 한 자루 권총. 그리고 필적을 가늠할
수 없게 왼손으로 끄적인 열혈단의 쪽지. '밀정이 유월회에 잠입.
처단하라.' 비아가 쪽지를 천천히 씹어 삼키고. 다시 브리프케이스를
잠그고 권총을 심장과 닿는 쟈켓 안주머니에 넣고 탈의실 밖으로
나온다.

빛이여 빛이여

극장주 (이런 일은 처음인 비아가 겁먹지 않게 배려하기 위해
       일상적으로 겪는 일인 듯 일부러 태연하게) 옷 한 벌
       맞추고 가시지요. 머리끝부터 발끝까지. 대금은 이미
       지급되었으니.

비아   옷값이, 어디서?

극장주 유월회 극단에서. 빨간 기모노를 입은 여배우도 여기서
       새빨간 원피스를 맞춘답니다.

비아   보헤미안. 보헤미안. 이런 시절에 보헤미안으로 살 수가
       있나. 그러니 나도 극단으로 가서 극단적으로 살 수밖에.

극장주 (줄자를 들고 비아의 몸 여기저기 치수를 재며) 사이즈랑
       요청 사항은 내가 사장한테 전해 드리지요.

비아   (극장주를 훑어보며 극장주의 외양을 그대로 묘사한다.)
       얼굴을 가릴 수 있게 챙이 넓은 실크 해트. 철창살
       같은 스트라이프 슈트. 앞주머니에 피를 닦을 수 있는
       행커치프. 교수대 매듭 같은 실크 넥타이. 취조실 전구
       아래 결 고운 비로드 조끼. 조끼 주머니엔 째깍째깍
       내 죽음을 재촉하는 회중시계. 쟈켓 안주머니는 심장
       위치에. 권총을 재빠르게 꺼낼 수 있도록. 언제 어디서
       체포당할지 몰라서 평시에, 수면 시에도 입어야 하는
       양복이니 구겨지지 않게 움직이기 편하게. 구두 굽은
       막과 막 사이 무대 위에서, 막이 오른 동안 무대 뒤에서
       종종거려야 하니 소리 나지 않게 부드러운 밑창으로.

극장주 (달래듯이) 구두 밑창이 부드러우면 빨리 닳을 터인데.

비아   밑창이 닳기 전에 수형자의 신발을 신게 될 터이니.

극장주 슈트 컬러는?

비아　　송혜화에겐 레드가 어울렸지. 그럼 나는 블루.
　　　　프러시안블루, 코발트블루, 애시블루, 마린블루,
　　　　세룰리안블루, 세상의 모든 블루를 모아 톤 온 톤으로.
　　　　이제 막이 오른다. 내 무대의상은 그대로 수의가 될
　　　　것이다.

　　비아의 의상이 머리끝부터 발끝까지 푸른색으로 퀵체인지.
극장주, 비아가 입고 왔던 회색 의상을 들고 퇴장. 비아가 심장을
움켜쥐듯 권총이 들어 있는 자리를 손으로 부여잡았다가 놓고
손으로 탁탁 털어 턴다.

　　　　3장
　　　　극장

　　유월회가 공연을 준비 중인 무대는 아직 텅 비어 있다. 극장주가
1막에서 비아가 앉아 있던 의자에서 유월회의 대본을 읽고 있다가
자신과 똑같은 의상을 입고 등장하는 비아를 알아본다. 비아가
똑같은 의상을 입은 극장주를 보고 머뭇거리자 극장주가 일어나
비아와 장갑 낀 손으로 악수하며 도망치지 못하게 자기 쪽으로
끌어당긴다.

　　극장주　(손을 놓지 않은 채) 내가 바로 그 소문의 극장주요.
　　　　　　반갑습니다. 미술 전공으로 유학하셨다고요. 그동안
　　　　　　그리신 그림 한번 봅시다.

빛이여 빛이여

비아   (시선을 회피하며) 스케치를… 가져왔는데… 기차에
      두고 내렸습니다.

극장주 (집요하게 비아의 시선을 따라가며) 없으면 여기서
      간단하게 그려서 보여 주시지요. 감옥 어떻소. 카르멘에
      유혹당해 그녀를 탈출시키고 대신 갇힌 돈 호세의 감옥.

비아   (왠지 불길한 예감에 주뼛대며) 신극을 하신다더니 왜
      오페라를…?

극장주 (손을 놓는다) 〈카르멘〉을 연극으로 번안 각색할 겁니다.

비아   그러니까 왜 하필 〈카르멘〉입니까? 그게 지금 조선의
      현실과 무슨 상관이 있습니까? 카르멘이 담배 공장
      노동자라서? 소위 '민족자본'이라 하는 자본가들의
      공장에서 조선인 노동자들이 탄압받는 현실을 목도하면
      그 참상에 숨이 쉬어지지 않는다던데, '민족은 없고
      계급이 있을 뿐' 이런 주제 의식입니까?

극장주 (비아의 어깨에 손을 얹고 마치 형이 아우를 타이르듯이)
      신생 극단의 빠듯한 자금 사정에 맞춰 대관비도 깎아
      주고, 투자자도 붙여 주고, 관객석도 채워 줄 건데, '붉은
      의상을 입은 여배우가 노란 조명을 받고 푸른 그림자를
      드리우는 사랑 이야기'를 보고 싶다는 내 취향 정도는
      반영되어야지요. 기왕이면 개관작이 흥행작이 되어야
      좋지 않겠습니까. 자유연애 시대 이래로 사랑 이야기는
      차고 넘쳐도 늘 부족하지요.

비아   (극장주의 손을 잡아 내리며) 검은 머리로 〈카츄샤〉[2]니
          〈카르멘〉이니 하는 거 우습지 않습니까! 젊은 청년들이
          신극 운동을 하겠다면 시대를 반영하고 현실을
          직시해야 하지 않겠습니까.

극장주   (허허로이 웃으며) 그럼 현실을 반영해서 경성의
          빈민들 얘기를 하면, 현실을 잊고 연극에 빠지려고
          오는 관객들이 그런 우중충한 현실을 직시하고
          싶어 하겠습니까. 아니 그 전에 극본이 검열이나
          통과하겠습니까. 국가의 안전 수호와 공공질서의
          확립에 반하고, 국력 배양과 건전한 국민경제 발전을
          해치며 사회질서를 문란케 하고 사회 기강과 윤리를
          해치는 퇴폐적인 공연물은 안 된다는데[3] 조금이라도
          민족색을 띤 작품이 무대에 오를 수 있겠습니까.
          모호하게 극본을 고쳐서 검열을 통과한다 해도, 혹시나,
          즉흥적으로, 대본에 없던 '불령한' 대사를 할까 봐
          임석경관이 관객석에서 귀를 세우고 눈을 부라리고
          앉아 있는데. 해방되고 검열이 없어지면 우리가 진짜
          하고 싶은 연극도 할 수 있겠지요.[4]

     비아, 손가락에 우울을 의미하는 세룰리안블루 물감을 묻혀

---

2 톨스토이의 《부활》의 여주인공. 토월회가 1923년 연극 〈카츄샤〉를 공연했다.
3 문공부(文公部)가 1975년에 내세운 방침. 《21세기에 돌아보는 한국 연극운동사》, 유민
영, 푸른 사상, 445쪽.
4 대본사전심사제도는 1988년에 폐지되었다.

빛이여 빛이여

모스부호로 '구해 줘 죽여 줘 구해 줘 죽여 줘…'를 계속 무대 벽면에 찍어 나간다. [5]··-· · ··· --· ···· ·-- ··-- ···· ·---

--·- ·--· ···· - ·-·-· ·--· ···· ·--· --·-

··· ·--· ···· - ·-·-· --·- ···· ·--- --·- ·

--· ···· - ·-·-· ·--· ···· ·--· --·- ·· ·--

· ···· - ·-·-· [6]

비아　돈 호세는 카르멘에게 총을 쏘지… 나를 구해 줘 죽여 줘
　　　구해 줘 죽여 줘 구해 줘 죽여 줘….

맥동하는 손목 동맥을 그었을 때 나왔던 피처럼 생동하는
새빨간 원피스를 입은 혜화가 무대로 나와 그림을 유심히 보다가
비아의 어깨에 손을 올린다. 하얀 손이 점점 아래로 내려와 비아의
심장을 움켜쥐고, 단단한 권총에 보드라운 흰 손이 닿는다. 그
심장이 권총으로 되어 있다는 건 극단에서 비아와 혜화만 안다.

송혜화　그림 좋은데요. 모던하고. (멜로디를 붙여 흥얼대며)
　　　담배 공장 노동자 카르멘. 공장 문을 나서면 붉은
　　　드레스를 입고 딴스홀에서 춤을 추는 카르멘. 누구도
　　　그녈 잡을 수 없어. 부자유한 시대에 누구보다 자유로운
　　　그녀의 영혼을 알아본 가난한 화가 호세. 성난 황소들을
　　　비정한 시대로 몰아넣기 위해 붉은 천을 펄럭이는

5　김환기, 〈어디서 무엇이 되어 다시 만나랴〉, 1970, 캔버스에 유채 참고.
6　'나를 구해 줘 죽여 줘 구해 줘 죽여 줘'를 모스부호로 변환.

투우사 에스카미요. 파멸로 치닫는 그들의 사랑, 투쟁, 예술! 검열을 피해 비유와 상징으로 가득한 난해한 이미지극!

비아　(혜화의 새빨간 드레스에서 시선을 떼지 못하며) 저 채도, 명도. 언젠가 본 적 있어. 나는 운명 앞에서 마치 투우사에게 돌격하는 소처럼 속절없이 저 붉은색을 향해 돌진할 수밖에.

극장주　(그림의 모스부호를 알아보는지 못 알아보는지 모호하게) 조선인들에게 이런 그림은 아직은 난해하지 않소? 배경 그림만으로 관객을 감옥으로 데려가야 하는데.

송혜화　(그림의 모스부호를 알아본다) 사실주의적 그림은 누구나 그릴 수 있지만 이런 단색화는 아무나 그릴 수 있는 게 아니지요. 그리고, 이게 정말 감옥이어요. 감옥은, 뭐가 있는 게 아니어요. 아무것도 없는 게 감옥이지. 나라 없는 집시 여인 카르멘에 딱 어울릴 무대죠.

비아　배경 그림이 마음에 들지 아니하시면, 무대는 어떻겠소. 내가 회전무대를 설치해 보이지요.

극장주　보헤미안의 탈의실처럼? 좋습니다. 하고 싶으신 대로.

극장주 퇴장. 비아는 밤늦게까지 회전무대를 만든다.
회전무대에 송혜화가 오르고 비아가 회전무대를 돌린다.

비아　(회전무대 위의 빨간 옷 입은 혜화를 보며) 혜화는 태양,

빛이여 빛이여

나는 그 주위를 도는 지구. 태양 빛을 받아야만 낮이 되고 봄이 오는 나. 이젠 스케치가 없는데 뭘 교환해야 하나. 권총 대신 혜화의 심장을 받을까.

송혜화 (픽이나 재미스러운지 깔깔대며) 더 빨리, 더 빨리 돌려 봐요!

회전무대를 따라 혜화와 비아의 첫 만남이, 한여름 햇살 아래 빨간 원피스를 입은 명랑한 어린 소녀가 쑥쑥 자라 투우사의 깃발처럼 빨간 드레스를 입은 혜화가 되어 노란 조명 아래 파란 그림자를 드리우며 춤을 추며 멀어지는 모습이, 주마등처럼 돌아간다. 비아가 혜화를 따라 회전무대에 오른다.

비아 왜 굳이 유월회인가요. 열혈단이 노린다는 친일 언론 〈제국일보〉 정 사장과 어떻게든 줄을 대 보려고?

송혜화 (권총이 있는 비아의 심장 쪽을 톡톡 두드리며) 그런 얘기는 말아요. 당신은 아무것도 모르는 거야. 당신이 아는 건 연극과 나뿐이어요. 그렇게 해 두어요.

비아 언제부터 연극에 관심이 있었나요.

송혜화 '그때'부터.

비아 연극이 왜 좋은가요.

송혜화 무대 위에서 나는 내가 아니게 되니까.

송혜화, 회전무대에서 내려오고 비아도 따라 내려온다.

송혜화 언제부터 죽고 싶었나요.

비아   태어났을 때부터.

송혜화 내가 구해 줄까요.

비아   어떻게?

송혜화 살아요. 나랑 같이.

비아   (방백) 나는 무대장치부로 혜화는 연기부로, 낮에는
         극단에서 밤에는 셋집에서 낮이고 밤이고 둘이 함께.
         아무 일 없는 낮을 보내고 저녁이면 키스 대신 서로의
         입에 밥을 떠먹이는 천국 같은 삶. 언제 의거에 목숨을
         바칠지 모르니 하루하루를 탕진하며. 미래가 없으니
         저축이 없고 결혼이 없으니 연애에 충실하게. 나는
         잘 때도 양복을 입고 양말을 신고 절대 쟈켓을 벗지
         않고 혜화는 내가 잘 때 삐루를 병째 마시고. 극단에서
         월급을 주면 함께 극장에 가서 활동사진을 보고. 나와
         혜화는 언제부턴가 서로 말을 편히 하고. 내가 묻는다.
         목적을 달성하고 무사하다면 활동사진 배우로 넘어갈
         테야?라고. 아무 일도 없을 듯이.

송혜화 아니, 나는 환한 조명을 받으며 날 보는 관객들을 보는
         게 좋아. 무대는 나를 살아 있게 해. 나는 무대에서 죽을
         거야. 어떤 일이 있더라도.(방백) 무대의 조명을 받은
         그림자는 실제보다 훨씬 커서 주인을 잡아먹을 듯하고.
         우리의 생활은 서랍 속의 술, 베개 밑의 총. 누가 더 빨리
         손을 뻗는지 누가 더 먼저 손에 쥐는지. 서로를 감시하고
         경계하고 안쓰럽게 바라보는 그런 삶.

혜화, 브리프케이스를 양손에 하나씩 들고 온다. 자기가 하나를

빛이여 빛이여

가지고 하나를 비아에게 건넨다. 혜화와 비아, 처음 만났던 때처럼 브리프케이스를 건배하듯 부딪는다. 비아가 혜화에게 조명을 비춘다.

송혜화 첫 공연에서 가장 밝고 환한 조명을 내 얼굴에. 속눈썹
       한 올까지 잘 보이도록. 그리고 내 눈이 강한 빛에
       적응하고 나면 그 조명을 관객석으로 쏘는 거야.
       (비아가 조명을 관객석으로 돌린다.) 〈제국일보〉 사장의
       자리로. 그 옆에는 극장주가 앉아 있을 거야. 내가
       대본을 줄게. 대사를 외워. 나는 극장주를 조준하는
       척하다가 〈제국일보〉 사장을 저격할 거야. (비아가
       조명을 자기 쪽으로 향하게 한다.) 너는 내가 극장주를
       겨누는 것까지만 보고 급하게, 내가 극장주를 쏠 줄
       알고, 극장주를 구하기 위해, 내 살인을 막기 위해 나를
       쏘았다고 해. 내 팔을 쏘려다가 총알이 빗나갔다고 해.
       다른 남자에 눈이 돌아간 나를 죽이고 싶긴 했지만
       진짜로 죽일 생각까진 없었는지도 몰라. 여배우인 내가
       극장주와 무슨 갈등이 있었는지 얼마나 깊은 내연
       관계였는지 너는 몰라. 너는 질투와 사랑 때문에 나를
       죽인 치정 사건의 범인. 여기까지가 네가 경찰에 진술할
       대본. 그럼 너는 살 수 있어.

비아   나는 심장 없이 살 수 없어. 네 애인이 독립투사가 아니라
       '폭탄 현행범'이 되어 버려서 열혈단이 네게 다시 기회를
       주려고 총을 쥐여 줬는데, 내가 '치정 살인범'이 되면,
       나는 또 명예를 위해 복수를 위해 너처럼 총을 잡겠지.

어떻게든 나는 죽어.

송혜화 이제부턴 네가 열혈단에서 공연할 대본. 나는
〈제국일보〉사장에게서 뒷돈을 받고 열혈단 몰래
거래해서〈제국일보〉사장을 살려 주려고 했는데,
오발을 해서 결과적으로 극장주가 아니라〈제국일보〉
사장을 죽인 거야. 열혈단은 내가 밀정 짓을 할 줄 알고
있었다고 네게 말해 나를 죽인 거야. 너는 열혈단의
지령을 따른 거야. 너는 열혈단이 알려준 대로 내가
밀정이라고 굳게 믿고 있어. 들키지 마. 열혈단은 이
거사에 관련된 인물을 많이 알고 있는 내 입을 막기
위해 너를 속여 나를 죽인 거야. 내가 체포되기 전에.
열혈단은 그때 내가 어떤 짓을 했는지 잘 아니까. 우리 둘
다 열혈단의 거사를 완벽하게 수행한 거야. 네가 아는 건
여기까지야. 더 이상 물어보면 무조건 내가 다 했다고 해.
모든 걸 내가 다 안다고 해. 죽은 사람에게 뒤집어씌워.
죽은 사람은 원망도 후회도 하지 못하니까.

비아, 조명을 끈다. 무대가 어두워진다.

비아 빛 없이 그림자가 존재할 수 없어. 나는 너를 죽일 수
없어.

송혜화 (비아를 끌어안으며) 나는 고문이 두려워. 나를 구해 줘
죽여 줘 구해 줘 죽여 줘 구해 줘 죽여 줘….

비아 (혜화를 마주 안는데 몸이 부들부들 떨린다.) 혜화,
'그때'는….

빛이여 빛이여

송혜화   (어린애를 달래듯 비아를 토닥이며) 이렇게 겁 많은
        사람이 어쩌다 열혈단에 포섭된 거야?

비아   (생각해 보니 혜화 앞에서 겁먹은 모습을 보인 게
        부끄러워 짐짓 센 척하긴 하는데 여전히 떨린다.) 일본은
        아무나 불령선인이라며 잡아가는데 열혈단은 아무나
        주워 오면 안 되나? 사실.

송혜화   (비아를 진정시키려고 비아의 입술에 자신의 손가락을
        대며) 진심은 말하지 마. 우리의 의지는 각오보다 약해서
        고문이 시작되면 진실을 내뱉게 되니까. 심장은 무대에
        두고 와. 멋지잖아, 총 쏘는 거. 되고 싶었잖아, 주인공.
        주목받고 싶고, 신문에도 나오고 싶고.

비아   (피식 웃는다.) 할 일 없고 혈기 있고 폼 나게 살고… 아니
        죽고 싶고. 카페에서 가죽 장갑 낀 손을 잡았을 때부터.
        브리프케이스를 든 사람이 찾아왔을 때부터.

막간극

    비아는 재와 먼지를 뒤집어쓴 듯 흑도 백도 아닌 애매한 경계의
중간에 있다. 얼티미트그레이, 애시그레이, 스틸그레이, 시셸그레이,
에보니그레이, 세상의 모든 회색을 톤 온 톤으로 맞춘 스리피스
정장을 갖춰 입은 비아는 중절모로 얼굴을 가리고 넥타이를 바짝
매고 카페에서 입술도 대지 않은 커피 한 잔을 앞에 두고 연필로
종이에 스케치를 하고 있었다. 졸업을 한 학기 남기고 미술대학에
자퇴서를 제출하고 나온 길이었다.

프러시안블루, 코발트블루, 애시블루, 마린블루, 세룰리안블루, 세상의 모든 블루를 모아 톤 온 톤으로 몸에 꼭 맞게 지은 스리피스 양복을 입은 사람이 소리 없이 비아에게 다가왔다. 쟈켓엔 피를 닦을 수 있는 행커치프. 목에는 꽉 조인 교수대 올가미 같은 실크 넥타이. 취조실 전구 아래 차르르 빛날 비로드 조끼. 조끼 주머니엔 째깍째깍 죽음을 재촉하는 회중시계. 쟈켓 안주머니는 심장 위치에. 권총을 빠르게 꺼낼 수 있게. 언제 어디서 체포당할지 모르니 평시에나 수면 시에나 입어야 하니까 구겨지지 않고 움직이기 편하게. 구두 굽은 들키지 않게 접근하고 잡히지 않게 도주해야 하니 소리 나지 않는 부드러운 밑창. 그리고 가죽 장갑 낀 손에 들린 브리프케이스. 가죽 장갑이 비아의 테이블 위의 스케치를 신문으로, 연필을 권총으로 교환했다. 비아는 그가 보란 듯 휘날린 쟈켓의 피처럼 붉은 안감을 미술학도다운 눈으로 포착했다. 그는 투우사가 소를 도발하듯 붉은 안감을 흘끗흘끗 보이며 비아를 유혹했다.

비아의 시선이 신문으로 향했다. 〈제국일보〉에는 '총독부를 노린 흉악한 폭탄 현행범의 폭탄 불발. 몸에 폭탄을 두르고 경찰들 속에 뛰어들어 자폭하려던 폭탄 현행범은 심한 부상을 입고 현장의 공범과 함께 검거되었다'는 기사와 '경성에 붉은 벽돌로 지어진 지하 1층, 지상 2층 1500석 규모의 호화 극장 개관. 극장주는 미지에 싸인 신원 미상의 인물'이라는 기사가 나란히 실려 있었다. 비아는 신문의 극장주와 지금 자기 앞에 있는 사람을 번갈아 봤다. 가죽 장갑을 낀 사람이 오래전부터 친했던 사람처럼 자연스레 비아의 맞은편에 앉아 담배를 피워 물며 다짜고짜 반말을 했다.

"졸업도 아니 하고, 선전도 출품치 아니하겠다 하고, 대체 이제 어떻게 살 셈이야?"

비아는 시선을 피하며 우물거렸다.

"총독부가 문화통치를 한다 하니 문화예술계나 언론계나 어디든 미술로 먹고살 길이 없겠소."

담배 연기가 비아의 얼굴 쪽으로 왔다. 연기 사이로 말소리가 들렸다.

"문화통치? 좆 까. 검열당하는 언론과 출판과 공연의 자유? 총독부가 허락한 독립운동이라 하지 그래? 언론과 예술이 대중을 움직일 수 있나? 오직 총탄과 폭탄만이 대중을 각성시키지."

비아는 테이블 위의 권총에 손을 대지 않고 바라만 보며 중얼댔다.

"그럼 대체 나더러 어쩌란 말이오."

권총을 가져왔던 손이 테이블에 브리프케이스를 올렸다.

"열혈단에서 신입 단원을 모집하고 있지. 우리 단원이 목숨 바친 거사를, 독립투사의 의거를, 잡범 취급해서 '폭탄 현행범'이라고 쓴 언론을 가만둘 수는 없어. 극장에서 공개적으로 〈제국일보〉 사장을 총살할 거야."

비아가 총을 만져 봤다가 금속의 차가움에 놀라 황급히 손을 뗐다.

"〈제국일보〉 정 사장이야 적극적으로 친일을 하려던 건 아니고, 미두로 돈 좀 만진 도박꾼이 언론 자유 바람 타고 돈 좀 벌어 보려고 언론사 차려서 지식인이랍시고 거들먹거리며, 생각은 없고 기자 명함은 날리고 싶은 놈들 부리면서 취재는 아니 하고 총독부 발표나 우라까이한 것뿐인데, 인간쓰레기일 수는 있지만 그게 죽을죄는…."

"이런 시대에 생각 없이 살면 총 맞아야지."

브리프케이스를 그대로 둔 채 비아와 같은 옷을 입고 다가온 비아의 미래, 비아의 운명, 비아를 조롱하고 희롱하고 위로하는, 비아의 관념 속에 존재하는, 비아에게만 보이는 인물이 유유히 떠났다. 그에게 그림자가 있었던가.

혜화가 비아와 같이 살고 있던 때 불 꺼진 집 안에서 홀로 삐루에 취해 울었던 밤이 있었다.

"아파 아파 아파."

비아는 마시지도 않을 삐루병을 들고 혜화와 마주 앉았다.

"〈제국일보〉에서 기사를 봤어. 그때 '폭탄 현행범'은 심한 부상을 당해서 체포되지 않았어도 어차피 도주하지 못하고 죽었을 거라고. 그러니까 말해 줘. 찢어진 심장처럼 갈라지는 내 마음을 보면서 찢어진 상처에서 흘러나오는 피처럼 찢겨진 옷 사이로 보이는 맨살처럼 어쩔 수 없이 새어 나오는 진실을 말해 줘."

"내가 왜 배우가 되었는지 알아? 내가 연기를 잘해서 열혈단에서 이 배역을 맡겼어. 나는 그때… 연기를 했어. 그를 모른다고. 나는 아무것도 모른다고. 총독부에 투척한 폭탄이 불발되고 자폭하려 했으나 그마저 불발되고. 그가 실패하면 내가 총을 쏘았어야 했는데. 그를 고통 없이 죽이거나 타겟을 한 명이라도 죽이거나. 나는 그때 겁이 나서 아무것도 하지 않았어. 체포되고 나서 취조실에서 그를 마주 보면서 죽어 가는 그에게 모든 혐의를 덮어씌웠어. 나는 고문이 두려웠어. 그는 너무 많이 다쳐서 아무 말도 하지 못했어. 나는 금방 풀려났어. 나는, 연기처럼 사라지고 싶어."

비아가 혜화의 빈 병에 자기의 새 병을 짠 부딪었다.

"다 열혈단의 대본에 있었잖아. 그에게 모든 혐의를 미루고 너는 도망쳐야 했어. 달아나야 했어. 계획된 거사, 정해진 각본. 너는 대본에 있는 지문에 따라 행동해야 했어. 잡히면 대본에 있는 대사를 연기해야 했어. 공연이 끝나고 관객이 나가고 조명이 꺼지고 분장을 지우고 의상을 벗고서 현장을 떠났을 뿐."

혜화가 기차에서 처음 만났을 때처럼 와락 울음을 터뜨리며 비아의 품에 얼굴을 묻고 어깨를 들먹였다. 비아가 혜화를 더 깊이 품에 묻었다. 혜화가 비아의 심장 자리에 있는 권총에 뺨을 댔다.

"그때 이후로 철저한 암기와 수없는 연습과 리허설을 했어. 무대에서 실수하지 않는 비결은 오직 그뿐. 그때는 중도 퇴장했지만 이제는 주인공이 되어 무대 위에 올라 극을 끝마치고 커튼콜을 해야 하지. 내겐 그때 쏘지 못한 한 발의 탄환이 남아 있어."

비아는 세상에서 가장 근사한 남자를 상상한다. 그의 목소리, 말투, 눈빛. 한 번도 만난 적 없는 혜화의 죽은 애인이 된다. 연기만큼 진실한 행동이, 대사만큼 진심을 담은 언어가 세상에 어딨겠는가. 무대보다 넓은 세상은 없다. 비아는 취조실에서 혜화를 마주 보던 그 남자가 된다.

"혜화, 네가 그렇게 해 주기를, 내가 원했어. 내가 모든 대사를 삼키고 암전 속에 잠기기를. 고문당하고 감옥에 간다면 그건 네가 아니라 나여야 해. 나의 피, 나의 상처, 나의 심장아."

혜화는 그때의 취조실 문을 닫고 나온다. 박가분을 털어 내듯 비아의 쟈켓에 묻은 눈물을 털어 낸다.

"우리는 언제라도 죽을 수 있게 의상을 갖추고 분장을 하고. 언제 죽을지 몰라 진심을 말하지 않고. 우리, 연기를 하자. 서로 배역을 바꿔서. 나는 그때의 그. 너는 그때의 나. 나는 주연, 너는 조연. 나는 죽고, 너는 입이 없는 내게 모든 대사를 주고 조명을 끄고 어두운 무대 뒤로 퇴장해. 나를 구해 줘 죽여 줘 구해 줘. 커튼콜이 끝난 후에."

3막

1장
감옥

푸른 조명이 비치는 어두운 독방. 무대에는 1막에서 비아가 앉아 있던 피 묻은 의자가 놓여 있다. 벽에는 비아가 그렸던, '구해 줘 죽여 줘 구해 줘⋯'가 반복되는 모스부호가 칠해져 있다. 맨발에 피투성이인 비아가 힘없이 벽에 기댄다. 비아는 영영 오지 않을, 단 한 명의 관객인 혜화를 위한 일인극을 시작한다.

비아   내가 나를 연기해. 감옥은 무대. 나는 배우이자 미술
             스태프. 눈앞이 흐리고 조명이 어두워. 원하는 대로
             대본대로 했던 대답들. 객석의 불이 켜지고 무대의
             조명이 꺼지고 막이 내리고 이제는 퇴장할 시간.
             사상범은 노역도 운동도 아무것도 하지 않고. 먹방
             안엔 아무것도 없고. 아무것도⋯ 없고. 아무것⋯도⋯
             아무⋯도. (구조 신호를 보내듯이 벽을 모스부호로 똑똑
             딱딱 두드린다.) 빈 벽 가득 두드리는 구조 신호. 구해 줘
             죽여 줘 구해 줘 죽여 줘 구해 줘 죽여 줘⋯. . . - · ···
             - -·· ···-   ·-··· ···· ·--- -··- ·--·
             ···· - ·-·-·-   ·--· ···· ·-·· -·- ···
             ·--· ···· · ·-·-·-   ·-·· ·-·· ·--- -
             -·· ·--· ···· - ·-·-·-   ·--· ···· ·-·
             · -·- ·· ···· ·-·· ···· - ·-·-·-

빛이여 빛이여

이름 대신 수인 번호를 부르는 이곳에서 '송혜화'가
본명이 아니라 배역명이란 걸 알게 되었어. 나는 조명
아래서 분장하고 의상 입고 열연한 배우를 사랑했지.
면회를 왔던 극장주가 보여 준 〈제국일보〉 1면
헤드라인은 헉 소리가 나올 만큼 충격적이었어. '경성을
뒤흔든 스캔들에 휘말린 불운한 언론 갑부! 미스터리한
극장주, 여학생 출신 여배우, 인텔리 스태프의 삼각
치정극! 모던 호세, 카르멘을 쏘다!' 총독부가 보도
지침을 내렸나 극장주가 〈제국일보〉에 돈을 먹였나
기자가 판매 부수 늘려 보겠다고 타락한 오락물을 썼나.
내가 대사 없이 고문당한다는 지문만 있는 대본에
충실하게 공연했는데도 비평 기사가 이 모양이라면
열혈단이 또 거사를 해야겠네.
문 아래 식구 통이 열리고 주먹보다 작은 가다밥[7]
덩이가 들어와. 코를 쿵쿵대니 퀴퀴한 냄새. 밥 위에
번지는 푸른곰팡이. 간수는 계속 단식하면 영양실조로
죽을 거라지만 썩은 밥을 먹어도 죽기는 매한가지. 나는
왜 배가 고파도 밥을 먹고 싶지 않을까. 나는 왜 아무것도
보이지 않아야 그리고 싶을까. 아직 혜화의 초상화,
쏟아지는 샛노란 햇살 속 새빨간 원피스를 입고 푸르른
그림자를 드리운 스케치에 채색을 하지 못했는데.
나는 하고 싶은 게 있어. 찰기 없는 밥을 손안에서 뭉치고

---

7   형무소에서 죄수들에게 주는, 틀로 찍은 밥.

굴리고 짓이겨 반죽으로 만들듯 경찰과 간수들이 내
몸에 한 짓을 보고 싶어. 거울이 없는, 거울이 있어도
보이지 않을 어둠 속에서. 너를 탐하듯 나를 만지고.
(비아가 자기 몸을 구석구석 더듬는다.) 내 두상을
가늠하고 손가락빗으로 머리카락을 빗고. 손바닥을
이마에 대어보고 눈썹을 한 올 한 올 세어 보고 웃고
울고 응시하고 찡그리고 감고 뜨고 깜빡이는 눈매를
손끝으로 더듬고 찡긋거리는 코끝에서 반듯한 콧날까지
손끝이 미끄러지고 콧대를 세우고. 광대뼈를 높이고.
움푹 들어간 두 볼을 거칠한 손끝으로 눌러 보고 갈라진
손끝이 건조하고 부르트고 터진 입술 위를 맴돌다가
혜화, 너의 입술은 어떤 맛일까. 촉촉하고 부드럽고 웃는
입술. 아주 빨간, 입꼬리를 살짝 올린. 혜화, 이게 나의
분장. 이게 나의 진심. 이게 나의 그림.

피투성이가 된 몸을 만지느라 비아의 손에는 피가 묻어 있다.
비아가 피 묻은 손으로 벽에 자화상을 그린다.

비아   자화상을 내야 미술대학 졸업을 할 수 있댔는데.
완성된 자화상은 어쩐지 내 얼굴과 네 얼굴을 모두
닮아서 이쪽에서 쓰다듬으면 내 얼굴 같고 저쪽에서
어루만지면 네 얼굴 같고. 이제 이 자화상으로 졸업을 할
수 있을까. 졸업을 하고, 열혈단 같은 거 말고, 그럭저럭
룸펜으로 살 수 있을까. 아니 내가 살 수 있을까. 살아
나갈 수 있을까. 결국 이렇게 될 줄 알았다면 중도

빛이여 빛이여

퇴장하고 재입장하지 아니하였을까. 지연 입장도 하지
아니하였을까.

고문은 한 인간의 어떤 부분을 영원히 망가뜨리지.
그러니까 망가지는 건 내가 되어야 했어. 너는 너무나
완벽한 그림이니까. 그게 너 대신 내가 여기 있는 이유야.
너에겐 한 발의 총알 자국, 그 외에 다른 흠은 없어야
했다. 아니 그 흠도 없어야 했어. 너는 나의 피, 나의 상처,
나의 심장이니까.

무대가 어두워진다.

비아   심장은 무대에 두고 왔어. 심장이 없는 나는 이미 죽은
사람. 감옥이 어두워서 아무것도 보이지 않는지 내 눈이
감겨서 아무것도 볼 수 없는지. 나는 아직 촉각이 남아
있는 손으로 자화상을 애무해. 보이지 않는 눈을 감고
자화상의 입술에 내 입술을 비비면, 이제 내게 없는
심장이 박동해. 심장 소리가 점점 줄어들고 있어. 내 귀가
먹어 가는 걸까. 자화상에서 피 냄새가 나지 않아. 내가
두고 온 유화물감 냄새가 나고 있어. 아니 아무 냄새도
나지 않아. 호흡이 가빠지고 숨이 빠져나가. 나는 이미
죽었는데 아직 죽어 가는 걸까. 나는 완전히 죽는 걸까.
드디어. 이제 아무것도 보이지 않는다. 암전된 무대처럼.

천장에서 올가미가 서서히 내려온다. 올가미가 의자 위에서
멈춘다. 비아가 의자 위에 올라가 올가미 안에 얼굴을 넣는다. 밝고

쨍한 노란 조명이 비아의 얼굴을 비춘다.

비아   가장 밝고 환한 조명을 나의 얼굴에. 감출 수 없게 도망칠
          수 없게 피할 수 없게 가장 강한 조명을 나의 얼굴에.

잠시 후, 무대 완전히 암전. 비아의 목소리만 들린다.

비아   아
          빛이여
          빛이여.

커튼콜

막이 오르면 퍼머넌트옐로, 레몬옐로, 티타늄옐로, 세상의
모든 옐로 조명을 받은 무대 위에 카민레드, 크림슨레드, 피롤레드,
카드뮴레드, 세상의 모든 레드를 입은 송혜화가 객석을 향해 총을
겨누고 있다. 프러시안블루, 코발트블루, 애시블루, 마린블루,
세룰리안블루, 세상의 모든 블루를 입은 비아가 무대 뒤에 있다.
조명이 관객석을 비춘다.

(총소리 효과음) 탕.

송혜화가 한 손으로 총을 쏨과 동시에 객석의 〈제국일보〉정
사장의 심장에서 피가 흘러나오고.

(총소리 효과음) 탕.

비아가 흔들리지 않고 송혜화와 똑같은 동작으로 정 사장 옆자리의 극장주에게 사격한다. 혜화와 비아가 관객들에게 환호를 유도한다. 객석의 환호가 잦아들면 조명이 다시 무대로 향한다.

혜화와 비아는 회전무대 위에 오른다. 회전무대가 한 바퀴 돌면 양복점 '보헤미안'의 탈의실이 된다. 혜화와 비아가 한 공간에서 똑같이 생긴 브리프케이스를 각자 들고 있다. 혜화가 비아에게 한 발짝 다가온다.

송혜화   (장난기 가득한 얼굴로) 도와줄까요?

비아가 미소 지으며 고개를 끄덕인다. 혜화가 비아의 귓가에 속닥인다.

송혜화   옷을 벗어 줘요.
비아   (웃음을 섞어 대꾸한다) 다요? 여기서요?
송혜화   (풋 하고 웃으며 비아의 쟈켓 단추를 끄른다) 아니. 쟈켓만.

비아가 쟈켓을 벗어 발치에 떨어뜨린다. 혜화가 비아에게 키스한다. 회전무대가 반 바퀴 돌아간다. 혜화와 비아는 무대 뒤로 퇴장하고 회전무대에는 브리프케이스 하나만 놓여 있다.

브리프케이스가 열린다. 브리프케이스 안에는 그림이 한 점 있다.

노란 햇살 아래 빨간 옷을 입은 혜화가 푸른 그림자를 드리우고 있는.

　　암전.
　　막이 내린다.

빛이여 빛이여

작가의 말

경성의 카르멘
최지원

1. 맨 처음, 실패한 짝사랑에 대한 이야기였던 이 글은 몇 번의 수정을 거쳐 사기와 가스라이팅과 폭력이 나오는 글로 바뀌었다. 제일 처음 쓴 원고에는 정호진이 작가이자 점조직으로 이루어진 열혈단의 리더였고 재옥이 아닌 상희가 열혈단의 단원이었다. 상희가 경성부청 앞에서 총을 쏘고 조선호텔로 숨어들었다가 리더인 줄도 몰랐던 정호진과 마주치는 장면이 마지막이었다.

2. 재옥은 다소 간지럽게 느껴질 정도의 서울 사투리를 쓰고 상희는 서울 사투리를 쓰지 않는데, 통영에서 투박한 경상도 사투리를 쓰던 상희가 재옥을 만나 6개월 만에 사투리 억양을 고쳤다는 설정이다.

3. 정호진은 옷차림에 매우 신경을 쓰는 사람으로, 항상 페이즐리 무늬의 아이템을 몸에 두르고 있다.

4. 상희의 신혼집에 있던 베개는 평생 남편의 여성 편력으로 마음고생을 해 온 상희의 어머니가 흰 비단에 금실로 쌍희자[囍]를 빼곡히 수놓은 것으로 준비해 준 것으로, 자고 일어나면 얼굴에 쌍희자가 새겨져 있는 것이 우습다며 정호진과 상희가 웃는 장면이

있었다. 좋아하는 장면이었지만 퇴고하면서 그 장면을 빼 버렸다.

5. 상희가 당시에는 지금보다 훨씬 위험했던 맹장 수술을 받았는데도 상희의 부모가 와 보지 않은 것은 그만큼 사이가 틀어져 있다는 것을 보여 주려고 넣은 설정이다.

6. 원래 상희는 미술 유학을 가기 위해 가정교사를 하며 돈을 모으는 설정이었지만 글을 쓰면서 작가 지망생으로 바뀌었다. 소설 쓰기 강의를 들으러 가면 제일 먼저 듣는 소리 중 하나는 아마도 '작가 지망생을 주인공으로 만들지 말라'일 것이다. 나는 최대한 그런 글을 쓰지 않으려고 했지만 어쩔 수 없이 이 글의 주인공은 작가 지망생이 되고야 말았다. 그녀의 앞날에 축복이 있기를.

좋아하는 척
전효원

　대부분의 분야에 그렇지만 저는 경성에 대해서도 역시나
깊이 알지 못했어요. 그래서 처음 장아미 작가님께서 SNS에
프로젝트 콘셉트를 말씀하셨을 때, 선뜻 답글을 달지도 못하고 고민
고민하다가 소심하게 참여 가능한지 여쭙는 DM을 보냈더랬어요.
쟁쟁한 참여 작가님들의 면면을 확인한 후에는 이거 괜히 덤볐나
싶었지요.
　일단은 공부가 필요했어요. 도움이 될 만한 책을 사서 보고,
자료왕 김이삭 작가님을 닦달하여 얻어 낸 경성 관련 논문도 닥치는
대로 읽었어요. 그러다 마침내 머릿속에 '유레카!' 못지않은 생각이
떠올랐죠.
　에라 모르겠다!
　시대상을 완벽하게 녹여 내는 작품은 다른 작가님들께 맡기고,
저는 적당히 분위기만 내면서 늘 하던 대로 재밌는 이야기나
쓰기로 마음을 고쳐먹었죠. 사랑과 오해는 시대를 가리지
않으니까요!
　이쪽저쪽으로 튀어나온 부분이 서로 다른 다섯 이야기를

하나로 뭉치느라 고생하신 고혜원 PD님과 허름한 문장들을
반짝반짝 닦아 주신 김유진 편집자님께 감사드립니다.

무대 뒤에서

장아미

만약 무대에 설 일이 생긴다면 무슨 역할을 맡는 게 좋을지
생각해 봅니다. 가급적이면 현실의 제 자신과는 거리가 먼
역할이었으면 합니다. 기왕이면 평소에 그다지 고를 일이 없는
의상을 착용해도 좋을 겁니다. 예를 들어 연미복을 입고 보타이를
매거나 견장을 단 제복 차림에 망토를 걸치거나 머리에는 모자를
쓰고 입에는 파이프 담배를 물고 장갑을 낀 손에는 단장을 들
수도 있겠죠. 거울 앞에서 걸음걸이를 바꿔 보고 헛기침도 해 보고
평소와는 전혀 다르게 웃는 연습도 해 볼 거예요. 이렇게 입꼬리를
당기고 하하하.

그러니까 이건 저와 같으면서 다른 어떤 인물을 연기하며 쓰는
글일 수도 있다는 점 미리 밝혀 두고 싶습니다.

저는 오래전부터 하나의 소설을 다른 작가들과 함께 쓰는
방식을 시도해 보고 싶었어요. 그런 소망이 정말로 한 권의 책으로
실현되다니 아직도 좀처럼 믿어지지 않는 면이 있습니다. 낙담과
실의가 있었고 시대적 배경과 소설적 설정을 고려한 고민이
있었으며 최종적으로 작품을 완성하기까지 크고 작은 수정을

거쳐야 했지만 다 같이 건물을 짓고 무대를 세우고 인물의 배역을 결정하는 과정조차 각별한 기쁨으로 기억에 남을 것 같습니다.

제 제안에 선뜻 넘어가 주신 한켠, 전효원, 김이삭, 최지원 작가님 감사합니다. 아이디어를 함께 발전시켜 주시고 정리해 주시고 출간을 위해 애써 주신 안전가옥 관계자분들과 특히 고혜원 PD님 감사합니다.

저는 동료 작가님들을 모으고 안전가옥 측과 협업하는 모든 과정이 새롭고 즐거웠어요.

지설하, 이환희, 박도진, 유현, 김동우 씨 고맙습니다. 지설하 씨는 이야기가 자꾸 수정되는 탓에 인물의 본심을 제대로 파악하기 힘들다며 하소연했죠. 부디 마지막 원고가 마음에 들기를 빌어 봅니다.

사랑하는 가족과 친구와 고양이들에게도 감사의 마음을 전하고 싶습니다.

국어사전에 꿈이라는 명사를 검색해 보면 세 가지 다른 뜻이 나옵니다. 저는 이 꿈과 저 꿈과 그 꿈이 같은 이름 속에 동시에 존재한다는 사실이 재미있게 느껴집니다. 그래서 꿈이라는 단어를 더 자주 사용하는 것 같기도 합니다. 이 문장 속 꿈은 세 가지 의미 가운데 어디에 해당할까 헤아려 보면서, 이 뜻인 동시에 저 뜻이기도 하고 그 뜻이기도 하기를 은근히 바라보면서.

저는 꿈꾸는 듯이 살아도 괜찮다고 생각해요. 오히려 꿈속에서 훨씬 명료하게 보이는 것들도 있으니까.

때로는 끝나지 않는 이야기, 끊임없이 막이 바뀌면서 영원히 계속되는 무대를 꿈꿔 보기도 합니다.

제가 맡은 역할에서 벗어나 보타이를 벗고 망토를 떨어뜨리고 파이프 담배를 주머니에 넣고 계단을 걸어 내려온 뒤에도 누군가는 무대 위에서 계속 연기를 하고 있을 겁니다.

저는 이제 무대 뒤에 있습니다.

사랑의 큐피드
김이삭

　사실 저는 작가의 말을 "괴력난신의 붐은 옵니다" 외에는 따로
쓰지 않고 있습니다.
　하지만 이번 책은 작가님들과 기획에서부터 함께했던
작품이기에 그 과정을 짤막하게라도 이야기하고자 합니다. 2020년
초에 대만에 갔다가 타이베이 지방 이문 공작실 소속 작가들과
미팅을 한 적이 있습니다. 그때 샤오샹선 작가가 자신이 참여한
대만·일본·홍콩 앤솔로지인《쾌: 젓가락 괴담 경연》의 과정을
간략하게 알려 주었는데요. 기획에서부터 출간에 이르기까지 거의
3년이 걸렸더라고요. 첫 타자가 이야기의 틀을 세우면, 다음 작가가
앞 작품에 숨겨진 반전을 만들어 내거나 앞 작품을 재해석하는
작품을 써내는 거죠. 마지막 타자는 앞에 나온 모든 이야기를 하나로
엮어 주는 커다란 틀을 만들어 주고요. 아주 흥미로운 시도라고
생각했습니다. 저는 원서까지 구매해 한국으로 돌아왔답니다.
　그러나 이런저런 일로 바빠져서 끝끝내 읽지 못했습니다.
결국에는 번역서가 출간되고 나서야 샤오샹선 작가가 말했던
작업의 결과물을 직접 읽어 볼 수 있었지요. 확실히 재미있는

책이더라고요. 무엇보다 작가에게 있어서 큰 도전이 될 것 같았습니다. 특히 순서가 뒤쪽에 가까울수록요. 그때 저는 언젠가 나도 이렇게 해 봐야지, 라고 생각을 했답니다.

그리고 시간이 지나 드디어 기회가 찾아왔습니다.(⁈) 최지원, 전효원, 장아미, 한컬 작가님들과 함께 뜻을 모아 경성을 배경으로 글을 써 보기로 하였거든요. 그것도 세계관을 함께 구축하고 크고 작은 사건을 서로 맞닿게 하면서요.《쾌: 짓가락 괴담 경연》처럼 경연의 방식을 택한 건 아니었지만, 협업이 중요했기에 까다롭기는 매한가지였습니다.

길고 긴 협의와 수정 끝에 드디어 책이 나왔네요.

함께하신 작가님들, 모두 애쓰셨습니다. 재미있는 작업이었습니다.

또 함께해 주신 피디님들과 편집자님에게도 감사의 말씀을 전하고 싶습니다. 글은 작가가 혼자 쓰지만, 책은 모두가 함께 만드니까요. 덕분에 무사히 책이 나왔습니다.

가장 큰 감사는 역시 이 글을 읽어 주신 독자님들에게 전해야겠지요.

책은 읽어 주는 독자가 있어야만 계속 책일 수 있거든요.

감사합니다. 부디 이 책에서 많은 재미를 발견하셨기를!

빛이여 빛이여
한켠

무대 인사

비아 안녕하세요. 무대장치부 스태프로 극단에 입단했는데
     어쩌다 배우도 하게 된 비아, 입니다. 인생은 한 편의
     연극이고, 나는 그 연극의 주인공이라는 말이 있는데,
     이 연극 대본 누가 썼습니까? 작가님? 나와 보세요. 어,
     진짜 나오셨네! 잠깐 무대 뒤에서 저 좀 보자고요? 저 또
     죽이려는 거 아니죠?

송혜화 비아가 잠깐 작가랑 얘기하는 사이에 제가 나왔습니다.
       안녕하세요. 노래 Song에 대학로가 있는 혜화역에서
       이름을 따온 '송혜화'입니다. '송대학'보다는 '송혜화'가
       낫지요. 제가 어쩌다 극장에 오게 되었냐면, 우울증에
       무기력할 때 주말에 볼 타겟, 아니 티켓을 예매해 놓고
       주말을 기다리며 평일을 버티며 생명 연장을 해서요.
       감사드릴 분들이 많아요. 언제나 제일 먼저 돈과 시간과
       기력을 들여 이 작품을 보아 주시는 관객들, 이 작품의

작가의 말

뮤즈가 되어 준 대학로의 배우들에게 감사드립니다. 막막할 때마다 그 배우들이 이 작품을 연기하는 장면을 상상하며 헤쳐 나갔어요. 스태프인 줄 알았는데 동료 배우가 된 비아, 무대 인사 끝나고 같이 밥 먹으러 가자.

비아 저 돌아왔습니다. 작가 말로는, 자기도 힘들었다고 합니다. 원래 소설 쓰던 양반인데, 대본 비스무리한 거 쓰느라…. 일단 소설을 쓴 다음에 머릿속에서 그 장면을 무대 위에 올려서 연극으로 공연해 보고, 대사가 입에 붙으면서 운율이 느껴지는지 본다는 구실로 자기가 혼자 대본 리딩하면서 눈물 연기도 했다네요. 다소 낯선 소설+희곡 조합이라는 형식을 시도할 수 있도록 계속 아이디어를 내 주시고 격려해 주신 안전가옥 리즈 PD님, 테오 PD님, 작품을 다듬어 주신 김유진 편집자님 감사합니다. 나의 심장 혜화, 분장실에 꽃다발과 편지 놓아뒀어. 밥 먹으러 가기 전에 봐 줘.

극장주 미스터리한 극장주입니다. 제가 제일 바라는 건… 저희 작품이 대학로 소극장에 판권이 팔렸으면 좋겠네요. 뮤지컬 〈오페라의 유령〉의 주인공 팬텀처럼 1열 중앙 비워 놓으라고 하고 그 자리에 앉아서 회전문을 돌 겁니다. 객석에 앉아서 누가 저를 연기하는지 보고 커튼콜 때 기립 박수 치려고요. 1500석 대극장에 가고 싶지만… 3인극으론 안 되겠지요. 비아 씨, 송혜화 씨, 나 빼고 둘이 뭐 합니까. 밥 먹으러 갈 때 가더라도 무대 철거는 하고 가야지. 삼연할지 모르니까 버리지는 말고 창고에 보관하고.

계속 설정을 맞추고 또 맞추는 작업 내내 전체적인
조화와 균형을 고려해 주고 영감을 주었던 최지원,
전효원, 장아미, 김이삭 작가님들의 앞날에 탄탄대로가
펼쳐지길 바랍니다.
관객 여러분, 공연의 여운을 안고 조심히 현실로
돌아가세요.

작가의 말

프로듀서의 말

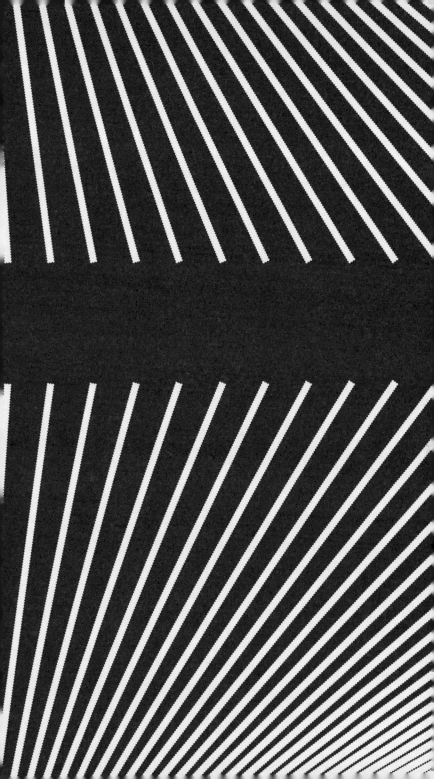

일제강점기는 우리나라 역사에서 지나칠 수 없는 시대입니다. 그 시기에는 참으로 괴리가 많았다고 생각합니다. 나라를 잃었지만, 세상은 계속 흘러가고, 새로운 문물과 옛것이 뒤섞여, 원래 정답이라고 믿었던 것이 정답이 아니게 되었으니까요. 그리고 그 시기의 중심이었던 '경성', 그곳은 그러한 괴리의 중심지였습니다. 그만큼 많은 콘텐츠에서 다뤄져 온 곳이고, 제가 항상 흥미롭게 조명하고 싶은 곳입니다. 우리가 반드시 기억해야 하는 역사의 한 조각이면서, 딜레마가 가득한 공간이었으니까요. 그래서 한켠, 장아미, 전효원, 최지원, 김이삭 작가님의 기획안을 공유받았을 때, 꼭 함께하고 싶다는 생각이 들었습니다.

픽픽 《경성 환상 극장》은 초기 기획부터 어느 정도 단편들끼리 공유하는 지점이 있는 작품이었습니다. 저는 그러한 세계관적인 지점을 더욱 극대화하고 싶었고, 환상극장과 극장주라는 좀 더 환상적인 존재가 추가되어, 작품들을 다 엮을 수 있길 바랐습니다. 더불어, 극장이 배경이고 공연을 준비하는 유월회에 주요 인물들이

속해 있는 만큼, 이 앤솔로지의 기승전결 속에 공연을 만드는 과정이 큰 궤적으로 녹아들길 바랐습니다. 그래서 작가님들과 많이 논의하였고, 초기 설정부터 다시 잡기 시작했습니다. 한켠 작가님의 〈빛이여 빛이여〉에서 유월회의 탄생과 환상극장의 10년 전 모습을 그려 내어 이야기의 포문을 열고, 10년 후 다시 돌아온 유월회의 대본 작업 과정은 최지원 작가님의 〈경성의 카르멘〉에서, 공연의 투자 과정은 전효원 작가님의 〈좋아하는 척〉에서, 공연의 무대배경 완성 및 의상 제작 과정은 장아미 작가님의 〈무대 뒤에서〉, 관객과 마주하는 티켓 부스와 공연장을 통해 이뤄진 거사에 대한 이야기는 김이삭 작가님의 〈사랑의 큐피드〉에서 담아내었습니다. 더불어, 다섯 편의 단편들의 목표 지점 중 하나는 로맨스였습니다. 장르적으로도 공통점을 잡고 진행하여 다채로운 사랑의 모습을 담은 작품들을 독자분들에게 선사하고자 했습니다.

이처럼 극장을 배경으로 펼쳐지는 로맨스, 단편마다 겹쳐서 등장하는 주요 인물들, 극장수라는 환상적인 존재까지…! 다양한 목표를 갖고, 하나의 세계관을 다섯 명의 작가님들과 서로 공유하고, 하나의 이야기로 만들어 가는 과정은 쉬운 일이 아니었습니다. 심지어 짧은 시간 내에 말이죠. 이 과정에서 여러 번의 수정과 디테일을 잡는 일까지, 이번 프로젝트에 열성으로 참여해 주신 작가님들께 다시 한번 감사하다는 말씀을 드립니다. 작가님들께서 먼저 안전가옥의 문을 두드려 주셨기에 픽픽《경성 환상 극장》이 완성될 수 있었습니다.

더불어, 협업이 기반이 되었던 이 프로젝트의 방향을 함께

잡아 주셨던 코프로듀서 테오 덕분에, 키를 놓치지 않고 한 가지의
방향으로 잘 나아갈 수 있었습니다.

지금까지 경성 어느 골목에 홀로 빛을 내고 있을 환상극장을
거치고 간 사랑 이야기들을 관람해 주신 독자분들께도 감사의
마음을 전합니다. 시대의 그늘 속에서도 그 존재의 빛을 내던 사랑
이야기가 여러분들의 마음에도 닿았기를 바랍니다.

안전가옥 스토리 PD
고혜원 드림

경성 환상 극장

기획   안전가옥
프로듀서   고혜원, 윤성훈
            김보희, 신지민
            이수인, 이은진, 임미나
퍼블리싱   박혜신, 임수빈
편집   김유진
디자인   금종각(이지현, 배연수)
서비스 디자인   김보영
비즈니스   이기훈
경영지원   홍연화

펴낸이   김홍익
펴낸곳   안전가옥
출판등록   제2018-000005호
주소   04779 서울특별시 성동구 뚝섬로1나길 5,
        헤이그라운드 성수 시작점 202호
대표전화   (02) 461-0601
전자우편   marketing@safehouse.kr
홈페이지   safehouse.kr

ISBN   979-11-93024-56-0 03810
초판 1쇄   2024년 3월 12일 발행